百年乡愁

中国乡土小说经典大系 12

张丽军 主编

无边无际的早晨

——当代中原乡土小说

山东城市出版传媒集团·济南出版社

图书在版编目（CIP）数据

无边无际的早晨：当代中原乡土小说 / 张丽军主编.
-- 济南：济南出版社, 2023.6
（百年乡愁：中国乡土小说经典大系）
ISBN 978-7-5488-5731-0

Ⅰ.①无… Ⅱ.①张… Ⅲ.①乡土小说 – 小说集 – 中国 – 当代 Ⅳ.① I247.7

中国国家版本馆 CIP 数据核字（2023）第 108071 号

无边无际的早晨——当代中原乡土小说
WUBIANWUJI DE ZAOCHEN

张丽军 / 主编

出 版 人	田俊林
责任编辑	林小溪　李文展
装帧设计	郝雨笙　张　倩
出版发行	济南出版社
地　　址	山东省济南市二环南路 1 号（250002）
编辑热线	0531-86131722
发行热线	0531-86116641　87036959　67817923
印　　刷	济南龙玺印刷有限公司
版　　次	2023 年 6 月第 1 版
印　　次	2023 年 7 月第 1 次印刷
成品尺寸	145 毫米 × 210 毫米　32 开
印　　张	10
字　　数	198 千
定　　价	58.00 元

（济南版图书，如有印装质量问题，请与出版社出版部联系调换。电话：0531-86131736）

编委会

主　编　张丽军

副主编　田振华

编　委（以姓氏笔画为序）

丁　帆　马　兵　王方晨　王光东　王延辉　田振华
付秀莹　丛新强　刘玉栋　刘醒龙　李　勇　李云雷
李君君　李掖平　吴义勤　何　平　张　炜　张丽军
陈文东　陈继会　赵月斌　赵德发　贺仲明　徐　勇
徐则臣　蒋述卓

| 总　序 |

记录百年中国乡愁　传承千年根性文化

面对急剧迅猛的乡土中国城市化、现代化、高科技化浪潮，我们惊讶地发现，曾被认为千年不变、"帝力于我何有哉"的中国乡村根性文化正面临着从根源深处的整体性危机。"谁人故乡不沦陷？"千百年来，孕育和滋养乡土中国文化、文明的乡村及其根性文化正以某种加速度的方式消逝，甚至被连根拔起。这不仅是乡土中国城市化、现代化的问题，而且是一个全球化、人类性的整体危机。早在20世纪60年代，法国社会学家孟德拉斯就提出，在工业文明入口处，数十亿农民向何处去的问题。而在1948年，中国学者费孝通就在《乡土重建》中提出传统的乡土社会所面临的现代性失血危机，进而提出了"乡土重建"的深邃思考。显然，在21世纪的今天，思考乡村、乡土、农业、农民乃至整体性人类向何处去的问题,显得无比重要而迫切。

　　作为一个从事乡土文学研究二十多年的研究者,我在苦苦思考:中国乡土文学向何处去?乡土中国社会向何处去?乡土中国农民向何处去?新时代乡村如何振兴?……苦苦思考之后,我突然意识到,既然看不清去处,何不回顾自己的来路?未来的道路,并不是冥思苦想来的,而是从过去的来路而来。历史的来路,决定了我们未来的去处,即未来的去处正蕴藏在历史来路之中。这让我重新思考百年中国乡土文学,重新回顾晚清以来中国仁人志士的文化选择和文学审美思考,乃至从更远的历史、文学中寻找智慧和启示。正是在这样一种文化思考中,我与济南出版社不谋而合,立志从众多乡土中国文学中选编一套"中国乡土小说经典大系",来为21世纪的新一代中国青年提供一个关于百年乡土中国心灵史的文学路线图,慰藉那些因完整意义的乡土中国乡村消逝而无从获得纯粹乡土中国体验的21世纪中国读者。此外,从中汲取智慧和灵感推进新时代中国乡村振兴,也是本套丛书的应有之义。简单归纳之,《百年乡愁:中国乡土小说经典大系》(以下简称"大系")具有以下特点:

　　一是强烈的经典意识。文学、文化的传承与经典的建构是由一个个经典化的环节与步骤完成的。从古代文学的"选本",到20世纪中国新文学大系,在中国文学经典化中,"选本"文化起到了某种极为重要的,乃至核心的作用,为经典化提供了不同时代不断接续的核心动力源。本套"大系"选编了现当代文学史中具有重要影响的作家作品,力图使"大系"具有乡土中国现代化思想史的重要功能，展现中华民族的百年心灵史。

二是浓郁的地方气息。乡土文学是最接地气的文学，是"土气息、泥滋味"的文学，是由不同地域文化包孕、滋养的文学，又是最能显现和表达乡土中国各个地方独特文化的审美形态的文学。本套"大系"就是百年中国各地民俗文化最大、最美、最迷人的表达。齐鲁、燕赵、三秦、三晋、江南、东北、西北、岭南等不同地域的文化，在本套"大系"中得到了较完整的展现。从这个意义上而言，本套"大系"既是一部百年中国民俗文化史，也是一部最精彩的地方文化志。

三是典雅的审美意识。文学是审美的艺术。言之无文，行而不远。文学性、审美性是文学的自然属性。文学应该是美的，是诗，是生命舒展的自由吟唱。正是在这个审美维度上，我们来选编百年乡土中国小说，让读者、研究者在美的文字诗意流动中获得对千年中国乡村根性文化之美的感悟，从而思考人与自然、人与大地、人与世界的精神建构问题。因此，本套"大系"是"乡土中国最后的抒情诗"，是千年乡土中国根性文化的当代吟唱，是具有深厚乡土生命体验的文化乡愁。

乡愁是感伤的，是一种甜蜜优美的感伤。不是每个人都有乡愁的。乡愁是一种深厚的文化情怀，是对大地、故乡、世界的一种深刻的生命眷恋。而《百年乡愁：中国乡土小说经典大系》就是让我们这些具有乡土中国完整经验的最后一代人，以文化传承的方式，把这种纯粹、完整、具有审美意义的文化乡愁，传递给21世纪中国青年，乃至未来的中国青年。我们曾有过这样一种乡土生活，这样一种乡土中国乡村根性文化——这就是我们的文化根基、我们的精神基因，它蕴含未来的路径和种种可能性。

我们常言，越是民族的，就越是世界的。而我想说的是，越是地方的，越是中国的，也越是世界的。中华文化是一个整体，是由一个个具有地方文化特性的地域文化组成的，是千百年来文化交融凝聚而成的。地方性文化的丰富和多样，恰恰是中华文化的活力与魅力所在。《百年乡愁：中国乡土小说经典大系》就具有鲜明的、浓郁的地方性文化特征，不同地域的读者不仅可以从中读到自己家乡的影子，而且可以由一个个乡土文化而建立起丰富、感性、美美与共的中华文化世界。

本套"大系"适合研究乡土文学文化的学者、学生阅读，也适合对中华文化、地域文化感兴趣的读者阅读。事实上，这套"大系"对于世界各国读者而言，是理解和思考千年中国根性文化、百年中国社会变迁的最佳读本，是具有世界性意义、最接中国地气、最具中国民俗文化气息的文学读本。

是为序。

张丽军

2023 年 7 月 1 日凌晨于暨南园

导 读

中原地带土地肥沃、人口众多，是中国农耕文化的重要发源地。在这片具有浓厚乡土文化气息的地方，诞生了张一弓、周大新、刘庆邦、李佩甫等享誉国内外的乡土作家。

张一弓著有小说集《犯人李铜钟的故事》《流泪的红蜡烛》《死恋》《火神》等。本卷选取的短篇小说《黑娃照相》是他的乡土小说代表作，获1981年全国优秀短篇小说奖，反映出新时期农民对物质文明和精神文明的强烈渴望和追求。

周大新出生于河南邓州的一个农村家庭，他对于农村题材的作品情有独钟，曾发表和出版小说《走出盆地》《有梦不觉夜长》《第二十幕》《21大厦》等。本卷选取的其代表作《家族》被认为写出了一则民族的文化寓言，写出了家族精神在现代化发展中所面临的挑战。

刘庆邦被称为中国"短篇小说之王"。本卷选取的《鞋》刻画了乡村女性青年在情窦初开和即将进入婚姻时的心理，准确地呈现了人物丰富的精神世界，展现了作家把握人性和心理的高超技艺。

李佩甫的早期作品多以乡土为题材，他擅长挖掘中原的文化底蕴，揭示中原文化生态，剖析当代农民精神。本卷选取的《无边无际的早晨》反映了人与土地之间"剪不断，理还乱"的内在关系，表达了作者对土地的皈依和怀念。

乔典运的《村魂》写出了敢于反抗不公正待遇的村民形象，他们的反抗潜在地反映出中国传统文化中的诚信、正义、公理依然存在于村民的思想深处，那是乡土社会赖以生存的基础。

《万家诉讼》是陈源斌创作历程中的一个突破和飞跃，后被改编成电影《秋菊打官司》、电视剧《幸福到万家》。作品写出了农民与农村权力持有者之间的矛盾冲突，农妇告官、六进六出的情节写活了众多人物。作者站在农民的视角展开叙事，在简洁而又老到的语言中，写出了农民的无奈与坚韧。

乔叶的中篇小说《最慢的是活着》问鼎了鲁迅文学奖。作品写出了祖孙两代人之间动人的亲情。"我"和"奶奶"从"水火不容"到相容再到相依的发展变化，让"我"在经历了人生的风雨后，才慢慢理解"奶奶"的智慧哲学，潜意识里不自觉地传承了"奶奶"的人生观。

目录

百年乡愁：中国乡土小说经典大系

黑娃照相 / 张一弓　001

家族 / 周大新　018

鞋 / 刘庆邦　77

无边无际的早晨 / 李佩甫　93

村魂 / 乔典运　168

万家诉讼 / 陈源斌　190

最慢的是活着 / 乔叶　232

长篇存目　306

后记　307

黑娃照相

/// 张一弓

　　右手插在袄兜里，捏紧了一叠八元四角钱的钞票，十八岁的张黑娃两腿生风地上中岳庙赶会去了。

　　黑娃的衣兜里可曾装过这么多的钞票吗？没有没有。虽然上过初中而又钻研过一点儿"经济学"的黑娃是这个三口之家的财务大臣，自辍学以来，就掌管着他家的卖鸡蛋钱，虽然那两只下蛋十分卖力的母鸡，三天两头地仰着血红的鸡冠，"咯咯咯嗒"地叫着，向全世界发布它们的生产公报，但黑娃每次经手的收入却不曾超过三元。因为他总是等不到攒够三十个鸡蛋，就得赶紧去集上卖了，要不，面条汤里没盐，晚上黑灯瞎火，黑娃爹娘要是有个头疼脑热，也只好硬撑着了。

　　眼下这八元四角钱，是黑娃家的一个具有历史意义的伟大事件，使黑娃沉浸在少有的激动和向往之中。你看，他正高腔大嗓地唱着梆子戏，一溜小跑地朝庙会上走着，漾着笑意的胖乎乎的圆脸和中等个儿的结实浑圆的身体，仿佛蕴藏着难以掩饰的富有，高高挑起的眉梢上挂着隐藏不住的喜气，一双黄玻璃般的圆鼓鼓的眼睛却在不时地眨动，像猫眼一样变幻着奇异的光，如同望见了一个美丽的、五光十色的梦境似的。若不是黑娃那件肩上、肘上打着补丁的黑色对襟小袄和那条两年前从姐夫那儿捡来的磨得发白了的蓝色工装裤子，使人感到黑娃在生活和美学上也还存在着某些缺陷的话，那么，我们几乎可以认定黑娃是中岳嵩山之下最富有、最快活的小伙儿了。

多亏了俺那长耳朵货！黑娃捏着钱，正在得意地寻思。今年打罢新春，黑娃计算着缸里的蜀黍吃到麦口还有剩余。这一罕见的统计结果，给黑娃带来了少有的欣喜。他就背着四十五斤蜀黍，去北山后换回来四只长毛兔娃子。

"咦咦，黑娃！"黑娃爹连连摇着脑袋，抱怨说，"你咋带回来几个'豁子嘴'？"

黑娃绷着脸说："发展副业嘛！"

"咦咦，还'发展'哩！"黑娃爹惊恐地盯着兔娃子，"你没看看它们长着豁子嘴，有了这'责任田'，才吃上一口'超产粮'，你就叫这长耳朵畜生来咱家扒豁子哩？"

"迷信！"黑娃瞥爹一眼，接着，便以一个初中生的聪明和雄辩，向爹宣传了饲养长毛兔的优越性。黑娃首先指出，兔毛是一种高贵的纤维，懂吗？纤维！去供销社收购站看看吧，一两特级兔毛,明码实价两块七。一只长毛兔一次能剪一两毛,一年能剪五次,算算,四只长毛兔一年能剪出多少"两块七"?"特别的尤其是"——黑娃强调指出,母兔长到三个月就要当娘了,一个月能生一窝兔娃,一窝少说七八只,一年之中,兔娃生兔娃,兔娃的兔娃再生兔娃,找个电子计算器算算,一年能生养多少兔娃呢?兔娃满月半斤重,一只能卖一块钱,再算算,这笔收入是多少?"更加的尤其是"——黑娃进一步强调指出,长毛兔爱吃百样草,不吃粮食,冬天没青草,就吃蜀黍秆、红薯秧子。喂鸡还得舍把米,喂这长毛兔舍点啥?四两力气。最后,黑娃反问道:

"爹,你猜这兔毛为啥恁金贵?"

"那为啥?"黑娃爹早已听愣了。

"就因为外国人爱穿毛线衣。"黑娃一针见血地指出,"美国大总统他屋里人穿的那花毛衣,就是用这兔毛做的。"

"噫嘻!"黑娃爹发出了惊叹声。

"听外贸上的人说,那毛线名叫'开司米'。"他见爹加倍地愕然,就加倍地露出高深莫测的神色,用英国人听不太懂的英国语调,仰脸说:"Kiss me! 懂吗?"他又解释说:"翻成中国话,这就是'好''老好''大大的好'的意思,信不信由你!"①

---

① 这两个英文单词组合在一起意为"吻我"。我们的黑娃不懂英语,但他想当然地做了这样的解释。——作者原注

黑娃的宣传取得了极大的成功。黑娃的勤劳获得了长毛兔的报答。今天清早，黑娃第一次给长毛兔剪毛，送到供销社收购站一过秤，三两有余；用尺子一量，毛长一寸七以上，特级！收购员一拨拉算盘，八块四毛钱也就"咻溜儿"钻到黑娃袄兜里了。

这笔空前巨大的收入，在整个家庭里引起了空前巨大的震动。

黑娃爹想着，听说这兔毛一年剪五回，头一回就剪了八块四，老天爷！要是喂十只八只的，能"剪"出来多少个"八块四"呢？他的因喜悦而变得闪闪发亮的目光盯住了两只母兔，这两个"骚货"分明已重孕在身，举止蹒跚，眼看就要当兔娃它娘啦！啧啧，俺黑娃真长着"置业手"，攥着那搂钱的耙子，如今政策上兴的是劳动致富，这可是上了那红头文件的，啧啧！俺张家到了黑娃这一代是该往高处长长，往粗里发发啦！

黑娃娘望着黑娃，却不由得抹起泪来。"看看，看看，"她瞥黑娃爹一眼，"眼看咱黑娃长到十八岁上，你啥时候给过他一个'八块四'哩？看看，看看！"黑娃娘又眼泪汪汪地打量着黑娃，"看看俺孩儿穿的啥？眼看该说媳妇了，还穿这对襟小袄、烂布衫儿，要是说媒的上门，一看这败兴样儿，人家还来不来第二回呢？我说黑娃！"娘嘱咐着，"中岳庙上起会哩，如今兴了这'责任田'，活路由自己安排，赶会也用不着请假，你就去会上把这钱花了，想吃啥，吃！想穿啥，穿！眼看能当家主事了，可怜你还没吃过水煎包子……"黑娃娘说到这儿，眼圈儿又立时红了。

黑娃爹插嘴说："你又难受啥哩？我没吃过水煎包子……不也活了这六十多？"

"跟你比，都啃土坷垃去！"黑娃娘抢白了黑娃爹，又嘱咐黑娃，"眼看该换季了，你还穿着这小棉袄，也没件绒衣换换，脱了棉的，就是单的。你就去会上买件绒衣吧，再不能放着布票叫老鼠啃！这钱买绒衣也用不完，你就再买顶帽子，免得一刮风，直往头发里钻土。要不，你就先买件的确良衫儿，还有，塑料凉鞋也快穿得了。听说会上来了马戏团，武把子好着哩，老杆都栽上了，你也……"

黑娃面对着娘的不断增长的物质和精神生活的迫切需要，仰着脸说："娘，你等着，我这就去把百货门市部给你背回来！"说罢，如同一个腰缠万贯的少掌柜似的，直奔中岳庙而去。

中断多年的中岳庙会，自三年前恢复以来，变得更加热闹了。逢会时，成群结队的小脚大娘翻山涉水而来，有向"中王爷"求子、拜药的，有向"镇庙铁人"拜认"老干大"、祈求子孙平安的，有向"三仙圣母"问吉凶祸福的，也有省城里的年轻人坐上旅游车来看香客怎样焚香跪拜、敲木鱼念经的。还有许多山民像黑娃这样，捏紧了兜里的钱，来会上购买时新百货、小件农具，看看省城动物园运来的老虎，去"中王爷"的"寝殿"里照照从洛阳运来的"哈哈镜"，再去饭棚里吃一盘水煎包子或是炒凉粉。于是，借着中岳庙游客之多和香火之盛，几十个本县的供销门市部以及省城、外县的百货商店就在庙会上扯起了鳞次栉比的帆布篷，设立了货源充足的售货部。刚刚时兴的铁匠、木匠"专业户"，也越来越多地带来了各自的产品，摆上了地摊。饮食"专业户"也在稠密的国营食堂之间，见缝插针地支起了锅灶。货币在紧张地流通，商品在频繁地交换。黑娃连同他的八元四角钱便如同被磁石吸引着似的跑到这儿来了。

黑娃来到会上，便一头钻进了百货棚，恰如一条鱼儿，消失在喧哗的人流里。历来不重视仪表，只是偶尔在山泉水里照一照尊容的黑娃，一旦捏住了八元四角的钞票，也便立即唤醒了人的爱美的天性。他整整用了半晌的工夫，经历了不少于二十次的询问、对比、选择，终于认准了一件小翻领、有拉链的红绒衣，而且想象着像那些有幸当上工人或是家里有人在外拿工资的小伙儿那样，他怎样穿上红绒衣，罩上绿色军布衫儿，敞开领口，把红绒衣领子翻出来，露出闪光的拉链，再用牙齿把绿军帽的帽顶咬出个圆形的棱角，扣到头上，低低地拉下帽檐，活泼的目光在帽檐下"梭梭"地闪动。于是，我们的黑娃也就具有了中岳嵩山之下一个翩翩少年进入八十年代以来的典型风度，而且会赢得闺女们悄悄投来的含情脉脉的目光了。但是，当黑娃那只捏着钞票的右手终于从袄兜里伸出来，开始用指头查钱的时候，又忽然想起，他眼下还没有绿的确良军布衫儿跟红绒衣相配，要是在红绒衣外面罩上他那件唯一的已经发白而且小得像茄子盖一样的蓝布褂子，配上这条膝盖上早已打了补丁的破工装细腿裤子，再叉开腿来，圆规般地站着，翘起这双露出小拇脚趾头的解放鞋，俺黑娃是一副什么模样呢？他立即感到莫大的惶恐。"特别的尤其是"，他想着，眼看就是"谷雨"，接着就是"立夏"，绒衣穿不了几天就该换季了，买来放着压箱底儿，造成资金积压，这算哪一家的"经济学"呢？眼下顶要紧的，是买一件的确良军布衫儿，现时罩住这补丁小袄遮遮丑，天热了还可以单穿。但他在百货棚里视之再三，最便宜的的确良褂子也要十五元五角，大大超过了囊中所有。退而求其次，买一条公安蓝的确良制服裤吧，也要十一元三角，还有两元九角的差额有待长毛兔尽快地补足。长耳朵货，你给俺加油啊！黑娃在心里呐喊着，从百货棚里钻了出来。

"他娘的，美美地吃它一顿再说！"黑娃打量着路边一溜儿排开的十多个饭棚，鼻子由于受到种种香味的刺激而不住地耸动着，向一个羊肉汤锅大步走去。但他转而又想，不慌，既然如今时兴了"饮食专业户"，不再是国营大食堂独家生意了，那俺黑娃也得挑挑拣拣，把这十几个饭棚挨个儿看看，要吃就认准最好吃、价钱最公道的，开饭铺的还得对人和气，见了俺不露露笑脸的，别想赚俺黑娃的钱！他从北到南地察看了一遍，又渐渐感到惶恐，似乎每看到一种食物，心里便立即冒出五种以上不应该吃的理由。就拿那家挂着名厨海某某招牌的羊肉拉面来说，海师傅的拉面表演确曾使黑娃眼花缭乱，甚至在心里连连叫好，但他继而又想，四两面再拉长还是四两，既如此，何必非吃这六毛钱一碗的"坑人面"不可呢？再比如，那三毛钱一碗的羊肉汤，价钱不能算贵，肉似乎是新鲜的，汤上漂着油，可要是把馍泡到汤里，再用筷子一搅，不就变成一碗咸糨糊啦！谁爱喝这咸糨糊谁只管喝去，俺黑娃没这口福！而这时，他看见了黄焦的锅贴馍，吃这馍要的是"口劲儿"，泡到羊肉汤里也泡不烂，一毛钱一个，不收粮票，是一种"好吃不贵"的吃食，但他立即感到嘴里有一颗虫牙隐隐作痛，好像唯恐再受到锅贴馍底儿上那一层硬壳的折磨似的。最后，黑娃在一个水煎包子锅前站住了。包子刚刚翻过身来，包子底儿结着一层油黄透亮的薄膜，羊肉馅儿的香味又是那样地令人难以抗拒，怪不得黑娃娘一提起黑娃没吃过水煎包子就引为人生的憾事，而黑娃爹的榜样的力量是无穷的："俺爹没吃过水煎包子也活了六十多岁，俺离六十岁还远着哩，这五毛钱才买二十个水煎包子，还是先寄存在这儿，明年吃。"黑娃又向一拉溜儿饭棚扫了一眼，那眼神分明是说，统统地寄存在这儿！

金钱真是罪孽啊！像是故意捉弄黑娃似的，它接连不断地引起黑娃的种种欲念，搞得他陀螺般地团团打转，然后又让他陷入金钱唤起的欲念而又无足够的金钱去实现的烦恼之中。

就在黑娃一再地抑制了物质生活上的种种需求之后，从一块用布幔子围起来的露天场地上，传来了"咚咚锵锵"的锣鼓声。从山东远道而来的武术团就要开始表演。一张入场券只要一毛钱，只是八块四毛钱的八十四分之一，不值得一提。于是，黑娃又立即产生了精神生活的迫切需要。我们的黑姓也练过"武把子""蝎子爬""拿大顶""没底儿跟头",样样都能来两手,对于来自好汉武松家乡的"陈路拳"神往久矣!他决心让自己开开眼界,而且准备把演武场上的精彩场面带回去,给娘学说学说,叫娘高兴高兴。眼看着,黑娃向那张卖票的小桌子跟前走去了。而这时,入场口上方,高高扯起的一条布幔子吸引了他的目光,上边写着"金枪刺喉""油锤掼顶""汽车过身",还画着表现以上各种惊险场面的彩色图画,比如那幅"油锤掼顶"图,画着一个大油锤落在一位勇士的脑袋上,似乎可以听到"呼"的一声,油锤上金星飞迸,而勇士的脑袋安然无恙。黑娃挨个儿看了半晌,感到了极大的新奇和满足,好像对娘已有了说不完的新奇故事,因而也就没有花钱买票的必要了。倏地,他又离开了售票桌……

这时,天已过午,黑娃十分想念娘做的糊涂面条,就要毅然地踏上归途了。但他捏着分文未少的钞票,又徘徊起来,感到这样双手空空地回去,好像对不起娘的嘱托,也对不起长毛兔的情意似的。他惶惑地停下脚步,坐在那座"名山第一坊"的青石台阶上暗自寻思,希望能够在离开庙会之前,找到一个能使有限的金钱发挥出最大效益的门路。

好像有谁看破了黑娃的心思,在"遥参亭"外的一幅广告牌前,两个小伙儿正在指点着说:"这花钱不能算多,可是要啥有啥!"

"走走，咱也'美一回'去！"

黑娃纳罕地跑过去，看见广告牌上写着："彩色快照，化妆摄影。随照随取，画面新颖。西装旗袍，任意选用。弹簧沙发，天然布景。对坐饮酒，多样表情。中岳留念，诗意无穷。"

这时，一位梳大背头、戴墨镜、穿人造革拉链夹克衫的青年摄影师正高高地站在花坛上，举着一部照相机，对围在花坛前边的人群说："这是最新进口的美国机子，照一照，十年少，找对象的年轻人照这最好！"

围观的闺女们都"哧哧"地笑了。

人群里有人介绍说："错不了，这可是地地道道的美国货。他大哥是那大工厂的采购员，常驻广州，是跟洋人、洋货打交道的。"

黑娃觉得摄影师面熟，就近一看，这不是那个开"流动照相馆"的吗？两年前，还见他戴个破草帽，在一辆破自行车上挂着营业执照，脖子上吊着一个方匣子照相机，游村串乡，扯着嗓子喊叫："谁照相？谁照相？"两年不见，可就鸟枪换炮啦！

黑娃向花坛上望去，只见那里摆着一对沙发，沙发中间夹着一个茶几，茶几上放着一个长脖酒瓶，两个高脚酒杯，一束塑料花，一盘蜡制苹果，一部"拨号"电话机，一把陶瓷小茶壶。花坛旁边树杈上，挂着西服、领带、料子裤、旗袍、毛衣、连衣裙、皮挎包、花阳伞。树下摆着半高跟女式塑料鞋、"三接头"男式大皮靴。两个大小伙子已经换上了西装革履，正在打着领带，傻乎乎地相视而笑。黑娃认出，这是邻村从豫东请来的两个烧窑匠，前天才出了一窑叮当响的好砖。要不是树下扔着被窑火烧得大窟窿、小眼睛的破褂子，要不是他俩的梳不平的头发里藏着煤灰，黑娃差点儿把他俩当成来中岳庙观光的外宾。

黑娃正愣愣地望着，两位烧窑匠已经登上花坛，在沙发上相对而坐，毫不含糊地做碰杯饮酒状。摄影师对准镜头，说了声："笑！"烧窑匠立即忍俊不禁，咧开嘴儿笑了。"嚓"的一声，"好！"摄影师当即取出白色底片，玩魔术似的，向人们晃动底片说："变，变！"底片上迅速显影，瞬间，一张彩色照片已经呈现在人们面前。

西方的光学技术对中岳嵩山之下的年轻山民们立即产生了巨大的诱惑。大家蜂拥而上，睁大眼睛审视着，仰着下巴惊叹着，烧窑匠大声喊叫着："嘻嘻，咱俩算是'美'了一回！"

黑娃也满头大汗地朝前挤着，想就近看看相片，不幸被踩掉了鞋子，只好败下阵来，掂着鞋子寻思：这"美一回"可真是"美一回"呀！吃的、喝的、穿的、用的，相片里全都有啦，还是"自来彩"！娘说得老好："想吃啥，吃！想穿啥，穿！"难道只兴俺张黑娃辛辛苦苦喂养长毛兔，剪下一寸七的特级纤维，给你们外国人做那啥"开司米"的花毛衣，就不兴你们外国人为俺张黑娃服务一回吗？不中不中！你这美国造的照相机也得为俺中华人民共和国不大不小的公民张黑娃"咔嚓"一下，俺也得"美一回"，"美"定了！他继而又想，不慌，我得先看看这彩色相片成色好不好，看看这美国货坑不坑俺中国人。他又提上鞋，挤了过去。

这时，摄影师趁烧窑匠更衣的机会，重新把相片举在手里，宣传着彩色快照的光学原理及其无比的优越性。黑娃忍不住把手伸过去，说："照相的，把相片给俺看看！"

摄影师瞅瞅黑娃，又瞅瞅黑娃的手，忙把相片收回去，说："不敢不敢，你这手一摸，得留下五个指头印儿！"

人们哄地笑了。

"你说啥？"黑娃当众受辱，脖子也涨红了。

"啥？"摄影师揶揄说："人家的相片，再看也是人家的，你想看，就自己照一张。"

黑娃大声说："照就照！"

摄影师提醒黑娃："小老弟，照这相，三块八一张，先交钱。"

黑娃觉得耳朵里"嗡"的一声，但那诧异和嘲笑的目光又使他涨红了脸庞，他"唰"地从兜里掏出两张二元钱的钞票，以破釜沉舟的姿态，把钞票摔到开发票的小桌子上，"咚"地拍着胸脯说："你给我照！"

摄影师先是骇然，继而肃然起敬。看热闹的人们也都收敛声息，对这个穿着补丁袄的小伙儿刮目相看了。

当黑娃把钞票摔到桌子上的时候，他心里猛地一沉，但他望着人们瞠目结舌的样子，又感到无比的快意。

"穿哪件衣裳？"摄影师热情地询问着。

黑娃向树杈上瞟了一眼，指着一件蓝色西装上衣说："就要它！"又指着一件翻领毛线衣，"还有它！"

在人们不知是惊讶还是羡慕的目光下，黑娃从容地脱下了补丁小袄和沾满汗污的小布衫儿，勇敢地袒露着正在发育的结实浑圆的肌肉，赤膊站在阳光下，像是向人们炫耀，看看，好好看看，这才是真正的黑娃呀！穿戴时新的人们啊，你们都扒了衣裳，跟俺黑娃比比肉吧，这可是俺自个儿长的，咱不比身外之物！然而，当摄影师热心地帮助他，把毛衣、西服、呢子裤等"身外之物"堆砌在他那健美的躯体上时，他还是感觉着一种进行了一次报复的得意。

"系领带吗？"摄影师双手比画着问。

"系上！"

在众目睽睽之下，焕然一新的黑娃，面不改色地登上花坛，从容不迫地在沙发上落座，身子颠了两下，对沙发的弹性表示满意，用庄严的目光环顾了人群，又打量着茶几上那部做道具用的电话机，干咳着，清了嗓子，忽然抓起电话机的话筒，大声喊叫起来：

"喂喂！你是俺娘吗？俺是黑娃呀！俺在中岳庙给你说话哩！俺是问问你，晌午做的啥饭哩？啥？蒜面条？鸡蛋卤？中，中！先搁锅台上晾着，俺一会儿就坐直升飞机回去……"

围观的人们先是愕然不知所云，继而明白了这是黑娃的即兴表演，一个个前仰后合，哗笑起来。

黑娃很满意这番表演的戏剧性效果，兴之所至，信口开河，又冲着话筒喊叫：

"美国！美国！你听见没有？俺是中国的黑娃博士，听说你们那彩色照相机不赖，俺今儿个也照一张试试，验验质量。啥？质量老好？那俺丑话说前头，要是没照好，得叫你美国赔俺！"

黑娃绷着脸，又说了一句谁也听不懂的外国话，"叭"地放下了话筒。

人们早已笑得直不起腰来。"咦咦！"一个戴草帽的老汉捂住肚子、跺着脚说：

"这小伙儿，咦咦，他可真做得出来……"

黑娃显然是打电话打累了，他仰脸靠在沙发上，懒洋洋地掂起那把细瓷小茶壶，嘴对嘴地发出"吸溜儿、吸溜儿"的声音，又放下小茶壶，把苹果、酒瓶移至脸前，一手执酒杯，一手抓苹果，露出"万物皆备于我"的自满自足的神态，仰脸做饮酒状，说："照啊！"

摄影师一直惶恐不安地望着黑娃的表演。我的爷！他在想，我咋碰上这样一个泼皮货呀，他千万别把我那蜡制苹果囫囵个儿地吞下去呀！而这时，在黑娃的一系列"慢镜头动作"过后，举杯欲饮，又恰合时宜地来了个"定格"。

"照啊照啊！"黑娃催促着。

摄影师终于从心底嘘出一口气来。他感到，这个泼皮的、富于想象力的顾客已经引人入胜地为他做了一回"活广告"，连忙摘下自己戴的墨镜，送上去，说："戴上，戴上这照！"

黑娃望望墨镜，想起了毛驴拉磨时戴的"碍眼"，便摇着脑袋说："免啦免啦！"

"笑笑！"摄影师说。

黑娃想起毛驴，想起他已经充分利用了"美一回"给他提供的一切享受，也想起他穿的这件毛衣，说不定就是那啥"开司米"织的哩！不由得绽开嘴唇，开心地笑了。

"嚓！"

当黑娃脱去西装，重新换上破袄的时候，摄影师已经把刚刚显影的彩色相片呈送到黑娃面前。啊呀！相片上的黑娃，是那样的英俊、富有、容光焕发，庄重的仪态、嘲讽的眼神、动人的微笑，好像是为着某一项重大的外交使命，出现在某一个鸡尾酒会上似的。背景却是中岳庙的天中阁，红墙绿瓦、雕梁画栋、古色古香。

黑娃愣愣地望着相片，那眼神好像在问：这一位果真是俺吗？但他很快便确认，这就是本来的黑娃，或者说，这就是未来的黑娃。评论家也说，相片之外的黑娃不过是黑娃的暂时的"异化"罢了。这样，美国政府也就避免了一场要求赔偿损失的贸易纠纷。

赶会的山民们都被这照片里的奇迹惊呆了。那位戴草帽的老汉，再三地将相片内外的两个黑娃做了对比。"噫嘻！"他使用着在中岳嵩山之下保留至今的一个文言叹词发表评论说,"只要有好的穿戴,人人都有富贵之相啊!"

黑娃为今日赶会的一个意外圆满的结局感到满意。他一边走,一边乐呵呵地把相片高高举起,不住地转动着身子,向四面八方展示着相片,让人们一睹相片上那位黑娃的风采。

"你……同志等等!"摄影师从黑娃身后赶上来,手中晃着两角钱的钞票,说,"找给你钱。"

黑娃这才发觉自己的疏忽,但他望着摄影师满脸赔笑的样子,想起他刚才的拼命巴结劲儿,不由得可怜起他来,便以使自己也大为吃惊的慷慨大声说:"这钱俺不要了,送给你喝碗面条吧!"

"那咋能?那咋能?"摄影师忙不迭地把钞票塞到了黑娃兜里。

"你照得不赖!"黑娃郑重地给予精神的鼓励,又热情相邀,"有空儿去俺家坐坐。"

"一定一定!"

当黑娃挤出人群的时候,有人在他背后议论:"这小伙儿看着面熟。"

"不错,咋看咋像县长他二小子,别看穿得窝囊,那是他爹叫他忆苦思甜哩!"

黑娃任凭人家议论,径自兴致勃勃地走着,把相片捧在脸前打量着。他感到满足而且激动。他想着,娘见了也会高兴,因为他给娘带回去的,是一个五颜六色的向往,一个黑娃"吃得穿得"的证明。但不知为什么,当他重新把右手插进袄兜的时候,他的心却怦怦地跳动,伴随着莫名的惆怅。

黑娃走出庙会,不觉登上了山坡。远望家乡的村庄,他想起了他的长毛兔,说不定那两只母兔已经生下了两窝兔娃。他得赶紧回去扩建兔窝,垒成两棚楼的,通风向阳。他又仿佛看见,爹正弯着腰,蹲在往年只准种红薯的那块"责任田"里,一边栽着烟苗,一边掰着指头念叨:"西乡那种烟的人家,一亩烟有挣上八百多块钱的,俺这三亩烟能挣多少呢?"

黑娃想着,心里又踏实了。他再次掏出彩色照片,审视良久,忽然对相片里的他说:"我说你呀,你好好听着,再过两年,咱来真格的!"他又回头望着山下的庙会,望着那鳞次栉比的货棚、饭铺,大声喊叫着:"你们——统统地——给俺留着!"

"留着——留着!"群山发出了回声。

穿过盛开着油菜花的田间小路,黑娃哼着梆子戏,飞快地回家去了。

家族

/// 周大新

日头在天顶稍待了一霎,就开始向西滑。于是五爷的左脸上就沾了些黄;有几条横纹抖了一阵,又渐渐停下;两只浑黄的眸子凝了,直盯在那口空棺上。

那是一口黑漆棺材,榆木,薄底薄盖,四抬。

两个儿子和女婿正用条凳把那空棺支起来,让它头对院门,做着起棺的准备。棺前壁那个巨大的"奠"字,日光下显出几分狞厉。

正屋里间,传出一声女子轻微的呜咽。

(五子,你过来,爹把这个东西送你,你要好好保管!爹,这是啥?算盘!算盘?怎么没有珠儿?五子,你大了就会懂的!记住保管好,常看看它,记住了吗?……)

五爷猛地把头摇摇。

周五爷那个家族，很有些怪，隔那么一代，就总要出个傻子，这事柳镇的老辈人都知道，族谱上也有记载。

五爷是独子，不傻，按推理，下一代又该出了。所以五奶奶一嫁过来就有些慌，婚后不久，便在一个薄雾轻笼的早晨，挎一篮祭品，迈着带了弹性的步子，进了送子娘娘的庙门。她先小心而虔诚地在娘娘坐像前那个中间已烂了两个洞的蒲团上跪下双膝；然后摆上祭品：八个白面蒸的供香馍、一只炖鸡、一条炸熟的鲤鱼；然后点上一把棒香插在那个青色陶质香炉里；然后开始向娘娘恳求：您老开恩，赐俺一门儿女，只是不要傻子，倘若您老应允，俺初八、十八、二十八，逢八就来孝敬您……五奶奶话未说完，正燃着的棒香啪啪倒了四根，最后一根倒得有些勉强，晃悠了三下才最后倒下。五奶奶不知道这是不是一种回答，疑疑惑惑地回家，心绪不安地等待。

一些年后，真相大白：五奶奶生下三男一女，老大是男，叫大德；老二是女，叫云娇；老三是儿，叫小德；老四也是带把的，可惜长到十七岁，还只会说一个字：呀。于是五奶奶顿脚叫：送子娘娘你坏良心哟！啃了我的鸡，吃了我的鱼，临了还要塞给我个傻儿子，你不怕伤天害理？……

几年前一个凌晨，天还不亮，正在梦中的五爷和五奶奶，忽然被睡在隔壁的小儿子呀呀叫醒。五爷用胳膊撞撞五奶奶，说：

"你听，这傻小四不睡觉又在瞎倒腾啥？"五奶奶揉揉眼皮："怪！这孩子平日都是一觉睡到天亮，没有这么早就醒的。"小四的叫声越来越响，且伴有脚步声，仿佛在屋内跑步。五爷就气得隔了墙骂："你个小东西在干啥？快睡！"可那小四并不理会，叫声依旧。五奶奶就只得摸索着披衣下地。长子、二子和女儿都已结婚分开另住，只有这傻儿子还在跟着父母过日子。五奶奶推开隔壁的门，只见傻小四正在屋里跑，正跑一圈，倒跑一圈，边跑边叫"呀，呀呀"，直跑得热汗淋漓。五奶奶有些纳闷，这孩子这是怎么了？平日可没见他这样干过。她喊了一声："小四，你傻跑什么？"小四却只对她笑笑，依旧在跑，直到后来五爷拎了木棍进来，傻小四才止步。五奶奶回到床上躺下时，仍在自言自语："有些怪，这孩子平日没这样干过！"五爷有些火："怪什么？一个傻东西办事还能不怪？""什么叫傻东西？"五奶奶立刻反驳，"我知道你一直在嫌弃他，你总觉得他丢了你的人！可那是我愿生的吗？还不是你们周家积的德！我当初就是跟一个和尚过，也不会生出个傻子来！""又来了，又来了，算我说错行了吧？"五爷败下阵来。

　　五爷仍站在原地。两三只雀儿从空中飞过，黑色的影儿在棺顶一掠。他直盯着两个儿子和女婿在棺前的动作，直到棺材两端的抬杠绑好，大德扭头对他说了一句："爹，好了！"他才慢慢地移了步子，绕着那空空的棺材走了一遭。

（五子，你过来，爹把这个东西送你，你要好好保管！爹，这是啥？算盘！……）

他的脚掌重重磕着地皮。待一遭走完，他猛地转头，向女婿乔明低喝了一声："拿鸡！"

堂屋里间，又传出一声低低的抽泣。

五爷在这柳镇上很有些名气。因为他有一门家传的手艺：做"冥宅"。"冥宅"就是俗称的"棺材"。五爷一辈子不知道做过多少口棺材。哪家有了丧事，只要来找五爷，说：请您老给定个宅。五爷二话不说，只点一下头，把烟锅磕磕朝腰里一别，就拎了木匠家什，去到那家。到后再看一眼丧家备下的木头，问：要几抬？不论四抬棺、八抬棺、十六抬棺或是三十二抬、六十四抬棺，五爷都能做得漂漂亮亮，而且不论是枣木、青冈木、松木，还是榆木、桐木、槐木，五爷做好漆成后，看上去都像上等的柏木棺材。五爷特别擅长漆工，单是一种黑漆，就能漆出三种色调、三种氛围、三种情绪来："敬黑"，就是先在做好的白茬棺木上涂一种他配制的黑颜料，而后再刷黑漆，漆出后看上去黑明铮亮，直让人感到有一种什么肃穆的东西透进来，顿生一种尊敬，这种颜色多适于寿终而寝的有德行的老人。"悲黑"，就是直接在白茬棺木上连刷两道半黑漆，刷时漆刷与棺板成一定角度，这种黑让人看去立时生出悲来，这颜色多适用于夭折的孩子和病故的中年人。"败黑"，就是先在白茬棺木上涂一种他配制的白颜料，然后再刷黑漆，这样漆出来的棺材让人看后会生出几分怕来，这颜色多适于有过失而死的人，比如与人通奸被发现而自杀的女人等。

五爷给人定"冥宅"，酬劳嘛，自然有一些，丧家多是在他做的过程中，每顿饭给他摆上四个菜，放上一瓶宛城白干，结束时，往他兜里塞上十块八块烟钱。多了五爷也不要，五爷说，这叫积阴德。

但五爷现在已经不大给人定宅，年纪大了，那活干起来太吃力，再说手艺早已传给了儿子、女婿，有丧事让他们去干吧。五爷现在常常坐在老屋的南墙根，椅边放一张木桌，桌上摆了瓷壶和烟簸箕，渴了，对了壶嘴喝几口；烟瘾来了，往烟锅里面按上烟丝就吸，生活嘛，倒也惬意。

那日，五爷坐在山墙边晒太阳，五奶奶在一边濯着韭菜。五爷说："嗳，听见了吗？我这两夜里总做梦。""做梦有啥稀奇！"五奶奶白他一眼。"总梦见爹交给我的那个无珠算盘。""是那个框子？""嗯。""你爹也真是，上吊前还要把那个烂东西塞给你！""那不是——"

"爹、娘。"五爷正要讲下去，话忽然被人打断，扭头一看，是分住在另一条街上的儿子大德。"有事？"五爷望着儿子。

"嘿嘿，有点小事。"大德晃了一下他那粗大的身子。他因为是头生子，把五爷和五奶奶当初积在体内的精华都吸了来，所以长得极是高大壮实，做一件褂子差不多要丈把布，五奶奶常常惊呼：乖乖呀，你这么个长法，我可怎么养活你！

"说吧。"五爷抿一口茶。

"七贤在卖蝈蝈笼子。"大德没头没脑地这样说，"一天能赚四块多。"

"他卖他的，与我们何干？"五爷的眼眯了起来。

"嘿嘿，我也想开个店。"

"啥店？"五爷的眼眯得越发紧了。

"棺材……店。"大德说得吞吐，而且声音很轻，像怕把他爹惊着。

五爷的双唇慢慢张开，有一颗黄黄的牙齿露出来，潮红的舌尖一动，又停住，双眼直盯着儿子。

大德被爹的目光盯得有些难受，就低下头，默默地用手晃动着弃放在身旁的一个碌碡，那碌碡在他手下轻巧地摇晃着，俨如小孩手中的拨浪鼓。大德的力气全镇闻名，当年他结婚时，正逢下雨涨水，车和轿都没法使用，而预先选定的喜期男女两家又都不愿更改，恐改换日子会招来祸祟，于是新娘就只好用人去背，这背新娘的人自然得是大德，大德便拿一把油布雨伞去了岳丈家。两家相离二十来里，大德没让新娘脚踮一下地就背了来。中间蹚过几条河沟时，大德都是把新娘捧放到肩膀上边。据说新娘子韭叶原先对这门婚事还不太满意，但这一背让她对大德满心欢喜。三天回门后韭叶妈不放心地问女儿大德有些什么毛病，韭叶只管摇头，问到最后韭叶也仅羞红着脸说了一句：就是身子太重。也正是因为大德有力气，当初五爷向他传授做冥宅手艺时才传得最仔细——干这活首要的是力气。大德也学得最认真，差不多全承下来爹的那套手艺。

"这主意是你想的？"五爷终于开了口，话音沉而低。

"我……嘿嘿。"大德有些惶恐，"也是……"

"知道棺材是什么吗？冥宅！冥宅都敢拿来做买卖，亏你想得出！"五爷的声音提高了，"连死人住的地方都拿来卖钱了？"

"叫喊什么？有话不会跟孩子好好说？"五奶奶插了嘴。

"阴德！你连积阴德都忘了，阴德！知道吗？"五爷跺起了脚。

"那……那……就算了……"大德慌慌地后退着。

日头又斜下去了一点，空棺在地上的影子有些变长，五爷左手拎一只公鸡，右手攥一把菜刀，刀刃在鸡脖子上轻轻一抹，一股殷红的血顿时喷出。五爷于是就拎了那鸡，沿空棺走了一圈，步子阔大、急切，鸡血于是也急急地滴下去，在地上溅起几点灰尘，很快红成一个圆，围了那空棺。五爷站在圆圈外，慢慢地扔了刀和鸡。

（五子，你过来，爹把这个东西送你，你要好好保管！爹，这是啥？算盘！……）

五爷望着空棺，眸子又慢慢凝住。

堂屋里间，又飘出一声女子的低泣。

那几天五爷受了点风寒，总咳嗽。一日傍黑，他正坐院子里咳，忽觉有一只轻轻的拳头在背后捶，捶得又柔又悠，使他顿时觉到了一股舒服。扭头一看，原来是女儿云娇提个篮子蹲在背后，于是就立刻面露笑意，朝屋里叫："她娘，娇儿回来了。"五奶奶听见了，就一边扯围裙，一边眉开眼笑地走出来，接下来自然是一阵母女间的亲热问候。因为只有一个女儿，五爷和五奶奶就特别地对云娇增了几分爱意。最初的问候过后，云娇就提起手中的篮子晃晃，甜甜地说："爹、娘，俺给你们带了点刚割下的韭菜和小葱来，你们尝尝。听说爹咳嗽，我还特地带了点荷叶，待会拼两个鸡蛋煎煎，那东西吃了止咳，可灵验。""看看，看看，到底是娇儿想得仔细，在记挂着你。"女儿的话音刚落，五奶奶就对五爷开了口，"你平日总说两个儿媳好，可她们谁记挂你咳嗽了？"五爷于是就笑，没笑完却又咳起来。云娇见状，又立刻蹲下，在爹的背上轻轻捶，边捶边柔柔地说："爹，你以后可要注意身子，你们二老多在一天，俺们做儿女的心就多安一天，虽说我们大了，可你们终究是个靠山。"这番话说得五爷的眼眶竟有些热，一颗老泪差点要滴出眼窝。云娇的会说话，不仅在周家兄妹中，就是在全镇的女人中，也都是数得着的。云娇要想找人办事，常是几句话就说得对方心动。云娇的丈夫乔明，就是她用一盆水加一番话得来的。乔明当初算是柳镇长得最俊的小伙，而且和云娇一样也是初中毕业。镇上很有几个漂亮姑娘在追他，他自然不会注意到长得平平常常的云娇望他时的热烈目光。可云娇不慌，她只是暗暗观察，待发现乔明每天傍晚都要从自己门前走过一趟时，她便预先准备了一盆脏水。那日傍晚，乔明刚走到云娇门前，云娇便哗一下把那盆脏水全泼到乔明身上。乔明被泼呆在那里。这当儿，云娇就哎哟着跑上去，一边后悔不迭地带着哭音叫："天哪，是我眼瞎了，咋能泼到你身上！"一边就不由分说地把乔明拉到了自己屋里，而且不由分说地替乔明解扣脱衣，又不由分说地脱下自己的外衣披在了乔明身上，跟着便是替乔明洗衣烤衣，边洗边烤。云娇叹了口气："唉，也亏得了这盆水，要不，俺啥时能给你洗烤个衣裳？像你这样漂亮的人，俺能给你洗一次衣裳也算是福气！俺常常做梦，总梦见给你做饭洗衣，没想到这会儿成了真的，算是老天爷成全了俺一回！"几句话说得乔明胸腔发热，血流加速，禁不住就抓了云娇的手说："你真是个好姑娘！"云娇当然不会放过这个机会，就软软地向乔明的怀里倒去……

当五爷眼窝里的那颗老泪刚刚化成雾时，云娇又轻描淡写好像顺口说出来的一样讲："爹，有件小事想同你商量，乔明不是跟爹学过做冥宅的手艺吗？现在是个手艺都能挣钱吃饭。所以俺俩合计了一下，也指望靠这个手艺赚点油盐钱，想开个葬品店，你说行吗？"

五爷的身子微微一震，他未料到女儿也会提这个问题，嘴慢慢张开，又缓缓闭上，许久，才吐一口痰，说："娇儿，做这种生意，是坏阴德的事，我怕不会有好结果，所以嘛——"待看到女儿脸上的失望神色，五爷又有些不忍，便稍稍改口："不过，你们要是真想干，我也不拦——"

"太好了！"云娇听到这话，立时高兴地把脸贴在五爷肩上。

"啊，爹，谢谢你的同意。可你不知道，开葬品店只是我要走的第一步，我还有更大的计划！这计划我现在还不能跟你说，说了你也不会懂得！没有人注意到丧事办理这个角落，可这个角落里也能干出名堂！爹，你不会晓得，三个月前的那个下午，镇长他们坐在王老四的茶馆里，议论着镇上哪几家将会发达，他们说到了黄家，说到了秦家，也说到了杨家，可一次也没提我们周家。没有人看得起我们周家，我就偏要干个样子让他们看看！我相信我能成功，我掂量过我的家底，我读过这方面的书，我去过城里的火葬场和公墓，我一定能干成！"

"可是娇儿，"五爷拍拍女儿的头，"有件事我得告诉你，咱们家做生意可是不大利，当初你爷爷贩烟叶，钱听说赚了不少，可人最后是上吊死的，连他为啥上吊都没人知道。"

"放心吧，爹，我可不是我爷！"云娇站起身子，甩了下头发说。

云娇的"平安葬品店"开张三天，大德便也放胆在门前挂起了一个木牌，让儿子在牌子上用毛笔写了"周记棺材店"，而且立刻借了些钱，买些木头到家，开始做棺材。对云娇开店一事知道得最晚的，是老三小德。十天之后的一个中午，小德的妻子秋娥去杂货店灌醋，才无意间瞥见了云娇和大德门前的招牌，于是就快步回家，进了院门便对小德叫："嗨呀，我的妈哟！你们周家净出能人！这不，你哥和你姐竟然开了棺材店！乖乖，靠卖棺材赚钱，他们不觉得丢人，我还觉着脸红哩！"秋娥对小德说话，常用"你们周家"几个字开头。这主要因为小德的身材与大德相反，长得颇矮颇瘦，使腰身丰满结实的秋娥总觉得跟了他有些憋气，于是说话时就常用"你们周家"几个字表示轻蔑。小德听秋娥说姐姐、哥哥都开起了棺材店，自然是不信，就笑笑："又在瞎扯！"

"谁瞎扯了？不信你去看看！"秋娥一把就把小德从椅子上扯了起来。片刻之后，小德面孔发红地从外边走回。"怎么样？我没说错吧？你们周家的人还能干出什么有模有样的事来？卖棺材，咯咯咯。"秋娥拍着腿笑起来。小德的脸于是就越发地红。半响，才解释似的嘟囔："他们大，咱小，不好劝的……"

日子不知不觉地流着，几月之后的一天，秋娥去街上买菜，回来后忽然间竟叹了一口长气："唉，真没想到。"

"没想到啥？"正准备去给牛添草的小德有几分诧异。"你没看见，姐和大哥两家人都穿上了支支棱棱的新衣裳？没看见大嫂还买了一条拉毛围巾？对门的小良妈告诉我，他们两家这些日子至少都赚有上千块钱。听说姐家还要买毛毯，是用塑料兜装着的那种，哼，显摆得她！"

"是么？"小德好像也有些意外，愣愣地望着妻子，半晌，才又说一句，"他们买他们的，与咱有啥相干？"

"有啥相干？"秋娥闻言就又跳起了脚，"你说得倒轻巧！人家都过得那么红火，咱就这样过？跟着你这个窝囊蛋，能享着福？"小德没想到秋娥又发出这一通火，于是呆住，最后才嗫嚅了一句："那你说咋办？"秋娥不再作声，只坐在锅灶前，直直地望着灶膛，不停地磕打着烧火棍，小儿子趔趄着上前要去吃奶，被她啪地在屁股上打了一掌，而且骂："吃，吃，都只长了个嘴，脑子哪？脑子哪？"小德于是轻手轻脚地上前，抱起儿子向屋外走。

自那以后，小德就常见妻子去大哥的棺材店里坐。一天，她从大德店里走出，脸上很带了几分兴奋，进门就朝小德喊："我说，咱们也干！"

"干啥？"小德一怔。

"开个棺材店!"秋娥很果断地拍了一下腿,"我弄清了,如今棺材的销量很大,四乡几百个村子,老头老婆们死了都怕火葬,都买棺材,一口棺材本钱只要一百来块,可以卖到二百五到三百四,好一些的能卖五六百。这钱咱为啥不赚?你过去不是也跟着你爹学过做棺材手艺吗?干!"

小德一开始还有些犹豫,但秋娥在他的肩上打了三掌后,决心也就定了。他找出当年爹送给他的那套多已生锈朽坏的家具,连夜修理。他当初因为身子瘦弱,对做棺这门手艺不是很有兴趣,不像哥哥那样认真学习,所以在开始动手做第一口棺材前,他只好以串门闲聊为借口,常去姐的店里坐,看姐夫的操作。这期间,秋娥就去娘家借了一些钱,把准备给爹娘做冥宅的一方多木头拉来垫底,并且还把家里朝街的三间房子腾出,做了工作间和店堂。一个月后,秋娥就把一个方方正正写着"谦恭冥宅店"的木牌挂在了门前。

一块云晃过来,遮住了西滑的日头,于是空棺的影子,就倏忽间失去,五爷的那张脸,也顿时添了几分冷厉。他手提着一挂鞭炮,从中扯下五个大的,把剩下的扔下地,而后擦燃火柴,点燃一个,猛地扔向棺头,啪!一股灰尘在棺前腾起;跟着又依次点上,分别扔向棺尾、棺左、棺右,最后一个扔在棺盖上,鞭炮炸响后引起一阵空洞的瓮声。五爷的这种放鞭法叫作镇棺,意在警告棺内的东西:休得出来!炮扔完,五爷站那里,直瞅着几缕淡蓝色的烟雾向远处隐去。

（五子，你过来，爹把这个东西送你，你要好好保管！爹，这是啥？算盘！算盘？怎么没有珠儿？五子，你长大了就会懂的……）

云娇放下刚买回的两桶黑漆，仰起脸，喘一阵气，扑通一声坐到椅上。喘息在慢慢平下去，笑意又渐渐从嘴角升起。

云娇这些天总忍不住想笑：生意出乎意料地顺利！自开张以来，已先后卖出三十来口棺材，赚得了三千多块钱，这种速度是她当初没有料到的，她很想把这喜悦装到心里，可它们又常常径直跑上脸来。

丈夫和雇来的一个木工就在隔壁做活，斧凿声不停地响过来，叮叮当当、咚咚哐哐，这声音别人听了会心烦神躁，云娇听了却觉得悦耳异常，她如今若半日听不到这声响，就会感到心绪不宁。

就在这种叮当声中，云娇倚在椅上，微微合上了眼睛。（周经理，我们是宛城电台的记者，你能不能向我们谈谈你今后的打算？当然当然。我眼下正在攒钱，我准备在我的钱攒得差不多时，买下镇东的那块礓石地，我要在上面盖一个乐园！乐园？对！叫"最后的乐园"！"最后的乐园"？对！所有刚刚去世的人都可以进园做最后一次歇息，他们的遗体被运进乐园内，将在洗浴、换衣、化妆后，躺在一张镀铬眠床上，那床下是两道铮亮的铁轨，铁轨铺设在一条长廊内，长廊两侧，有花坛、草坪、山丘、小河、房屋、田地、树林。在这些花坛边、草地上、山半坡、小河畔、房屋前、田地间、树林里，到处都立着一群群雕像。雕像中有捏泥人玩的孩子，有在河中游泳的青年，有在田中干活的成人，有在林边散步的老人，死者将在这里最后回忆一次自己的童年、青年、壮年、老年生活，然后去到阴间。当眠床穿过长廊之后，铁轨会分岔两股，一股通向火葬场，那里有最好的焚尸炉，有各式各样的骨灰盒，有巨大的吊唁堂和存放骨灰的灵堂，所有愿意火化的人都可永远睡在这里。另一股将通向公墓，那里有各种规格的棺材和松柏遮天的墓地，所有愿意土葬的人都可永久在这里歇息。你估计"最后的乐园"建成需要多长时间？不会很长，不会很长……）

斧凿的叮当声突然停止，四周一下子变得十分静寂，就是这种静寂，让云娇从恍惚中醒来，她揉揉两眼，起身向隔壁的工作间走去。

雇来的那个木工已经回家吃饭，工作间里只剩下乔明静静地坐在棺板上向窗外看。云娇轻步向丈夫身边走去，聚精会神的乔明没有发现妻子的到来，双眼依旧直直地盯着外边。云娇略略俯了身，顺着丈夫的视线看去，原来街对面站着一个穿淡绿上衣的漂亮女人，那女子正立在杂货铺的柜台旁嗑着瓜子，粉红的小嘴不时地把瓜子皮优雅地吐到地上。（贱人！这又是茶馆老板的那个小姨子，你看她那身打扮，专门招惹男人！）"你在看啥？"云娇轻柔亲热地开口。乔明闻声一惊，慌忙收回目光，扭头望着妻子那微微含笑的脸庞，尴尬地做着掩饰："呵呵，看天，你看这天多蓝！""可不，真蓝。"云娇微笑着附和，并不戳破丈夫的谎言。她知道一旦把事情戳破，只会让丈夫脸红，只会使丈夫的心更与自己隔上一层。她知道怎样控制自己的男人。结婚之后，她一直为自己拥有这样英武的丈夫感到骄傲，但也知道，自己的丈夫不是那种感情十分专一的男人，所以一直很好地监视并控制着他。她自信没有哪个女人能从她手中把乔明的心夺走。

"我刚刚又买了两桶黑漆。"云娇软声同丈夫说，与此同时，一只手抬起，抚在丈夫的头上，轻轻地揉着，她懂得这个动作很快就可把丈夫的心收回到自己身边。果然，片刻之后，乔明一边应着：哦，哦，一边就伸手捉住了云娇的腕，在那里抚，而且不久，就用了力，把云娇拉坐到了自己怀里。

隔壁的住房里，女儿小芬在那里欢叫着什么。云娇眯了眼，任丈夫的手在自己的肌肤上缓缓移动。半响，她才又轻轻开口："他爸，我总觉着咱们干的这个行当是个冷门，做冷门生意最容易干成，咱们要下番力气，干出个名堂，让镇上人看看！你说行吗？"

"当然……行。"乔明含混地应了一声，搂着云娇的手，又用了些力……

鸡叫二遍的时候，韭叶翻了个身，脖子触动了丈夫那冻得发凉的胳膊，她晓得丈夫又在睡梦中把胳膊伸到了被外，于是就睁开眼睛起身，小心地把丈夫那粗壮的胳膊塞到了被内。之后，又看一眼另一床上的两个孩子，这才又躺下去。

大德那只被冻凉的胳膊还没暖热，韭叶轻轻地把身子偎了上去，想用自己的体温把那只胳膊尽快暖和过来。这些天，每晚上丈夫睡觉都像死了一样。他太累了！

因为四乡的人都知道大德继承了父亲的手艺，所以他的棺材店开业以后，生意还颇为兴隆，有时一个月里，就接连卖出六口。由于销得快，大德为了不使缺货，就连明彻夜地干，除了吃饭，一天到晚，就那么锯、砍、凿、刨。韭叶插不上手，至多是刷漆时，她才能抢着替丈夫干上一会儿，不过大德又常常说女人闻漆味久了不好，总从她手里把漆刷夺过去。看看帮不上忙，韭叶就想法在生活上多体贴丈夫，让他吃好、睡好，而且责任田里有活儿，就总是自己一人去干，不让丈夫再操心沾手。

韭叶觉得丈夫的胳膊已经暖热，就又慢慢移开身子，想让丈夫再舒舒服服睡个黎明觉，没想到离开时头一抬，脑后的头发一扫，把床头小桌上那个喝水的搪瓷杯撞落了地，当啷一响，响声过后，两个孩子只是翻动了一下身子就又睡去，丈夫却一下子睁开了眼睛。韭叶后悔极了，该死！你个破缸子，看我不扔了你！

大德眨眨眼睛，扭头看一眼窗纸上些微的曙色，就伸过了带了厚厚硬茧的大手,把妻子揽了过去。

"天还早,你再睡会儿吧。"韭叶附在丈夫的耳边小声说。"快亮了,还睡啥?"韭叶感觉到丈夫把自己越揽越紧,他心脏的跳动,也已渐渐加急,而且有一只手,已在解她的胸衣,她的心顿时也有些醉,脸更紧地向丈夫胸前贴去。但是片刻之后,她就又立刻抑着自己推开了丈夫的手,用柔而微的声音说:"算了,你这些天太累,这是要伤身子的,晚点再……行吗?"大德含混地嗯一声,手又执拗地伸过来,就在这时,外边的店门突然被人拍响:咚咚。

"谁?"大德抬头,十分不高兴。

"东王庄的,来买棺材!"一个粗粗的声音飞进来。"噢,请稍等。"一听说来买棺材,大德立时将眼前的一切忘掉,一骨碌爬起身,三两下穿好衣服,趿拉上鞋跑出去。

"请进……坐下歇歇……还有三口现成的。你们挑挑。钱嘛,老价……怎么,现在就走?……后响就葬?来,绑住这头,我们一起抬……别忙,慢,小心碰掉漆……扶好车子……路上小心,慢走……"

韭叶躺在床上,静静地听着外边的声音。又卖出了一口。当那声音逐渐消失时,她坐起了身,她知道,丈夫马上就又要抡斧劈砍了,不能让他空腹干活,得炖碗鸡蛋糕先让他吃了。

她麻利地穿好衣服,边拢着头发边走进灶间,这时,店堂里边,已传出了钝重的斧响:梆、梆、梆……

日头又从云团中挣出,于是五爷手中的那碗黄酒,色就越浓。五爷扭头依次看了大德、小德和乔明一眼,而后把酒碗捧向嘴边,三口,喝罢,向大德递去;大德接过,也喝三口,又向小德递去;小德喝罢三口,又向乔明递去——这叫同心送棺酒,送棺人同喝一碗酒,不管途中出了何事,都要同力承住。五爷见乔明喝完三口,就猛地挥了一下手,跟着,这父子四人,就一齐向棺材跟前走去,五爷和大德在棺头,小德和乔明在棺尾。五爷往手心里吐一口唾沫,两手对着搓。

(五子,你过来,爹把这个东西送你,你要好好保管!爹,这是啥?算盘!算盘?怎么没有珠儿?五子,你大了就会懂的……)

堂屋里间,又传出一阵女子低低的呜咽。

那天早上五爷起床后,先吸了一锅烟,这才开口对五奶奶说:"昨夜里又梦见了他。""谁?"五奶奶从案板前扭过身。"我爹。""又是那个吊死鬼!"五奶奶的嘴角撇了撇。

"你怎能这样骂?"五爷磕磕烟锅,"他上吊是不得已!""你咋会知道不得已?你那时才几岁?"五奶奶又撇了撇嘴。"我爹那时做烟叶生意,赚了好多钱,光驴就买了八头,每次去汉口跑生意,八头驴驮了烟叶排一队,好威风,这些我都还记得,他要不是遇见不得不上吊的事,他不会死!""究竟遇到了什么——"

"呀，呀，呀。"傻小四打断了五奶奶的话，呀呀叫着跑进来，在屋里兜着圈子，正跑一圈，倒跑一圈，边跑边叫，"呀，呀，呀……"

"小祖宗，你要干啥？"五奶奶无可奈何地喊。

"滚出去！"五爷坐在床沿吼。

小四朝爹笑笑，脚依旧在跑，正一圈，倒一圈，直把地面的灰尘全搅起来，在屋里边翻。

"杂种！"五爷恨恨地举起烟锅，朝小四抡过来，小四轻巧地躲过，呀呀叫着跑出去。

"你知道了吧？他们兄妹三个都开了店！"五爷又把烟锅里的烟丝按满。

"知道了。"五奶奶心不在焉地应道，眼盯着小儿子双脚跑出的两个圆圈，说，"这孩子叫得有些怪！"

"一个傻子，什么怪不怪的？"五爷乜了乜眼，"可我总是想棺材是卖不——"

"有些怪。"五奶奶没再理会五爷，仍在自言自语，双眼依旧紧盯着小四双脚跑出来的那两个圆圈……

一股热风夹着那边咸菜店里的酸味和咸味刮来，在大德那赤裸的亮着油汗的上身抓了一下，他觉着了一点点舒服，便双手上举，坐那里伸了个懒腰。

太累了。干一天木匠活儿，又是锯，又是凿，又是砍，身上的筋、骨、肉，不知抖动了多少遍，这阵儿都有点酸。

大德的目光向街西的小德店门扫一眼，微微叹了口气。这些天，因为三店并立，买主一分散，钱就不如当初赚得多了。于是，大德对这棺材生意的前景，就渐渐生些忧出来。

他默默地摇着蒲扇，让一股一股热风在胸口上舔，有两只早出的蚊子飞过来，在身边叫，叫声自在悠闲，顿时又给他添了几分烦。他扬起巴掌猛地打去，啪，蚊子没打到，倒是打了自己一个耳光。手中的蒲扇越摇越缓，三两颗星从对街的屋脊后闪出，在那里眨眼。街那头响起一声牛叫，叫声嘶哑，在空气中快速地向远处传。

"他爹，给，碗。"妻子轻步走过来，把碗放到他的手上。捞面条，大海碗，盛得很尖。他用筷子挑了一下面条上的那层青青的菜叶，下边露出两个荷包蛋，他抬头："又——""快吃吧！"韭叶柔柔地说一句，又向他碗里扔进几瓣剥过的蒜，便拿起蒲扇，在一边给他扇。

大德抬头："别给我扇，你快去吃吧！"韭叶白了他一眼，说："谁给你扇了？俺刚才做饭，热一身汗，扇扇凉快！"话虽这样说，然而那扇起的风，却又明明朝着丈夫飞。

他只好大口地吞面条。

"哥，还在吃？"一声喑哑的招呼，从黑暗中传来。大德定了睛看,是弟弟小德,就起身把凳子让过去:"坐!吃了没?""吃了。"小德在凳上坐下,熟练地从腰间摸出烟袋,往烟锅里按着烟叶,眼睛,便在那摆着棺材的店堂里扫。

"再吃碗吧,你嫂子做的捞面。"大德一边从裤兜里掏出火柴递上,一边又做着通常的礼让。自分家后,虽然离得不远,但因为都有孩子和诸多的家务事忙碌,弟兄俩其实难得坐在一处。

"哥,俺来,是有件事同你商量。"小德的眼珠在烟头的明灭中一晃一晃,"你知道,我也凑合着开了个棺材店,可近日里买主不多,钱上就有些周转不开,所以我想来跟你商议,近一段日子你是不是就先不急着卖,反正你已经赚了些钱,把一些生意先让给我,行吧?"

"哦?"蹲在那里吞着面条的大德,在黑暗中立时就停了筷子。(原来是这样!既然知道买主不多,当初你为啥也硬要干?你认为这碗饭好吃吗?现在让我停下,那我的钱就能周转开了?)"这件事情嘛,当然可以办,只是你看见了的,我店里也压着货,手头上其实也不宽裕,前些日子挣那几个钱,早就花出去了。"

"哥要是不帮忙,我的店怕是很难支持下去了。"小德的声音顿时有些抖,"我想我们兄弟间,该互相帮衬点,你说呢?"

大德听见弟弟的声音一变,心中就也一颤,立时就想起小时候,常常带着弟弟在街上玩,有时弟弟受人欺负,自己就冲上去相助；而当自己有时同伙伴闹开了时，弟弟也总是挥舞着拳头站在自己一边。你是哥哥，应该给弟弟帮助！"好吧，那我就先停一段再卖。"他抬起头说。

"那可真是——"小德闻言，就欢喜地站起身，磕着烟锅，"要是有买主来，你给他往我那边店里指一指就行！"大德无言地点点头，看着弟弟的身影在黑暗中一点一点消失，这才又叹口气，慢慢地把嘴凑到碗边……

五爷把手心里的唾沫擦干，而后从唇间吐出一字："上！"四人就一齐弯腰，将抬杠头放在肩上。五爷又喊一声："起！"四人一用力，空棺顿时离座。几乎在空棺离座的同时，请来的七麻子吹响了第一声唢呐：哇——，声音极尖、极亮，直把远处老桑树上的三只喜鹊惊得直蹿天上。

（五子，你过来，爹把这个东西送你，你要好好保管！爹这是啥？算盘！……）

五爷两手抓牢抬杠，双眼迷茫地望向空中。

那天早晨天已经很凉，街上赶早集的人，大都已把棉袄穿上，然而在云娇的店里，却照旧弥漫着一股热气。刚刚起店，云娇就和乔明在店里锯一块木板，木板绑在两条凳上，夫妻二人各坐一边，抓了锯，一来一去地拉着。乔明的两臂，不时地凸出一块块肉来，而云娇的两只奶子，则随了那锯的来去，啄米鸽子似的跳着。汗从两人的脸上，急切地往下滚，几缕乳白色的水汽，从两人的脖子上腾起，掺进店中的空气里。

"嗬，一大早就干？"随了这声问话，大德和韭叶走了进来。云娇扭头一看，就急忙松了锯，边拍打身上的锯末，边让着："哥、嫂，你们快坐。家里侄儿侄女们都好吧？我这些天总在瞎忙乎，也没有过去看你们。给，烟。"（他们一大早跑来，是有什么事吧？而且两人一起来，会不会是为了棺材生意？）

"乔明、云娇，我和你嫂子来，是有点小事想和你们商量。"大德望了妹妹和妹夫一眼，"你们知道，小德也开了个店，前一段他求我把生意停停，让他卖，结果我那里就积了不少货。眼下快到年底了，办啥事都要钱，所以嘛，想请你们这段日子把生意停停，让我那儿把积压的棺材先卖出去，中吗？"

"哦。"云娇一怔。（原来是这么回事！你们可真会想主意，让我们停停？眼下正是生意的旺季，我们停下让你们赚钱？既然你们怕赚不了钱，当初为啥还要跟在我的后边凑热闹开店？干不成就别干！叫我停下你们干，能说得出口？当然，你不能开口拒绝，你是妹妹，这话让乔明说！）云娇抬起头，极快地向丈夫投去一瞥。虽然只那么一瞥，乔明已明白了她的意思。不过遗憾的是，那眼色也已让细心的韭叶捉到。

"大哥、大嫂，"乔明慢吞吞地开了口，"眼下快到年底，我们也在等着用钱，生意确实不能停；再说，严冬要来，一些有病的老人常常迈不过这个关口，正是咱们这门生意的旺季，我看咱们就一齐卖吧！"

大德抬起头，有些意外地看着妹夫，眼角里隐隐闪过一丝厌恶。他对这个妹夫不甚喜欢，当初妹妹云娇刚出嫁不久，有天傍晚，大德去镇外的河边洗澡，就撞见他在和一个洗衣姑娘调笑，而且闹到后来，竟上前抱了人家，在人家的两条大腿上乱搓。当时气得大德真想上前给他几个耳光，但一想，事情若闹大，最后苦的是自己的妹妹，才算没有发作。此刻妹夫的这句话更让他感到了不快，但他知道这家里当家的其实是云娇，于是就把眼睛转向了妹妹。

"哥，要我说，乔明讲得也有道理，眼下快近严冬，正是棺材销售的旺季，咱们一齐卖，顾客到哪家就算哪家的，行吗？"云娇微笑着望了望哥哥。（你有点过分！忘记了小时候哥常背你，给你摘枣，给你摘梨？可是生意做做停停，什么时候能买到那礓石地？）

韭叶无声地看了一眼丈夫。（走吧，你，你难道没有看见你妹妹那眼色？）

大德直直地看着云娇，他显然未想到她会这样回答，他觉得有一团东西哽在喉里，把脖子憋得难受。好呀，既然你们不讲情面，那就罢了，罢了！"行！咱们就一齐卖吧！"大德说完这句，猛地起身向门口走去。

"哥、嫂，在这吃早饭吧，轻易难得聚在一块儿，你们这就走?"云娇扶着门框喊,话音热烈、亲切……

半月后的一日,吃罢午饭,秋娥横了横心,拿过前几天给自己买的那件月白衬衫,快步向姐姐云娇家走去。

大德哥的店恢复营业后,小德、秋娥家的生意,一下子就冷落下来。云娇的店开得早,大德的手艺好,买主们多是去光顾那两家,小德和秋娥就不免有些急躁,要去求大哥停业?情理上已说不过去,于是就只有去求姐姐了。

秋娥原想叫小德去的,但小德说大哥既然都未能说动姐姐,我去也白搭,于是秋娥就决定自己来。临来前,她也确实有些踌躇,她对这个婆家姐姐,是早在自己的新婚之夜就有了成见的——

那晚,在闹洞房的客人们都走了之后,秋娥羞红着脸走出洞房门,按照妈妈预先在家的交代,去厨房用淡盐水漱嘴。刚走进厨房,忽然听见从隔壁传出来两个女人的声音,她立刻辨出:那两人一个是婆婆,一个是云娇姐姐。母女俩正在轻声议论秋娥,秋娥自然就要侧了耳听。婆婆显然在夸新来的媳妇,说秋娥相貌在这镇上是数得着的。不想云娇立刻反驳:她漂亮什么?你没看她那胸脯,瘪塌塌的,我真担心她将来的奶水喂不活孩子!这一句话把秋娥气得差点喘不过气来,使她至今一直牢牢记在心里。当她的儿子出世并且被喂得白白胖胖之后,有几次秋娥真想当了云娇的面问她一句:我的儿子是谁的奶水喂大的?

进了云娇的店门,一看见她和乔明正在棺材前刷漆,秋娥就亲热地高叫声:"嚄,正忙哪?正晌午头,也不歇歇?"

云娇闻声回过头,也热情至极地笑笑:"哟,是秋娥呀!可是稀客,快坐!"(她来干啥?平日她可是不登我家门的,是不是又要借钱?再借钱可要给她算上利息!要不然她总来!南街四秃子借出去的钱,都是月息七分!)

"姐呀,给!前几日,西街的桂花进城,我让她给捎了两件衬衫,一件我穿,一件给你,你穿上试试!"秋娥微笑着把手中的那件月白衬衫递到云娇手里。

"嗨呀,让你花钱,真是的!"云娇很欢喜地把衬衫拿在手里。(这衬衫肯定是给她自己买的,穿上小了,就又拿到这里来讨好!哼,给我买的,鬼才信!你无事不登三宝殿,今儿拿这个衬衫当见面礼,看来借钱是肯定的!借可以,月息七分!)"我说秋娥呀,姐这里有衣服穿,前几天你姐夫才给我买一件,你把这拿回去吧!"(这衬衫能值多少钱?四块?五块?八块钱顶天了!就说送礼,拿这点东西也不嫌寒碜?)

"哟!还跟我讲客气呀?"秋娥立时笑了,"姐夫给你买是他的心意,我给买是我的心意。不管好坏,我想你都不会嫌弃。"(好你个云娇,你当我真想给你送这衬衫的?这衬衫买来,一天还没穿,要不是为了店里的生意,你休想!)

"那当然,那当然!好,我就收下了。"云娇笑着把衬衫放到旁边的桌上。

"姐，姐夫呀，俺今儿个来，一个是为了看看你们，二来也有点事想求你们。事嘛，也不是什么大事，就是这些日子，俺家的生意遇了难题，借了人家的钱回来买木头做棺材，可棺材做出来没人买呀，都搁在店里，再照这样下去，俺可就要喝西北风了。所以呀，俺来求你们这段日子是不是先停停卖货，让我们那边把存货卖卖。"

一丝终于探明根底的微笑出现在云娇脸上。哦，原来是这个目的，用一件衬衫来换生意的兴隆，想得可真不错！她瞥了一眼丈夫，想让丈夫像上次那样出面把事情了结，但那一眼瞥过去，却又让她心头一跳，原来乔明的目光正直直地盯着秋娥那高高鼓起的两个奶子，这使云娇立时下了尽快让秋娥离开的决心。"其实呀，我们也没有赚到什么钱，不过，你要是来借钱的话，我手上再紧也要给你点，只是这生意，不好停，做生意讲究一鼓作气，脉气中断，就要坏事，我想秋娥妹子是明白人，懂得的！"云娇笑得十分诚恳、亲切。

秋娥愣在那里，她没料到一件礼物加上一番恳求，得来的竟是这样干脆的答复，有一霎，她气得一句话也说不出，半晌之后，才勉强一笑："那是那是。"说罢，就慢慢转身向门口走。（好你个云娇！这次算你能，让你打了脸，算我发贱登了你的门！咱们走着看，山不转水转，到时候你休怪我无情！那件衬衫算是送你的一件尸衣，你穿吧！穿了你可要小心早早死！）

四抬棺在五爷和大德、小德、乔明的肩膀上轻轻颤动，尽管是空棺，十分轻，但五爷依旧迈的是双叠步，七麻子的唢呐伴着五爷的叠步响，响得抑抑扬扬，呜呜咽咽。棺出院门，五爷喊一声："停！"两个跟在棺后的男子，立时把两条长凳塞在棺下，空棺又徐徐下落。五爷放下抬杠，回身，面朝棺头，低沉缓慢地说："我周家此次送你出门，你当永不再来！事过一过二，不可过三！从此我们两下相安！"

堂屋里间，又传出一个女子抑低的哭声。

（五子，你过来，爹把这个东西送你，你要好好保管！爹，这是啥？算盘！怎么没珠儿？五子，你大了就会懂的……）

五爷眨了眨眼，把双眼中那丝茫然赶走，而后喊一句："桃树枝！"……

那天，小德从新做的棺材里站起身，向秋娥响亮地喊："挤一点蓝颜料来！"他右手握一杆画笔，左手端一个颜料盘，俨然一个画家，秋娥闻声，答着"来了"，就手提一管蓝颜料走来，向丈夫手中的盘子里挤了弯弯曲曲的一段。小德调好颜料，便又蹲下去，用笔在棺材里壁上小心地画一双鞋子。

他这是在做冥宅壁画。这一招是他在万不得已时想出来的。

自从秋娥在云娇那里遭了拒绝之后，夫妻俩就一直在琢磨打开自家货物销路的法子，两人憋了一口气，一定要和云娇比比！

一日，小德突然记起，有一次拖拉机在镇南的田里犁地，犁铧挂起早年深埋在地下的一口棺材的盖，他和不少人去看，发现那棺材壁上画着一些日用家具和楼阁亭台。这个记忆启发了他，于是他便决定，在棺材的内壁画上画，以增强自己货物的吸引力。小德上小学和初中时学过画画，以后又跟镇上的一个画匠学过几天。尽管画起人物来不太有神，但画起桌、椅这一类静物来，还有几分相像。他一般是在棺内的前壁画吃、穿用具，左壁画房屋家具，右壁画粮囤仓库，后壁画一辆马车。而且在棺外前壁，过去一般贴"奠"字的地方，用白颜料画一牌坊，牌坊前画一拱桥，让人一看，会觉着人过奈何桥其实并不可怕，原来是进那种有巨大牌坊的好地方。

小德的这一个新招，立刻见了效果，近几日几个买主都被他的壁画吸引到店里，已经有四口棺材卖出。小德为了让更多的人知道他的创新，除了画好壁画的棺材盖子启开任人参观外，还特地在店外挂了一个木牌，上旁用白底黑字写着：请买"谦恭冥宅店"的棺材，棺内绘有精美壁画，画上吃、穿、住、行一应用物齐全，将永伴死者，可做永久祭物，寄托孝心、哀意！

这广告引起了更多人对壁画棺材的注意。小德估计，买主还会逐渐增多，所以他不敢耽误，常常一整天都蹲在棺材里画着，吃饭时由秋娥先递一条毛巾让他擦手，而后递给他饭碗，吃完了就又蹲下干。

天逐渐地暗下来了，秋娥从厨房里走出，粗声大气地喊："他爹，停了吧，天黑，看把眼使坏！"小德在棺内瓮瓮地应一声，站起身。秋娥上前，先接了画笔和颜料盘，放到一边，而后伸出两只极壮的胳膊，去抱男人出棺。由于小德身子低，加上又怕弄坏已绘好的壁画，每次出棺、进棺，都是秋娥把丈夫抱起。这会儿，小德两手抱了妻的脖子，秋娥稍一用力，就把他抱了出来，在他双脚就要落地时，小德顺势在妻子的脸上亲了一口，说："在棺材里蹲了一天，还真有点想你！"秋娥在丈夫的背上拍了一掌，骂："滚，让孩子们看见！"

小德笑笑："你先别忙着端饭，有件事同你商量，我刚才边画边想，咱是不是再使一个新招：送货上门！谁来买棺材，只要交下钱，咱就雇个人用马车或架子车给他家送去，这样，估摸着会争得更多的买主，而咱哪，只需给送棺的人一点脚力钱，一趟也就是七八元，你觉得这主意咋样？"

秋娥先站那里思量了一会儿，而后挥掌向丈夫的肩上重重拍了一下，说："中！"

云娇把最后一朵白花在花圈上缀好，便退后一步，注目欣赏着。还可以！她满意地弹去身上的纸屑。

又一个大花圈做好，今天，就可以出租了。这是云娇想出的又一个吸引顾客的主意。为了扩大营业额，把更多的顾客吸引到店里，这段日子，她想出了三个新招：一个是增做式样新颖的骨灰盒。这就可以把镇上那些愿意火化的识字人的生意揽过来。另一个是免费给丧家放哀乐。云娇专门买了录音机和哀乐磁带，哪家来买棺材，云娇就雇了三拐子提上录音机去。丧家们颇欢迎这事，因为这可以免去请响吹班子的花费，而且还显得雅气。再一个就是制作出租花圈。不少丧家，都讲究排场，愿意在葬礼上多摆花圈，可又有些心疼钱，云娇于是想出这个主意。自家做出二十来个花圈，放在店里，丧家在来买棺材的同时，可以把花圈租走。

这三个新招迅速扩大了云娇店的影响，原本就兴隆的生意越发兴隆起来，现在差不多四五天就可卖出一口，连几十里外的人家，有了丧事，也赶来平安葬品店办货。为了加快棺材的制作速度，云娇又雇了一个木工来家，如今工作间里整日锯响斧叫，极是热闹。

此刻，云娇望着那花圈，脸上禁不住又浮出了笑。

花圈在她笑眼中慢慢退走，一个巨大的富丽堂皇的牌坊缓缓移到眼前，牌坊正中，写着五个镀金大字："最后的乐园"。

白色的遗体沐浴间。黑色的寿衣更换室。红色的遗容整理室。精亮的镀铬眠床。长长的铁轨。雕梁画栋的长廊。风景区。雕像。巨大的殡仪馆。松柏掩映的墓地。黑色的运送参加葬礼客人的轿车，身穿白衣服装的漂亮殡葬人员。雨道。草坪。花坛。树林。（周经理，祝贺你，祝贺"最后的乐园"开业。谢谢！在

"最后的乐园"开业之时,你能给我们说点什么?说什么呢?我只想说,我想让人死后的灵魂舒坦。人一辈子最大的事无非三件:出生、延长寿命和死亡。对于前两件事,已经有那么多的人在帮助、研究,我只想来关心这最末一件事,要让人死后舒坦,让人死得圆满——)

"呀,呀,呀。"傻小四的叫声突然把云娇惊得睁开眼睛。

"饿了吗,小四?"云娇望着奔进屋里的小弟,问。

"呀,呀,呀……"傻小四并不理会姐姐,只在屋里转着圈跑,正跑一圈,倒跑一圈,边跑边叫。

云娇惊异地看着小弟。他平日并不这样边跑边叫的。

"呀,呀,呀……"小四抹一把嘴角的涎水,边跑边向姐姐笑……

五爷拿一把桃枝,缓步走向院门,先双手握枝,上举,而后弯腰,把桃枝摆放在门槛外,一枝连一枝,直把院门封死,这才又慢慢直起身。

堂屋里间,又传出一阵女子的抽泣。

五爷又一步一步走向空棺。

(五子,你过来,爹把这个东西送你,你要好好保管!爹,这是啥?算盘!……)

一股旋风突然滚来,在棺前一站,抓起一把土粒和鞭炮纸屑,向远处旋。

那些天，大德整日都在发呆！他是被妹妹和弟弟的那些新招惊呆的。他只知道把棺材做得结实，凭手艺卖点钱，可从来没想到，做棺材生意还有这些招数，他已被妹妹和弟弟一连串的新法弄花了眼：云娇刚开始出租录音机放哀乐，小德和妻子秋娥就又在店里兼卖各式寿衣；小德和秋娥刚开始雇人向丧家免费运送棺材，云娇已在四乡的亲戚熟人中物色眼线，随时通报死人的消息，一旦得了消息，不待丧家出面，货已送上门去。

大德被这局面弄得束手无策，他曾想把妹妹、弟弟的那些招数学过来，但又怕别人说他用此法抢生意不道德。可要想别的吸引买主的新招数，又实在想不出来。

他已有两个月没卖一口棺材。

这事给了大德很大的刺激：这么说，我到底不如云娇和小德？他常常坐在自己做出的那些棺材前，默默地抽着旱烟，一袋接一袋。韭叶望着丈夫日渐消瘦的脸庞，心里自是十分难受，难受之余，自然要对云娇当初的不留情面生出一股恨意。这之后，她便暗暗决定，说服丈夫别再做这种生意。

常常在夜间，韭叶偎在丈夫的怀里，用柔柔的声音，反复向丈夫说着一个道理：过去，咱只种庄稼不做生意，日子不是也过得挺安稳吗？这会儿咱何必为做这生意伤透脑筋？只要一家人个个身子壮实，把咱那几亩责任田种好，屋里不缺吃的，不就行了？咱还图什么呢？世上的钱挣不完哪！

妻子的反复劝说，到底化掉了丈夫心中结着的疙瘩，于是在一个早晨起床后，大德走出门，取下了招牌，正式宣告了"周家棺材店"的倒闭。他在提了那招牌进屋前，向云娇和小德的店默默各看了一眼，目光在云娇的店门上停得最长。"让你们去发财吧！"他含混地自语了一句，而后进屋，拿了斧，将那招牌砍烂剁碎。

取下招牌的当天，大德就又和妻子韭叶一起，扛了锄下地，两人干活时都避免再谈开店的事。大德在家里憋闷了多天，如今猛一回到田里，倒也觉心头一轻，情绪有些好转，只是从田里回家后，一见屋里未卖出的那六七口棺材，就又有些发呆。韭叶于是在心中决定尽快把那些棺材低价卖给小德。

一日，大德下地后，韭叶就去了小德的店，小德听完嫂嫂的话，心里很犹豫了一阵。买，自然是想买，那都已是成品，拉过来只需把内壁打光，绘上画，就可以卖。但又觉价钱不好讲，价高了，自己忙活一阵，赚不了几个钱；价低了，外人知道，会说当弟弟的在哥哥危难时还要压价赚昧心钱。思来想去，他最后向嫂嫂摇头，说："嫂子，我这店里前几日刚买了一批木料，钱已经用完，你那些棺材我就没法买了，你是不是去我姐姐那个店里，问问她？"

韭叶实在不想再去同云娇打交道，云娇上次的绝情，使她至今恨意犹存，但眼下没别的办法，只好犹犹豫豫地去见云娇。

云娇一听韭叶的话,和丈夫乔明交换了一个眼色,就痛快地答:"行,哥嫂的事就是我们的事,积压的棺材我们买了!只是眼下是销售的淡季,我们买回来也在那里放着,所以价钱嘛,恐怕得减少一半。""减少一半?"韭叶惊呆了,减少一半只能保住本钱。当初花上的那些功夫岂不全完?"当然嫂子要是觉着不好办的话,就在家里再放一阵。"云娇笑笑,飞快地向丈夫使个眼色,又说,"我有点事要出去,嫂子你在这里坐。"说罢,就出了门。

一股气恨陡然升上韭叶的心,好哇,你,压价一半,可真下得手哩!就这还算亲戚?韭叶那颗素来善于忍耐的心,渐渐地被一股恨意裹住。罢,就卖给你,让你把这笔钱赚去,我们还能就此穷死?她抬头对坐在对面的乔明说:"行,就减价一半。"但乔明没有应声。她仔细一看,才发现乔明并没在听她的话,而是把目光直盯在街对面一个穿粉红上衣的女子身上。韭叶看一眼那女子,嘴角渐渐生出一缕冷冷的笑意,只听她轻声问:"乔明,知道那女子是谁吗?""不知道。"乔明的脸稍稍红了一下。"她是开茶馆的王老四的小姨子,人长得可水灵了,你愿不愿认识她?她同我熟,常去我家里玩,你要愿的话,我给你们介绍介绍。""真的?"乔明一喜。"当然,明天后晌,你去我家,保你们熟悉——"韭叶话说到这里,脸突然红透。(你这是要干啥?你怎么敢往那事情上去想?不,没什么,这叫一报还一报!

云娇，可别说我对不起你，咱们这叫有来有往！）

小德重重地咳几声，把一口浓痰吐出去，便又慢慢仰躺下，两眼郁郁地望着房梁。一条尾巴极长的黑鼠，悠闲地在房梁上踱步，偶尔地，向小德看上一眼，目光里仿佛也含着讥笑：哈哈，你也完了！

小德猛地扭过脸，侧身而卧，把目光对着黑黑的屋角。一只壁虎伏在那里，翘首向小德看，久久不动，神态似乎在笑：嘀嘀，你也倒了！

小德痛苦地闭上眼睛，而几乎在这同时，又开始了一阵干呕。在这干呕声中，秋娥手端着一个药碗进了屋，她先用手在丈夫的后背上捶了一阵，待丈夫呕声停下，她才又把碗端起，说："把这药喝了！""不喝！"小德闭着眼推开妻子的手，有两滴黄黄的泪水随之涌出眼窝。

小德做梦也没想到，仅仅四个月之后，大哥的那种命运就又挨上了自己。大哥的铺子倒闭时，尽管小德在别人面前很为哥哥惋惜，但在内心里，却是轻轻地舒了一口气：毕竟，少了一家抢生意的对手。未料这口气刚舒出不久，一种严重的局面就摆在了面前：如何在吸引买主方面不输于姐姐。一开始，双方争得买主基本相等，不断地有丧家去姐姐的店里，也不断地有丧家来到小德的店里。但慢慢地，姐姐的店里又增添了纸扎祭品，用纸竹扎成电视机、缝纫机、洗衣机、收录机等家用器物，向来买棺材的人家免费赠送一套纸扎祭品。这颇吸引丧家的注意力；加上四乡里都有姐姐家预先聘好的眼线，一听说哪家有人去世，立刻上门联系而且通知店中送棺材，所以到小德店里的买主，就日渐少了起来。为了扭转这种被动局面，小德和秋娥商定，将每口棺材的售价，降低二十块；未料，用这种价钱刚刚卖出两口，姐姐店里就已贴出红纸，公布将每口棺材降低三十块。这一下小德有些发火，又将售价降了二十元；万没料到，姐姐店里立刻又公布，再降三十元。至此，小德气呆了，他不敢再降价来和姐姐比赛，若再比赛着降下去，每口棺材只能赚很少一点钱了。自此后，他的店日渐冷落，以至近一月，竟完全无人光顾。这期间，他曾做过几次努力，譬如在棺材的样式上和描绘的壁画上做些改变，但因售价与姐姐店里的货相比高出不少，所以也终于未能把买主争到。

剩下的只有一条路，倒闭！

十天前的一个早晨，当小德站在店门口，眼瞅着两辆马车从自己的面前驶过，径去姐姐店里拉出两口棺材时，眼前顿时晃过了一片金星，身子摇了摇，就栽倒在地，从此一病不起。

"喝，把这药喝下去！"秋娥提高了声音对丈夫叫，把药碗又送到了小德嘴前。

"我不想喝。"小德把药碗又推开。

"你个窝囊蛋！"秋娥咚地把药碗放在床头桌上，两眼朝丈夫瞪圆，"你那个王八蛋姐姐不想叫你活你就不活了？你看你这个软蛋样！她不叫我们活好，你就认了？喝！先把身子养好！"

小德被妻子这么一骂，只得老老实实地伸手接碗，咕咚咕咚将药喝了。这当儿，秋娥已从针线筐里麻利地掂出几缕麻线，飞快地搓成了一根细绳。绳子搓好，又从抽屉里拿出一个早就用萝卜削成的人，把细麻绳勒在了萝卜人的脖子里，接着猛地起绳，萝卜人悬了空。

"你那是在吊谁？"小德吃惊地望着妻子的手。

"你少管！"秋娥一边咬牙说着，一边又狠劲抖了抖手中的绳。在空中悬晃着的萝卜人，胸前有两个挺高的奶头。

"我说你呀……"小德喘了一阵气，细瘦的身子缩了缩，"那可是折阳寿的事！"

"哼，本也不想活多大岁数！"秋娥又把手中的绳子抖了抖。

"你……快把……那绳子解了……"小德气喘得越来越急，仿佛秋娥手上的绳子就勒在他的脖子里。"你少给我在那里啰唆！"秋娥剜了丈夫一眼，"你这会儿发起善心了，人家对你行善了没？你这病是怎么得的？"

"你……你……到外屋去……别让我……看见……"小德闭上了眼。秋娥又抖了一下手中的绳……

五爷喊一声："上！"四抬棺的两根抬杠，便唰一下又放在了四人肩上。于是,四双脚便又一齐向前移去,空棺就又慢慢颤着。街两边挤满了镇上人,默默地望着这奇特的空棺葬仪。出院门五十米,七麻子的唢呐在一声悲号的顶点,陡然停了,余下的芦笙等诸般响器也一下子咽住,在这蓦然而至的寂静中,只听五爷低沉地喊了一句:"有灵有魂都跟来哟——"五爷的喊声刚落,七麻子的唢呐便又哇一下叫开了。

(五子,你过来,爹把这个东西送你,你要好好保管! 爹,这是啥? 算盘! ……)

五爷仰脸向天,眼中又晃过一丝茫然。

那天早晨,五奶奶还躺在床上,五爷就推了她一下,说:"怪! 昨夜里又梦见了他。""又是你爹!"五奶奶没好气地说。"就在他上吊的那天晚上,他把我叫到他的屋里,送给我这个无珠算盘。"五爷用烟锅指了一下山墙上挂着的那个沾满灰尘的算盘框子,顺着自己的思路说。"你爹究竟为啥要上吊?"五奶奶坐起来,慢腾腾地穿着衣服。"说不清楚。反正在他上吊的十天前,他遭了一次土匪抢,驴和钱和东西全被抢走,不过那次他回来后,还在笑着说:没啥,破这点财没有什么了不起,下一趟生意又赚了回来。谁也没想到十天后他会去上吊。""上吊前总要为点什么?"

"说不清楚。"五爷磕着烟锅,"他上吊的前一个晚上,去了我二叔家,我三叔、四叔和五叔都去了——"

"行了，别唠叨你那些叔叔了，你知道吧，大德和小德的店都关了！"五奶奶摸索着衣服扣子，艰难地扣着。

"我当初就说咱们家做生意——"

"呀，呀，呀……"傻小四突然又在隔壁叫起来，脚步声跟着又响开了。五奶奶无心再听五爷的话，匆匆趿拉上鞋，边走边喊："小四，你又要找打？"……

送走了来买骨灰盒的丧家之后，暮色就已经开始向店门聚。四五只麻雀从远处飞来，叽叽喳喳地钻进屋檐下。一两个胆大的蝙蝠，箭也似的射进暮空里，街边那只孤独的路灯，也懒懒地发了黄光，照着乌黑的地。

云娇关了店门，脚步轻快地走进客堂，先拧开录音机，让豫剧《诸葛亮吊孝》的旋律在室内响起，这才去门后的脸盆里洗了洗手，在柔软的沙发上坐下闭目休息。

又一个愉快的白天过去，如今独家经营，再不用像过去那样，时刻担心着生意被抢走。今天一天，就有两桩生意做成，先是上午卖出一口棺材，后是傍晚售出骨灰盒一个。照这样下去……一抹微笑出现在她那光洁的额头。（请问，"最后的乐园"什么时候动工？快了，快了，我的钱已经攒得不少，我就要买下那块礓石地了。你相信"最后的乐园"一定能吸引顾客？当然！到那时，我的乐园将成为柳镇最吸引人的地方，所有到柳镇的人，都愿意到我的乐园里参观，所有人家的丧事，都愿交给我办。我最近特别想到,我还要在乐园里增建两个大厅,一个叫遗体保存大厅,所有愿留遗体的人,只要在生前交了钱,不管是镇长、老师,还是卖开水的,遗体都将在这里经过处理后永久保存,家里人什么时候都可以来看望。另一个叫幻灯、电影放映大厅,厅里专门放映介绍世上各式各样葬仪葬礼和人的死亡原因的幻灯、电影,我要让四乡的人都知道,人为什么会死,人有多少种死法,人死后举办葬仪、葬礼的种类和意义。你的乐园将有多少工作人员?人员不会少,至少得有几百人。要有电器工程师、化妆师、摄影师、技术员、服务员、传达员。大德哥、韭叶嫂、小德、秋娥,你们将来都可以到我的乐园里做事,哥哥可以在公墓处负责,嫂嫂可以记账,小德可以当化妆师,秋娥可以在吊唁堂服务,我不会亏待你们,我会给你们相当高的工资。乐园建成后你还有什么打算?我估计我那时已经相当有钱,我想出去看看,我想去巴黎看看他们的郊外土葬公墓,我想去意大利看看他们保存遗体的"地狱",我想去加利福尼亚看看他们的全自动电火化炉……)

"阿姨,饭好了!"新雇的年轻保姆低声喊道。云娇睁眼一看,才知保姆已经轻手轻脚地把饭菜在桌上摆好,乔明和女儿也已走进来。云娇起身,刚要向饭桌前走,忽然脚步一个踉跄,伸出双手捂住脖子,低低呻吟了一声。乔明见状,慌忙过来扶住妻子。"怎么,不好受?""脖子疼。"云娇脸色有些白,"这几天,脖子总是一阵一阵地疼,刚才这阵,疼得有点钻心。""是不是伤风了?"乔明搀了妻子,向卧屋里走。"先躺下歇一阵。"乔明把云娇抱到床上,把手放在她的额头,"不烧。""就是这里,"云娇指了一下自己白嫩的脖子,"总有点喘不上气的感觉。""是吗?"乔明轻轻地把手抚上去,"我恐怕是要害大病了。"云娇两眼不安地望着丈夫。"哪能呢!好端端的,别瞎说,不过是一时的不舒服,歇一会儿就能好的。"乔明轻声安慰。"你不知道,"云娇眼中的不安在慢慢增加,"我这几天夜里,总做着同一个梦,总梦见一个老头穿了我的衣服,在一条大山沟里走,沟里有一条小路,弯弯曲曲,两边都是树,黑森森的,吓死人,小路上洒着几道白光,一晃一晃,我站在沟边,看着那老头在小路上走。那老头走着走着,就停了步,抬起头,向我招着手,我心想往后退,腿却总向沟边移,慢慢脚就腾了空,直向老头飞去。那老头穿了我的花衣,直拍手,我总是在这个时候吓醒来。"一层细密的汗珠,随了云娇的叙说,就在她的额上渗出。"别瞎想,那是梦!"乔明轻轻拍着云娇的身子,"放宽心,别说不会有病,就是有,咱也不怕,有的是钱,去哪个医院治都行!"

"我现在真不能得病。"云娇望着丈夫低低地说,"我们的钱已经快攒够,我正想着买镇东的那块礓石地,哪怕让我把地买来再病,也行!"

"放心，你不会得病，你只是有些累，先躺下歇一会儿。"乔明轻轻地拍着妻子，待云娇把眼闭上，他便轻手轻脚地向门口走去，临出门前，他向保姆低声交代了一句："你照顾孩子先吃，我出去一会儿，有点急事。"说罢，胆怯而不安地向云娇看一眼，就迫不及待地出了门。出门几步，又轻步走进屋，悄悄拉开抽屉，把一沓钱装进兜里……

韭叶紧张地注视着那个窗口。窗上挂幅淡绿色的窗帘。那，就是茶馆老板王老四小姨子的闺房。也许，这会儿已经坐在一起？

一小时前，韭叶看见，乔明钻进了那间房子，那个丰腴的女人立刻拉上了窗帘。韭叶感到了一种莫名的急迫和激动，激动后边是一堆待释的快意，双眼一眨不眨，直盯着那扇窗。她在等待一个结果——窗后的那盏灯灭。

她相信那结果肯定会出现。她认为自己不会看错！她第一次看见王老四的那个小姨子，就在心里叫：这是一个敢抓男人的女人！那类女人眼中都有一种东西，那种东西并不是每个人都能发现，只有那种属于贤妻良母的成熟女人才能一眼看穿，看穿它需要一种特殊的直感。

自从韭叶发现乔明看那女人的目光后，她就在心里断定，这两个人只需一熟，就会出事！

她于是便略略费了一点心机，在自己家里，介绍了他们相识，而后又巧妙地组织了几回他们两人的见面。平日温顺良善的韭叶在这件事上第一次显出了机警和精明。她以一个女人的敏感，注意到乔明和那女人的关系在迅速改变，正飞快地向那个结果发展。

今晚，在这个星稀月黑之夜，她估计那结果就要来到！然而，那窗内的灯，却依旧亮着。

一股夜风刮过，将两只猫头鹰的嘶叫带进韭叶耳中，她禁不住打了一个冷战，惶惶地向四周看。（天哪，你这是在干啥？叫人发现，你该怎样回答？你是在想法毁坏别人的家庭，你在作孽！作孽！你疯了？不，不！一报还一报！云娇，你等着！）

两个人影在那淡绿色的窗帘后一闪。那女人在干什么？抛媚眼？乔明在干什么？献殷勤？搂抱亲嘴？想到这里，韭叶的脸在黑暗中发热发涨，她急忙用双手把脸捂住。当她重又抬起头来时，那淡绿色的窗口已经消失。

灯熄了？灯熄了！韭叶突然觉到了一种报复后的极大快意和满足。（云娇，哈哈，让你赚钱吧！可你知道你的男人现在在干啥？开店吧，让你开吧！你有钱，你有店，可你没男人，我们没钱，可我们夫妻同心，同心！你眼气吗？……）

韭叶一脸欢喜地向自家屋里跑，跌跌撞撞，进门把大德都撞了个趔趄，大德问她去哪里了，她不答，直扑到丈夫怀里，咯咯地尽情笑。笑着笑着，脸又慢慢变白，声音也在一点一点变小，身子分明地又抖了一下。(韭叶,你丧了良心!你干出这样的事!老天爷的眼睛可是亮的!亮的!云娇,原谅我。不,我不要你原谅!我们一报还一报!有来有往!有来有往!)韭叶的笑声又慢慢变高……

棺至街口,五爷喊一声:"停!"于是空棺徐徐落下。五爷又叫:"绳!"站在棺旁一个提柳条筐的男人,便从筐内将一条麻绳拿出,绳上有血,色呈黑紫,且断为两截。五爷接过那绳,慢慢将两截接到一起,而后将绳缠在棺头,两匝缠完,结一死结,这才又面棺而立,沉声说:"物归原主,我们从此两清了!"

唢呐骤停。一街人直盯着那带血的麻绳。

(五子,你过来,爹把这个东西送你,你要好好保管!爹,这是啥?算盘!怎么没珠儿?五子,你大了就会懂的!……)

五爷又猛地弯腰,抓住抬杠,手微微在抖……

那是一顿早餐。菜,扁豆拌辣椒,青是青,红是红,看上去就觉得舒服;饭,是苞谷糁红薯稀饭,金黄的糁粒,白色的薯块,闻着有一股淡淡的香味;馍,是卷了一层薄薄红高粱面的花卷,白红相间,盛在用白色的荆条编成的筛里。大德、韭叶和两个孩子,围着黑漆剥落的饭桌,津津有味地吃着。这是典型的豫西南乡间早餐,凡是家境中等的人,基本上都是这种吃法,谁也说不清,这吃法已经延续了几百年。要不是儿子小伸在吃饭中间提出那个问题，这顿早饭会和过去的那些早饭一样，平平静静地过去。小伸在吃第二碗时，用筷子夹起一个薯块，一边舔着上边的糁粒，一边说："妈，我云娇姑家的小芬，早饭都是喝一杯牛奶，吃两个煎蛋。"小伸的话音刚落，小女儿立刻就张嘴要求："妈，我也要喝牛奶！""喝天！"一向不高声说话的韭叶，突然大声地呵斥女儿。因为就在这刻，她又想起了自家棺材铺的倒闭，想到了云娇家生意的兴隆。"不，就要喝！"平日被娇惯了的女儿并不害怕妈妈。"啪！"女儿话音刚落，从不打骂儿女的韭叶一掌甩过去，女儿白嫩的脸上立刻出现五个指印。"哇——"女儿哭了。"别哭，别哭，"大德放下饭碗，把女儿抱在怀中，"好孩子，乖，咱家没钱，等有钱了一定让你喝牛奶。"韭叶怔怔地看着自己的手掌。就在这当儿，秋娥快步走了进来，一进门就高声叫："咋？打孩子了？为啥？"待小伸向婶婶叙述了缘由之后，秋娥立刻拍着大腿叫："我说嫂子，你为啥要把火气撒到孩子身上？孩子有啥错？明说，云娇家孩子喝的那牛奶，实际上就该咱家孩子喝的，是他们抢去的！她不叫咱喝，咱就忍气吞声认了？"

"秋娥，你坐。"韭叶恢复了常用的那种轻柔语调，秋娥这话说得韭叶心里稍稍有点舒服。

"哥、嫂，我今儿个来，是有事要跟你们商量！"秋娥稍稍压低了声音，手去衣袋里摸出两个信封，摸在手中，"你们说，云娇店里卖纸扎祭品，用纸糊成什么缝纫机、电视机，然后让丧家拿到坟头上烧，这算不算迷信？这和旧社会葬品店里卖那种糊成人、马、车的纸扎品有啥不同？"

大德和韭叶一愣，不知秋娥何以要问这个。

"他们既然是搞迷信，那我们该不该向上边反映？"秋娥圆睁着两只秀眼，又问。大德和韭叶互相默看一眼，仿佛是被这个问题惊住。许久之后，韭叶才说了一个轻微得几乎听不出的字："该。""好！"秋娥一听，立刻又兴奋地拍了一下膝盖。

"还有，云娇每回买平价木材，都是找镇上管物资的老吴，而且每回去，都给老吴带了礼物，你们说，这算不算贿赂干部，套购国家物资？这样的事我们该不该向上检举？"大德以一个几乎察觉不出的幅度，点了点头。"好！"秋娥又兴奋地拍了一下膝盖，"这两件事我都写了检举信，我和小德的名已经写上，你们——"

"这个……"大德一下子站起身，阔大的两个手掌在身上乱摸，仿佛是要找什么东西，"我是说……"厚厚的两个嘴唇嗫嚅着，先是有一股血红的颜色从他颊上滚过，接着整个脸孔变白了，"你，你们……在这儿说，我出去……哄哄孩子。"大德说到这儿，慌忙抱起女儿，向门外走，在门口，他的头又重重撞在了门框上。

韭叶捏住那两个信封，手微微在颤。

"还有，"秋娥拉拉凳子，向韭叶身边凑凑，"听说他们还少交了税，他们一月卖五个骨灰盒，对税务所的人说只卖三个，这事不该检举？"

韭叶无话，只直直地看着弟妹。

院门外，传来一声嘹亮的鸡啼……

那消息是一个傍晚在镇上传开的。说云娇的店为了省木材，做棺材常把两侧的壁板弄成空心的，并在里边装了沙子来增加重量。

人们吃惊意外，不安地互相传着，谁也不知道这消息的来源。第二天来镇上赶集的四乡人，很快又把这个消息带回了乡下，于是四乡里也传得沸沸扬扬。有先前买过云娇店里棺材的，听了就后悔不迭，但又不好扒出棺材查清调换，只能暗暗地骂，坏良心哟！

云娇自然不知道这个消息。她只是有些奇怪：近些日子棺材和骨灰盒的销量大减，而且有几个丧家，当乔明前去联系卖棺时，竟公开表示：不要。却转而去很远的新野镇上买。这是怎么回事？

这天早晨，云娇就是带了这种不安的心情打开店门的。店里已经积压了近二十口棺材，其他的葬品也已存下不少，以致她不得不暂时辞退了几个雇来的木工。

店门开后，云娇就坐在那里心神不定地打着毛衣，一边挥着那些织针，一边就在心里祷告：但愿今天能有生意！几个人的脚步声在她的祷告中渐渐向门口响来。她抬起头，看到几个穿中山服的人进了门，于是舒一口气：开门大吉！

她迎上前，含了笑问："要买什么东西？是骨灰盒还是棺材？本店送货上门，还出租花圈，代放哀乐，此外，还免费赠送一套——"说到这里突然住口，她看到那几个人都慢慢腾腾地从口袋里掏出一个小红本，缓缓地展开，向她伸过来。她在一瞬间虽还没明白是怎么回事，但她本能地感觉：出什么事了！这些人不像是丧家，丧家进门不是这种神色，更不需要掏什么红本递过来。

"我是县'五讲四美'办公室的。""我是县物资局纪律检查组的。""我是县税务局的。""我是镇税务所的。"云娇听到几个声音冲进耳朵，看了几张照片在眼前一晃。（出什么事了？出什么事了？怪不得昨晚上那只鸡半夜里总叫，我说不是黄鼠狼闹的，乔明总说是的，是的！）

"请坐，请坐。"云娇很快让自己恢复了平静，含着笑让，"你们是贵客呀！今中午可要在我这里吃顿便饭，你们能来俺这小店里坐坐，这是俺们的荣幸！请喝水……"

"你们要暂停营业，如实向我们说明三方面的问题：第一，出售纸扎祭品搞迷信活动问题；第二，套购国家计划木材问题；第三，偷税问——"

正在端茶的云娇蓦然住手，口中喃喃地重复：三个问题。她的身子晃了晃，仿佛听到有一种瓷器落地的声响，她估计是自己手上的杯子掉了，她想低头看看，但刚低头，就觉着自己向一条深黑的沟里飞去，她立刻又看见一个穿着自己衣服的老头，在那条山沟里跑，一条山路，两边都是树木，路又窄又长，曲曲弯弯，有几道白光洒在上边……

一个月后，"平安葬品店"又被准许开业。但它当初的兴隆景象却再也没有恢复。调查组尽管宣布："平安葬品店"没有违法行为，然而这个店有问题的印象，却已经给人造成，再加上镇上暗暗流传的那个可怕消息，哪个买主还愿再来？于是，面色苍白的云娇，就常常一人冷清地坐在店里，默望着街上的行人。

倒闭已成定局，但云娇不愿相信，建成"最后的乐园"的希望还有支撑作用。她还想坚持。她找人画了巨大的商品广告挂在店门外，然而无效，仍无一个买主前来。两个月后的一个黄昏，脸无血色的云娇踉跄着走出门，取下了商品广告和那个"平安葬品店"的招牌。

把招牌扔到屋角后，云娇便蹒跚着向床上扑去，嘴咬着被角发出一阵抑低了的抽泣。完了，葬品店！完了，"最后的乐园"！原来都是一场梦，一场梦！

要不是女儿小芬走过来摇她的胳膊，她还会继续哭下去。女儿那双小手的摇晃和稚声劝说，使她慢慢意识到，自己不只是一个葬品店主,还是一个母亲和妻子。开店的失败并不是我生活的全部,我还有一个温暖的家庭,只要有这个家庭在,我养息一阵,还可以再干,葬品店开不成,还可干别的!只要能把钱攒够,就可以建成那个"最后的乐园"。

她止了哭,安顿女儿吃饭。乔明下午去看个亲戚,还没回来。她把饭给丈夫温在锅里,而后振作精神,将屋里收拾了一遍。她要好好地过一段家庭生活,让身体恢复恢复。在收拾柜中的衣服时,她无意中发现,丈夫的一个上衣口袋里塞得鼓鼓囊囊。于是就顺手去掏,掏出一看,禁不住微微一怔:原来是一对式样别致的崭新乳罩。亏他想得到!云娇的眼中慢慢漾出一缕笑。镇上早有女人戴乳罩了,云娇早就想戴上试试,只是因为过去一直操心着生意,没心思想到买,未料乔明心还这样细,替我买来了!趁着女儿在外间玩,云娇解开外衣,把乳罩在胸前比试一下,大小还可以!她真想现在就戴上,让丈夫回来吃一惊。对丈夫这种温情的发现,让她暂时忘却了葬品店倒闭的痛苦。不过最后她又改变了主意,要让乔明亲手给自己戴上,她要在那一刻扑进他的怀里,接受他温暖的抚慰。

乔明回来吃饭时,云娇便开始铺床。期待带来了想象,她想象着丈夫的那双手,将会带一点冲动的颤抖,轻轻地给自己系上乳罩的带子。她对乔明的这一点特别喜欢,他的爱抚动作从不粗鲁,总是那么又柔又软,慢慢把她带入一种乐境中。她的脸渐渐有些红，心里又体验到初婚时的那种甜甜的激动。呵，已经有好多日子，因为总操心生意，没有再体验这种激动。

乔明放下了饭碗，迈步向这边走来。云娇的脸于是显得越发红，呵，来了！丈夫打开衣柜，取出了那件上衣。云娇顿时闭上了眼睛，在那一刻，葬品店倒闭的痛苦远远离开了她，她心中只有一种甜蜜的期待，一步、两步、三步，从衣柜到床边最多三步，他会轻轻抓了我的胳膊，说：看，我给你买了什么！……

"云娇，你先睡，我出去有点事！"乔明一句平静的话，把云娇从期待中惊醒，她意外地睁开眼睛，怔怔地望着他。"你先睡，我一会儿就回来！"乔明说罢，转身便走。有一刹那，云娇还不能从期待中完全抽身，她只是怔怔地看着乔明移动的脚步。但很快，她就感到了自己的心在下坠，慢慢坠进了一片冰水里，她立刻感到一种冷：出去有事？为什么偏偏要拿那件上衣？为什么要把那对乳罩带走？几乎在最后一个问号闪过脑际的同时，她猛地起身，出了门，远远地跟在丈夫后边。她觉到了心中的冷气在向全身扩散，但一种希望还在脑子里闪：不，他不会去找女人，他可能是去找男朋友喝酒！当那个女人在乔明的轻敲下拉开门，欢叫一声"你可来了"时，云娇只觉得轰地一下，脚下的地开始晃，她抓住院墙上的砖缝才没有倒下。她吃力地睁大眼，直盯着那个淡绿色的窗口，在淡绿色窗内的那盏灯熄灭的同时，她的身子软软地坠了下去。在最后倒地的那一瞬，她才倏然记起：

已经有好多天，他不再让自己枕他的胳膊；而在过去，她每晚脱衣躺下时，他的胳膊早已伸在她的颈下了。他喜欢让她枕胳膊，他曾说她枕了他的胳膊他才睡得安稳，他才能随时把她揽进怀里。她忽略了这点变化，她原以为这种改变只是因为他累……

第二日，晨起，云娇在店门前贴一张纸，上写：处理骨灰盒和棺材，每样比原来减价八成！人们看后，颇觉奇怪，这比卖木柴还便宜！于是拥来，不一会儿，就把积存的东西买走了，最后剩一口四抬棺时，云娇说：这个不卖，留个纪念！乔明认为这样卖太亏，曾想制止，云娇朝他平静地笑笑，说："这些东西放屋里也是闲着。"

前面已经望得见墓地，从墓坑里翻出来的黑土，静静卧在那里。再有一会儿，那些土就会扑上来，把肩上的这个东西埋住，五爷闻着那些黑土散过来的潮味，稳稳迈着步子。突然他的身子摇晃了一下，觉得肩上的抬杠陡然变重，压得他几乎喘不上气。奇怪，刚才抬这么远一直很轻，不就是一口空棺？难道……五爷打了个寒战，悄悄扭过脸：大德也已满脸是汗。歇不歇？不！你以为我就抬不动你了？嗬！

五爷把紧抬杠，咬起了牙。他的脚步加快了。

半上午时，日头已经十分暖和，五爷坐在山墙头，微微地闭眼抽烟，五奶奶拎一件要拆的棉衣，一踮一踮地过来，五爷就从口中拔下烟锅，说："嗨，听见了吗，昨黑里，我又梦见了爹。""又是他个老东西!"五奶奶从棉衣里抽出一团棉絮。"爹又说,五子,你过来,把这个东西拿去!""是不是那个无珠算盘?""嗯,是的。""我真不懂,你爹送你那个东西有啥用?"五奶奶又撇了撇嘴。"是呀,我一直在想!"五爷重重地磕着烟锅。"你说你爹死前的头一晚去了你二叔家?""是的。""他们那晚都说了些啥?""不知道,爹当时只让我在门外玩,我隔着门缝往里看,爹一开始好像在说他遭土匪抢的过程,边说边笑,但后来他好像猛地看到了什么,一连声地吼:原来如此!原来如此!第二天,他就给了我那个无珠算盘,夜里,他就上吊死了,他上吊时我和娘都没听见。"五爷又装了一锅烟。"你爹要是不死,我说不定也能跟上享几天福。"五奶奶又抽出一团棉絮。"那当然——"

"呀,呀,呀。"傻小四忽然叫着从远处跑过来,扯了一下五奶奶的胳膊,把五爷的话冲得七零八落。

"找打呀,你!"五奶奶有些生气,做出一个扬手要打的架势。小四见状就退后几步,但当五奶奶低头又要去抽棉絮时,傻小四猛又奔过来,抓了五奶奶的胳膊,"呀呀呀"地叫。"你没看见我忙?快去玩!"五奶奶叫道。五奶奶的叫声未落,五爷的烟袋呼一下抡过来,小四的屁股上挨了重重一下,呀一声叫着跑开了。

一束日光从屋脊上的那个小洞飘来,映着秋娥那张冷厉的脸孔。只见她麻利地从筐里摸出一个萝卜,飞快地削成一个人形,那人的胸部，又特地削出两只奶子；而后从案板上拈起一根细麻绳，猛地勒紧了那萝卜人的喉部；接着，就见她手提着那被勒了脖子的萝卜人晃着，一霎之后，她又啪一声把那人扔进锅里。锅里沸着的菜油立时围上来，一团白色的油沫伴着一阵哧啦声涌起。秋娥两眼瞅着那人在油锅中翻滚，眸子中闪过一丝快意。一刻之后，那萝卜人被筷子夹起，通体被菜油煎得金黄，一两滴沸油从两只奶子的夹缝间滚下。一丝冷笑在秋娥的颊上一闪，她的手一松，萝卜人又滚入锅中，在油锅中翻动。

当秋娥重新从油锅中夹萝卜人时，她已被炸得通体发黑，秋娥看了一眼，而后含笑把她扔上案板，就在那萝卜人触到案板的一瞬间，秋娥的耳边突然响起"啊"的一声，音极响极尖。秋娥一怔，手猛地缩回，急忙转身回顾，灶屋里并无别人。她狐疑地跑向堂屋，问坐在那儿吸烟的丈夫："你喊我了？""没。"小德摇头。秋娥疑疑惑惑地又走回灶间，把切好的白菜扔进了锅里头……

乔明晃晃荡荡地走出茶馆，他使劲地把头摇摇，妈的，这是怎么了？耳朵里总有什么东西在响，响得有些奇怪，咯吱咯吱，好像是什么东西在摩擦，钝而且粗，叫他心神不定。就是刚才，当他喝了几盏茶后，按照王老四小姨子的示意，摸进她房里，搂着她那柔软的腰肢时，那咯吱咯吱的声响也使他没有了往日那种神魂颠倒的感觉，他只是草草亲亲她那灼热的嘴唇，在她那急切扭动的臀上无甚热情地抚摸了一会儿，便松开了她。不知怎么的，他觉得今天心绪不宁，干啥都无兴趣，他注意到了她那双眼中的幽怨，但他实在没有办法，耳朵里那种咯吱咯吱的音响弄得他心神恍惚。

他走进家门，看见保姆和女儿小芬坐在饭桌前，桌上的饭已经摆好，便嗵一声坐下，问女儿："你妈呢？"女儿扭头指了一下葬品店，说："妈在店里，我刚才去喊她吃饭，她不答应也不开门。""去，再喊，就说都在等她。"乔明挥了一下手，他觉得耳朵里的声音依旧在响，就又使劲摇了一下头，妈的，莫不是也要害病！"爹，妈不开门也不答应。"女儿跑回来说。"怎么搞的，饭都凉了！"乔明心中涌起一阵烦躁，呼地起身，走过去推了推店门。"听见了吗？出来吃饭，都在等你！"那声音撞在门板上，又折回来送进他的耳朵，和着那种咯吱咯吱的声音。但半分钟过去，既不见云娇来开门，也没听到她的话音。乔明心中的烦躁在升腾，便抬起脚，猛地向门上踢了几下，仍没有见云娇开门，也没听见她的声音，他心中的烦躁越盛，就又用脚接连踢了几下。但依旧没有声音。这当儿他的心中才一怔，才突然记起，这扇门平日是并不插的，更何况现在店里只剩一口棺材，无生意可做无账可算，插门干什么？在记起这个后他心中顿时升起一阵莫名的恐慌，他模糊地意识到了什么。他猛力用肩撞起门来，当门闩在他的猛烈撞击下呻吟一声断裂之后，门开了，而几乎在这同时,他被骇呆在那里:屋内,云娇满脸是血扑倒在地,脖子上挂着一个绳套,屋梁上还有一截绳子在晃荡,云娇的脚旁,是一个踢倒的椅子。

"云娇——"在一瞬间的呆怔之后,乔明扑进屋去,"你为什么要上吊?为什么?"乔明哭叫着从地上扶住妻子,把手放在妻子的鼻前。还有气!"来人哪——"乔明猛地扭脸,声嘶力竭地喊……

五爷定定地站在女儿床前。

云娇的呼吸已经平稳,颊上开始恢复了些红润。她的眼睛睁了一下,又迅速地闭上,有晶亮的泪水滚出来。五奶奶撩起衣襟,轻轻地替女儿揩。大德、韭叶、小德、秋娥、乔明、小四和几个孩子,都默默地站在一侧。屋里出奇地静,听得见云娇的呼吸声。"我当初不该答应你开店!"五爷嘶哑地说一句,而后转过身,把目光盯在了店里仅剩的那口空棺上。"看来,是索命鬼缠住了我们周家,得把这东西埋了,去去晦气!"

一家人都望定五爷,听他说话。

五爷慢慢地扔下烟袋,吐一口唾沫,在手心里搓;搓完,朝儿子和女婿叫:"备棺!"……

日光又斜下去了许多,前面就是墓地,已经看得见那个长方形的墓坑,墓坑四周,卧着那些潮润的深层黑土,土块在微微颤动。

空中,传来一声嘶哑的雁鸣……

尾声

那次送葬之后,镇上的人意外地发现,那傻小四一下子变得出人意料地安静,不跑不叫,见人只微微一笑。有人就猜测说:这孩子的病是不是要转好?但几个月后的一天,晨起,傻小四忽又恢复了旧习,早早地在院子里叫:"呀,呀,呀……"而且边叫边喊,正跑两圈,倒跑一圈,直跑得尘飞鸡跳,把五爷和五奶奶气得直喊:"是想找打啊,你!"……

鞋

/// 刘庆邦

有个姑娘叫守明，十八岁那年就定了亲。姑娘家一定亲，就算有了未婚夫，找到了婆家。未婚夫这个说法守明还不习惯，她觉得有些陌生，有些重大，让人害羞，还让人害怕。她在心里把未婚夫称作"那个人"，或遵从当地的传统叫法，把未婚夫称为哪哪庄的。那个人的庄子离她们的庄子不远，从那个人的庄子出来，跨过一座高桥，往南一拐，再走过一座平桥，就到了她的庄。两个村庄同属一个大队，大队部设在她的庄。

那个家里托媒人把定亲的彩礼送来了，是几块做衣服的布料，有灯芯绒、春风呢、蓝卡其、月白府绸，还有一块石榴红的大方巾。那时他们那里还很穷，不兴买成衣，这几样东西就是最好的。听说媒人来送彩礼，守明吓得赶紧躲进里间屋去了，手捂胸口，大气都不敢出。母亲替女儿把东西收下了。母亲倒不客气。

媒人一走,母亲就把那包用红方巾包着的东西原封不动地端给了女儿,母亲眼睛弯弯的,饱含着掩饰不住的笑意,说:"给,你婆家给你的东西。"

对于"婆家"这两个字眼儿,守明听来也很生分,特别是经母亲那么一说,她觉得有些把她推出去不管的味道,她撒娇中带点抗议地叫了一长声"妈",说:"谁要他的东西,我不要!"

母亲说:"不要好呀,你不要我要。我留着给你妹妹做嫁妆。"

守明的妹妹也在家,她上来就叫出了那个人的名字,说她才不要那个人的破东西呢,她要把那个人的东西退回去,就说姐嫌礼轻,要送就重重地来。

"再胡说我撕你的嘴!"守明这才把东西从母亲手里接过来了。她有些生妹妹的气,生气不是因为妹妹说的礼轻礼重的话,而是妹妹叫了那个人的名字。那名字在她心里藏着,她小心翼翼,自己从来舍不得叫。妹妹不知从哪里听说的,没大没小,无尊无重,张口就叫出来了。仿佛那个名字已与她的心有了某种联结,妹妹猛丁一叫,带动得她的心疼了一下。她想训妹妹一顿,让妹妹记住那个名字不是哪个小丫头片子都能随便叫的,想到妹妹是个心直口快的,说话从来没遮拦,说不定又会说出什么造次话来,就忍住了。

守明正把东西往自己的木箱里放,妹妹跟过来了,要看看包里都是什么好东西。

姐姐对她当然没好气,她说:"哪有好东西,都是破东西。"

妹妹嬉皮笑脸,说刚才是跟姐姐说着玩儿呢,向姐姐伸出了手。

守明像是捍卫什么似的,坚决不让妹妹看,连碰都不让妹妹碰,她把包袱放进箱子,"啪嗒"就上锁了。

妹妹被闪了手,觉得面子也闪了,脸上有些下不来。她翻下脸子,把姐姐一指说:"你走吧,我看你的心早不在这家了!"

"我走不走你说了不算,你走我还不走呢。"

"谁要走谁不是人!"

母亲过来把姐妹俩劝开了。母亲说:"当闺女的哪个不是嘴硬,到时候就由心不由嘴了。"

家里只有守明一个人时,守明才关了门,把彩礼包儿拿出来。她一块一块地把布页子揭开,轻轻抚抚摸摸,放在鼻子上闻闻,然后提住布块两角围在身上比画,看看哪块布适合做裤子,哪块布做上衣才漂亮。她把那块石榴红的方巾也顶在头上了,对着镜子左照右照。她的脸早变得红通通的,很像刚下花轿的新娘子。想到新娘子,她把眉一皱,小嘴一咕嘟,做出一副不甚情愿的样子。又觉得这样子不太好看,她就展开眉梢儿,耸起小鼻子,轻轻微笑了。她对自己说:"你不用笑,你快成人家的人了。"说了这句,不知为何,她叹了一口气,鼻子也酸酸的。

有来无往不成礼,按当地的规矩,守明该给那个人做一双鞋了。这对守明来说可是一件了不得的大事,平生第一次为那个将要与她过一辈子的男人做鞋,这似乎是一个仪式,也是一个关口,人家男方不光通过你献上的鞋来检验你女红的优劣,还要从鞋上揣测你的态度,看看你对人家有多深的情意。画人难画手,穿戴上鞋最难做。从纳底、做帮儿,到缝合,需要几个节儿,哪个环节不对了,错了针线,鞋就立不起来,拿不出手。给未婚夫的第一双鞋,必须由未婚妻亲手来做,任何人不得代替,一针一线都不能动。让别人代做是犯忌的,它暗示着对男人的不贞,对今后日子的预兆是不祥的。为这第一双鞋,难坏当地多少女儿家啊!有那手拙的闺女,把鞋拆了哭,哭了拆,鞋没做成,流下的眼泪差不多能装一鞋窠了。做鞋守明是不怕的,她给自己做过鞋,也给父亲和小弟做过鞋,相信自己能给那个人把第一双鞋做合脚。在给父亲和小弟做鞋时,她就提前想到了今天这一关,暗暗上了几分练习的心,如今关口就在眼前,她的心如箭在弦,当然要全神贯注。

　　守明开始做鞋的筹备工作了。她到集上买来了乌黑的鞋面布和雪白的鞋底布,一切都要全新的,连袼褙和垫底的碎布都是新的,一点旧的都不许混进来。她的表情突然变得严肃起来,让母亲觉得有些好笑,但母亲不敢笑,母亲怕笑羞了女儿。母亲悄悄地帮女儿做一些女儿想不到或想到了不好意思开口的事情,比如:女儿把做鞋的一应材料都准备齐了,才想起来还没有那个人的鞋样子。不论扎花子、描云子,还是做鞋,样子是必要的,没样子就不得分寸,不知大小,便无从下手。女儿正犯愁,母亲打开一个夹鞋样的书本,把那副鞋样子送到了女儿面前。原来母亲事先已托了媒人,从那男孩子的姐姐手里把男孩子的鞋样子讨过来了。女孩不相信这是真的,但从母亲那肯定的眼光里,她感到不用再问,只把鞋样子接过来就是了。她心头涌出一股说不出的感动,遂低下头,不敢再看母亲。

拿到鞋样子,终于知道了那个人的脚大小。她把鞋底的样子放在床上,张开指头拃了拃,心中不免吃惊,天哪,那个人人不算大,脚怎么这样大。俗话说脚大走四方,不知这个人能不能走四方。她想让他走四方,又不想让他走四方。要是他四处乱走,剩下她一个人在家可怎么办?她想,有了,应该在鞋上做些文章,把鞋做得比原鞋样儿稍小些,给他一双小鞋穿,让他的脚疼,走不成四方。想到这里,她仿佛已看见那人穿上了她做的新鞋,那个人由于用力提鞋,脸都憋得红了。

她问:"穿上合适吗?"

那个人吭吭哧哧,说合适是合适,就是有点紧,有点夹脚。

她做得不动声色,说:"那是的,新鞋都紧都夹脚,穿的次数多了就合适了。"

那个人把新鞋穿了一遭,回来说脚疼。

她准备的还有话,说:"你疼我也疼。"

那个人问她哪里疼。

她说:"我心疼。"

那个人就笑了,说:"那我给你揉揉吧!"

她有些护痒似的，赶紧把胸口抱住了。她抱的动作大了些，把自己从幻想中抱了出来。她意识到自己走神走远了，走到了让人脸热心跳的地步，神都回来一会儿了，摸摸脸，脸还火辣辣的。

瞎想归瞎想，在动剪子剪袼褙时，她还是照原样儿一丝不差地剪下来了。男人靠一双脚立地，脚是最受不得委屈的。

做鞋的功夫在纳鞋底上，那真称得上千针万线，千花万朵。在选择鞋底针脚的花形时，她费了一番心思：是梅花形好？枣花形好？还是对针子好呢？她听说了，在此之前，那个人穿的鞋都是他姐姐给做，他姐姐的心灵手巧全大队有名，对别人的针线活儿一般看不上眼。待嫁的闺女不怕笨，就怕婆家有个巧手姐。这个巧手姐给她摊上了。不用说，等鞋做成，必定是巧手姐先来个百般验看。她说什么也不能让婆家姐姐挑出毛病来。守明最后选中了枣花形。她家院子里就有一棵枣树，四月春深，满树的枣花开得正喷，她抬眼就看见了，现成又对景。枣花单看有些细碎，不起眼，满树看去，才觉繁花如雪，枣花开时也不争不抢，不独领枝头。枝头冒出新叶时，花在悄悄孕育。等树上的新叶浓密如盖，花儿才细纷纷地开了。人们通常不大注意枣花，是因远远看去显叶不显花，显绿不显白，白也是绿中白。可识花莫若蜂，看看花串中间那嗡嗡不绝的蜜蜂就知道了，枣花的美，何其单纯，朴素。枣花的香，才是真正的醇厚绵长啊！守明把第一朵枣花"搬"到鞋底上了。她来到枣树下，把鞋底的花儿和树上的花儿对照了一下，接着鞋底上就开了第二朵、第三朵……

那时生产队里天天有活儿，守明把鞋底带到地上，趁工间休息时纳上几针。她怕地里的土会沾到白鞋底上，用拆口罩的细纱布把鞋底包一层，再用手绢包一层，包得很精致，像是什么心爱的宝贝。她想到姐妹们和嫂子们会拿做鞋的事打趣她，不知出于何种心理需求，她还是忐忐忑忑地把"宝贝"带到地里去了。那天的活儿是给棉花打疯杈子，刚打一会儿，她的手就被棉花的嫩枝嫩叶染绿了，像扑克牌上大鬼小鬼的手。这样的手是万万不敢碰上白鞋底的，若碰上了，鞋底不变成鬼脸才怪。工间休息时，她来到附近河边，团一块黄泥作皂，把手洗了一遍又一遍。这还不算，拿起鞋底时，她先把手可能握到的部分用纱布缠上，捏针线的那只手也用手绢缠上，直到确信自己的手不会把鞋底弄脏，才开始纳了一针。

守明是躲到一旁纳的，一个嫂子还是看到了。底是千层底，封底是白细布，特别是守明那份痴痴迷迷的精心劲儿，一看就不同寻常。嫂子问她给谁做的鞋。

守明低着眉，说："不知道！"

她一说"不知道"，大家都知道了，一齐围拢上，拿这个将要做新娘的小姑娘开玩笑。有的说，看着跟笏板一样，怎么像个男人鞋呢！有的问，给你女婿做的吧？有人知道那个人的名字，干脆把名字指出来了。

守明还说"不知道"。

她的脸红了,耳朵红了,仿佛连流苏样的剪发也红了,剪发遮不住她满面的娇羞,却烤得她脑门上出了一层细汗。她虽然长得结结实实,饱饱满满,身体各处都像一个大姑娘了,可她毕竟才十八岁,这样的玩笑她还没经过,还不会应付。她想恼,恼不成;想笑,又怕把心底的幸福泄露出去,反招人家笑话。还有她的眼睛,眼睛水汪汪、亮闪闪的,蕴满无边的温存,闪射着青春少女激情的火花,一切都遮掩不住,这可怎么办呢?后来她双臂一抱,把脸埋在臂弯里了,鞋底也紧紧地抱在怀里。这样,谁也看不见她的眼睛和她的"宝贝"了。

姐妹们和嫂子说:"哟,守明害羞了,害羞了!"

她们的玩笑还没有完,一个嫂子惊讶地"哟"了一声,说:"说曹操,曹操就到。守明快看,路上过来的那人是谁?"说着对众人挤眼,让众人配合她。

众人说,不巧不成双,真是的!

守明的脑子这会儿已不会拐弯儿,她心中轰地热了一下,心想,路上过来的那个人一定是她的那个人,那个人在大队宣传队演过节目,和大队会计又是同学,来大队部走走是可能的。她仿佛觉得那个人已经到了她跟前,她心头大跳,紧张得很。别人越是劝她,拉她,让她快看,再不看那个人就走过去了,她越是把脸埋得低。她心里一百个想看,却一眼也不敢看,仿佛不看是真人真事,一看反而会变成假人假事似的。

守明的一位堂姐大概也受过类似的蒙蔽,有些看不过,帮守明说了一句话,让守明别上她们的当。又说,我守明妹子心实,你们逗她干什么!

守明这才敢抬起头来,往地头的大路上迅速瞥了一眼,路上走过来的人倒是有一个,那是一个戴烂草帽、光脊梁,像吓唬老鸹的谷草人一样的老爷爷,哪里是她日思夜想的那个人。心说不看,管不住自己,还是看了,一看果然让人失望。守明觉得受了欺负,跃起来去和那位始作俑者的坏嫂子算账。那位嫂子早有防备,说着"好好,我投降",像兔子一样逃窜了。

又开始给棉花打杈子时,守明的心里像是生了杈子,时不时往河那岸望一眼。河里边就是那个庄子的地,地尽头那绿苍苍的一片,就是那个庄子,她的那个人就住在那个庄子里。也许过个一年半载,她就过桥去了,在那里的地里干活,在那个不知多深多浅的庄子里住,那时候,她就不是姑娘家了。至于是什么,她还不敢往深里去想。只想一点点开头,她就愁得不行,心里就软得不行。棉花地里陡然飞起一只鸟,她打着眼罩子,目光不舍地把鸟追着,眼看着那只鸟飞过河面河堤,落到那边的麦子地里去了。麦子已经泛黄,热熏熏的南风吹过,无边的麦浪连天波涌。守明漫无目的地望着,不知不觉眼里汪满了泪水。

第一次看见那个人是在全大队的社员大会上,那个人在黑压压的会场中念一篇大批判的稿子。她不记得稿子里说的是什么,旁边的人打听那个人是哪庄的,叫什么名字,她却记住了。那个人头发毛毛的,唇上光光的,不像个成年人,像个刚毕业的中学生。她当时想,这个男孩子,年纪不大,胆子可够大的,敢在这么多人面前念那么长一大篇话,要是她,几个人抬她,她也不敢站起来。就算能站起来,她也张不开嘴。再次看见那个人是大队文艺宣传队在她的村演节目的时候,那个人出的节目是二胡独奏,拉的是一支诉苦的曲子,叫天上布满星,月牙儿亮晶晶……那个人拉时低着头,塌蒙着眼皮,精神头儿一点也不高,想不到他拉出的曲子那样好听,让人禁不住地眼睛发潮,鼻子发酸。以后宣传队到别的村演出,到公社去演,她跟别的姐妹搭成帮,都追着去看了,看到那个人不光会拉二胡,吹笛子,还会演小歌剧和活报剧。演戏时脸上是化了妆的,穿的衣服也是戏中人的衣服,这让守明觉得那个人有点好看。要是舞台上有好几个人在演,守明不看别人,专挑那一个人看。她心里觉得和那个人已经有点熟了,她光看人家,不知人家看不看她。她担心那个人看她时没注意到,就不错眼珠地看着那个人的一举一动。她这个年龄正是心里乱想的年龄,难免七想八想,想着想着,就把自己和那个人联系到一块儿去了。她不知道那个人有没有对象,要是没对象的话,不知那个人喜欢什么样的……她突然感到很自卑,有一次戏没看完就退场了,在回家的路上她骂了自己,骂完了她又有点可怜自己,长一声短一声地叹气。

有一天,家里来个媒人给守明介绍对象,守明正要表示心烦,表示一辈子也不嫁人,一听介绍的不是别人,正是让她做梦的那个人,她一时浑身冰凉,小脸发白,显得有些傻,不知如何表态。媒人一走,她心说,我的亲娘哎,这难道是真的吗!泪珠子一串一串往下掉。母亲以为她对这门亲事不乐意,对她说,心里不愿意就不愿意,别委屈自己。守明说:"妈,我是舍不得离开您!"

守明相信慢工出巧匠的话,她纳鞋底纳得不快,她像是有意拉长做鞋的过程,每一针都慎重斟酌,每一线都一丝不苟。回到家,她把鞋底放在枕头边,或压在枕头底下,每天睡觉前都纳上几针,看上几遍。拿起鞋底,她想入非非,老是产生错觉,觉得捧着的不是鞋,而是那个人的脚。她把"脚"摸来摸去,揉来揉去,还把"脚"贴在脸上,心里赞叹:这"脚"是我的,这"脚"真是不错啊!既然得了那个人的"脚",就等于得了那个人的整个身体。有天晚上,她把"那个人的脚"搂到怀里去了,搂得紧贴自己的胸口。不料针还在鞋底上别着,针鼻儿把她的胸口高处扎了一下,几乎扎破了,她说:"哟,你的指甲盖这么长也不剪剪,扎得人家怪痒痒的,来,我给你剪剪!"她把针鼻儿顺倒,把"脚"重新搂到怀里,说:"好了,剪完了,睡吧!"她眯缝着眼,怎么也睡不着,心跳,眼皮儿也弹弹地跳。点上灯,拿着小镜子照照脸,她吓了一跳,脸红得像发高烧。她对自己说:"守明,好好等着,不许这样,这样不好,让人家笑话!"她自我惩罚似的把自己的脸拍打了一下。

媒人递来消息,说那个人要外出当工人。守明一听有些犯愣,这真应了那句脚大走四方的话。看来手上的鞋得抓紧做,做成了好赶在那个人外出前送给他。那个人此一去不知何时才能回还，她一定得送给那个人一点东西，让那个人念着她，记住她，她没有别的可送，只有这一双鞋。这双鞋代表她，也代表她的心。她有点担心，那个人到了外边会不会变心呢？

这时妹妹插了一手。趁守明一错眼神，拿起鞋底纳了几针。她一眼就发现了，一发现就恼了，她质问妹妹："谁让你动我的东西，你的手怎么这么贱！"她把鞋底往床上一扔，说她不要了，要妹妹赔她。

妹妹没见过姐姐这么凶，她吓得不敢承认，说她没动鞋底子，连摸也没摸。

"还敢嘴硬，看看那上面你的脏爪子印！"她过去一把捉住妹妹的手，捉得好狠，拉妹妹去看。

妹妹坠着身子使劲往后挣，嚷着坚持说没动，求救似的喊妈，声音里带了哭腔。

母亲过来，问她们姐妹俩又怎么了。

守明说妹妹把她的鞋底弄脏了。

母亲把鞋底看了看，这不是干干净净的吗！

守明说："就脏了，就脏了，反正我不要了，她得赔我，不赔我就不算完！"她觉得母亲在偏袒妹妹，把妹妹的手冲母亲一扔，扔开了。

母亲说："不算完怎么了，你还能把她吃了？你是姐姐，得有个当姐姐的样子。"母亲又吵妹妹："愣在那里干什么，还不下地给我薅草去!"

妹妹如得了赦令,赶紧走了。

守明把母亲偏袒妹妹的事指出来了,说:"我看你就是偏向她!"她隐约觉出,母亲开始把她当成人家的人了,这使她伤感顿生。

母亲说:"你们姐妹都是我亲生亲养,我对哪个都不偏不向。我看你这闺女越大越不懂事,不像是个有婆家的人。要是到了婆家,还是这个脾气,说话不照前顾后,张嘴就来,人家怎么容你,你的日子怎么过?"

母亲的话使守明的想法得到印证,母亲果然把她当成人家的人了。她说:"我就是不懂事……我哪儿也不去,死也要死在家里!……"说着一头扑在床上就哭起来了。哭着还想到了那个人,那个人要远走,也不来告诉她一声,不知为什么,这使她伤心伤得更远。

母亲坐在床边劝她,说鞋底别说没脏,脏了也不怕,到时用漂白粉擦一遍,再趁邻家在大缸里用硫磺熏粉条时熏一遍,鞋底保证雪白雪白的,比戏台上粉底朝靴的漆白底都白。

守明把母亲的话听到了,也记住了,但她的伤感并不能有所减轻。

在一个落雨的日子,守明把鞋做好了,做得底是底帮是帮的,很有鞋样儿。她把鞋拿在手上近看,靠在窗台上远观,心里还算满意。

鞋做成后，守明不大放得住。那双鞋像是她心中的一团火，她一天不把"火"送出去，心里就火烧火燎的。还好，那个人外出的日期定下来了，托媒人传话，向她约会，她正好可以亲手把鞋交给那个人。

　　约会的地点是那座高桥，时间是吃过晚饭之后。当晚守明没有吃饭，她心跳得吃不下。等别人吃过晚饭，天已经黑透了。那天晚上月亮很细，像一支透明的鸽子毛。星星倒很密，越看越密。守明心想，一万颗星星也顶不上一颗月亮，要这么多星星有什么用！地里的庄稼都长出来了，到处是黑树林，有些吓人。母亲要送她到桥头去，她不让。

　　守明把一切都想好了，她要让那个人把鞋穿上试一试，那个人若说正好，她就不许他脱下来，让他穿这双鞋上路——人是你的，鞋就是你的，还脱下来干什么！临出门，她又改了主意，觉得只让那个人把鞋穿上试试新就行了，还得让他脱下来，脱下来带走，保存好，等他回来完婚那一天才能穿。她要告诉他，在举行婚礼那一天，她若是看不见他穿上她亲手做的这双鞋，她就会生气，吹灭灯以后也不理他。当然了，就这个事情守明会征求他的意见，他要是点头同意了，守明就等于得到一个比穿鞋不穿鞋意义深远得多的重大许诺，她就可以放心地等待他了。

　　守明的设想未能实现，她两次让那个人把鞋试一试，那个人都没试。第一次，她把鞋递给那个人时，让那个人穿上试试。那个人对她表示完全信任似的，只笑了笑，说声"谢谢"，就把鞋竖着插进上衣口袋里去了。二人依着桥上的石栏说了一会儿话，守明抓了一个空子，再次提出让那个人把鞋试一试。那个人把他的信任说了出来，说不用试，肯定正好。

"你又没试，怎么知道正好呢？"

那个人固执得真够可以，说不用试，他也知道正好。直到那个人说再见，鞋也没试一下。那个人说再见时，猛地向守明伸出了手，意思要把手握一握。

这是守明没有料到的。他们虽然见过几次面，说过几次话，但从来没有碰过手。和男人家碰手，这对守明来说可是一件了不得的大事，她心头撞了一下，犹豫了一会儿，还是低着头把手交出去了。那个人的手温热有力，握得她的手忽地出了一层汗，接着她身上也出汗了。她抬头看了看，在夜色中，见那个人正眼睛很亮地看着她。她又把头低下去了。那个人大概怕她害臊，就把她的手松开了。

守明下了桥往回走时，见夹道的高庄稼中间拦着一个黑人影，她大吃一惊，正要折回身去追那个人，扑进那个人怀里，让她的那个人救她。人影说话了，原来是她母亲。

怎么会是母亲呢！在回家的路上，守明一直没跟母亲说话。

后记：

我在农村老家时，人家给我介绍了一个对象。那个姑娘很精心地给我做了一双鞋。参加工作后，我把那双鞋带进了城里，先是舍不得穿，想留作美好的纪念。后来买了运动鞋、皮鞋之后，觉得那双鞋太土，想穿也穿不出去了。第一次回家探亲，我把那双鞋退给了那位姑娘。那姑娘接过鞋后，眼里一直泪汪汪的。后来我想到，我一定伤害了那位农村姑娘的心，我辜负了她，一辈子都对不起她。

无边无际的早晨

/// 李佩甫

序

日子很碎，不是吗？

一天一天地，人在日子里碎着。想一想，来处是那样偶然，而去处呢，早早晚晚地，又是那样地一致，来既无踪，走也走得无影。剩下的，只是一些片片段段的过程。纵是这些过程，也是经过了记忆修饰的，是每个人心中的东西。说起来，不也很空？

幸好有了文字。人类的物质生命是由后代来延续的，人类的精神生命却是由文字来延续的。文字是人类精神生命的记录，语言是人类智慧的结晶，是先导。于是一代一代的后人们才有了借鉴的凭据，活的依托。

在过程里，人成了一片一片的点，那就是生命的亮点。正是这些亮点把时间分解了，时间成了一个一个的瞬间、一片一片的记忆，成了鲜活的有血有肉的人生，成了一种有质有量的东西。是文字称出了人生的重量。

　　文字造成了时间的分解，文字也造成了生命的永恒。分解后的时间，不再是人类共有的概念，而变成了亿万人不同的立体时空。在这样的时空里，人成了时间的切片，成了一个个活的标本。这里有千千万万个各不相同的春夏秋冬，有千千万万个各不相同的分分秒秒，有千千万万个各不相同的凝固了的瞬间……

　　这么说，在肢解过的时间里，世间已没有了绝对的真实。所谓的真实已是被人的视角篡改过、被人的记忆吞噬过的，那是一些被人们的记忆咀嚼后又被人的思想唾液粘起来的东西：可以说是亦真亦幻哪。

　　文学就是一个亦真亦幻的世界。也可以说，文学是从这个世界里发出的声音。

　　是来自灵魂的声音。

　　很多年了，一直在这个亦真亦幻的世界做活儿，曾期望着能够种出一片"声音"来。天晃晃的，人也晃晃的。怎么说呢，百姓的儿子，想的也多是百姓们想的事体，并不求得到什么，只想认认真真地"种"下去。

　　收什么是什么吧。

一

国的好运是三十六年前开始的。

三十六年前，国光荣诞生在大李庄村那堆还未燃尽的草木灰上，头冲着一蓬熊熊燃烧的豆秆火。

那是五更天，颍河墨一样地流着，夜色缓缓地从树梢上掠过，岗上的柿树晃着油缎一般的黑亮，古老瓦屋的兽头狰狞地斜刺夜空，老牛的倒沫声早已住了，狗们还在酣睡，远远近近是一片寂然的静黑。倏尔，谁家的公鸡叫了，那一声长鸣嘹亮而遥远，唤醒了天边的一点点鱼肚白，那白渐渐地漫散开去，透出了橘红色的亮。大地渐灰渐白，一条条灰带一样的土路从村庄四周蜿蜒而去，土路上新湿着隔夜牛蹄的印痕。小风从远远的天边刮过来，轻摇着场边的垛。于是一声陈旧的咳嗽响起，把那一抹遥远的亮光钉在了瓦屋的红辣椒串上。这时候，国的娘觉得不对劲了。怀孕已九个多月的国的娘匆匆下床，赶紧往屋后的茅坑跑。她紧跑了几步，只听"呼啦"一声，一股腥热的气味从裤裆下蹿出来，羊水破了。国的娘在钻心的坠痛中喊着："天爷，天爷呀！"又折回头跟跟跄跄地往灶屋奔。国的娘坚忍地跨进灶屋，半躺在地上，慌慌地把灶里的灰扒出来铺在下身处。九月天，风是很凉的，躺倒在地的国的娘怕冻了将要出世的孩子，再次忍住腹疼起身，把一小捆点燃了的豆秆火续接在那片摊开的草木灰上。国的娘就这样头枕着灶屋的门槛躺在那片草木灰上，用一声声无助无援的痛苦的呻吟去迎接那个伟大的时刻。

在国的艰难的诞生中,国的娘曾经昏过去三次。每次从冷风中醒来,国的娘都勇敢地呼唤着:"快吧,快吧,儿呀,我的肉肉哇,快点吧!……"在娘的挣扎呼唤声中,国的头随着血水慢慢地滑出来。当国的身子还在娘肚里的时候,铺了草木灰的黑色大地已接受了他那小小的头颅。于是,在国的身子还未落地之前,就闻到了混着血水和草木灰的泥土的气息。那时候因为国的娘几经挣扎移动,使国那慢慢滑动的头正对着灶口,而灶里的豆秆火也已烧到了灶口,流淌的血水虽然阻止了火的蔓延,可国的身子还在一点一点地往下滑动,滑动……当国的娘再次醒来时,她已着实感觉到了脚边的灶热!为了不让灶口的豆秆火伤了孩子,国的娘做了最后的挣扎。她的两只脚顶在灶角处,身子一点一点地向上移动,以至于半个身子都枕在了灶屋的门槛上。国的娘在最后的挣扎中用尽了全身的气力,于是便有更多的血液从下身处淌出来,去与灶中的豆秆火对垒……而国仿佛听到了大地的召唤,在血与火的战争、生与死的搏斗中,加速了他的滑动。

晨光亮了,九月的冷风掠过低矮的土墙,随雀儿在空荡的柴院里打旋儿。这时国的娘半个身子都沐浴在冰冷的晨风之中,冲荡的冷风一次又一次地肆虐着进行伟大生产的国他娘。承受着生育之苦的国他娘已通体麻木,身子连一点热气也没有了,但她内心深处的呼唤从未减弱过。终于,在神经彻底麻痹之前,眼望皇天的国他娘听到了一声响亮的啼哭……

那一声啼哭像号角一样响在大李庄的上空，随九月的晨光飘进了一座座农家小院，久久不绝。不用说立时惊动了四邻的婶子大娘，当邻居们匆匆赶来的时候，赤条条的国离灶口只有四指远了！他身旁是一把生锈的剪子，脐带还在母亲的身上……

于是国得救了。可国的娘再也没有醒过来……

国命硬是不消说的。七天之后，远在平顶山的煤窑上拍来电报说，国的爹在井下挖煤时被砸死了。那也是早晨，快下班的时候……

这一切国都不知道。他一睁开眼就看到了许多张脸，看到了一双双充满怜爱的眼睛，于是国很残酷地笑了。国的笑使大李庄的女人们纷纷落下泪来，她们更紧地抱住孩子，说："娃呀，可怜的娃呀！"

国在襁褓中为他娘送了葬。这时他在四婶的怀抱里第一次来到村外，见识了无边无际的蓝天，见识了仿佛一世也走不出的黄土地。秋渐深了，天极高，云儿极淡，大地赤裸裸地横躺着，一片乏极了的静。在送葬的土路上，黑压压的人群在缓缓地移动，高挑的"引魂幡"晃着刺眼的白。国一定是在缓慢的移动中感觉到了什么，他突然哭起来。他的哭声像一管哀乐，伴着那凄婉和沉重走向坟地。娘的"牢盆"是国自己摔的。在路口上，四婶捏着他那嫩嫩的小手去摸"牢盆"，而后四婶突然松了手，紧接着他听到了一声摔成碎片的脆响！于是他哭得更加锐利。这响声在他小小的脑海里烙下了很深的印痕，直到多年后，他才明白，那是恐惧，失去依托的恐惧。

　　从此，国的待遇升格了，他由一家人的孩子变成了一村人的孩子。大李庄村的女人们为他提供了最优秀最廉价的热量。队长老黑站在村口的大碾盘上庄严地宣布："妇女们听着，喂一次奶记三分！哇，喂胖了鳖儿我奖励她一升半——×他娘两升——谷子！"那时，村里规定割五斤草记一分，这是割十五斤草的价码。如果按队里年终结算的价值，一个工分值人民币六厘六，三分合人民币一分九厘八，差二厘不够买一盒火柴的钱。老黑还说："听着，'党员媳妇'喂奶可不记分！"老黑是党员，他媳妇喂奶自然是不记分的。女人们听了却乱哄哄地"噫噫"道："娘那脚老黑，不记工分能叫娃儿饿着？！"

　　国什么都可以抵赖，唯独吃百家奶长大这一条是无法抵赖的。那时候，只要是生了娃的大李庄女人没有不瘦的，那没有血色的黄瘦便是他一次次贪婪吮吸的记录。多年后，国在私下讲酸话的场合里曾经给人吹嘘，说他摸过一百多个女人的奶子！奶子是女人最圣洁的地方，人们自然不信，要他细细说。国无法说，也不能说，只神秘地笑笑。但国心里清楚，那时候他从一家转到另一家，嘴里吃的，手里抓的，就是那肥白。没有奶水时他就咬，咬得女人们哇哇乱叫，这状况一直持续到他三岁的时候。在大李庄村，只要是生过娃的女人，都知道他的小狗牙厉害！

　　国三岁时才起名。那时上头来人普查人口，一个村一个村地挨着查，村上人们全都站在场里挨个登记。查到最后见队长老黑还抱着一个娃儿，驻队干部就问："这娃子啥名？"队长老黑"嘿嘿"笑着说："没名。"驻队干部大笔一挥说："就叫'治国'吧。"

二

后来人们说国天生是做官的料，那是有根据的。

国六岁时便被称作"二队长"。那时，他光着屁股蛋儿，嘴上挂着两筒鼻涕，整日里跟在队长的屁股后头晃悠。队长派活儿时他也跟着，队长说："叫南坡的地犁犁。"他就说："叫南坡的地'哩哩'。"队长说："谷子该割了。"他也说："谷子该'哥哥'。"每到夕阳西下，队长像瓮一样往村口一蹲，国就气势势地在他身边站着。遇上割草的孩子，队长就眯着眼问："没捎点儿啥？"打草的孩子自然说："没捎。""真没捎？"队长慢悠悠地问。孩子们便怯怯地放下草筐，说："你搜，你搜。"队长便歪歪脖说："国，过去摸摸，看鳖儿扒红薯了没有？"国就跑过去摸。草筐很大，摸是摸不出来的。队长就说："让鳖儿扣过来！"国说："扣过来！"于是就顺从地把草筐扣过来。这时队长又问："国，听见响了没？"国要说没，队长就说："让鳖儿滚吧！"国就说："滚！"有时也搜女人。那会儿日子艰难，女人腰大，下地回来总要塞点什么。搜女人时队长就蹲在那儿，让国去摸女人的腰。国的小手在女人的腰上摸来摸去，摸得女人咯咯地笑。女人也不生气，知道孩子小，不懂事儿，只骂队长不是东西！队长眼角处邪邪地笑着，却一脸的严肃，嘴里说："老实！"又让国往深处摸……也有搜出来的时候，就罚。偷了红薯或玉米的，就把东西往脖里一挂，让国跟着在村里走一圈儿。丢了人的女人一路走着哭着，一声声喊国，国说算了才能回去。待到收工之后，国便气势势地往路口一站，喊："老三，过来。"队长就笑了："喊叔。"国又喊："老三，你过来不过来？"队长说："鳖儿——喊叔！"国阳阳地撅起肚儿来，两手一夹："老三，我×——"队长骂一声："鳖儿！"就乖乖地赶过去蹲下了。国两脚一跨骑在队长脖里，叫道："喔——驾！"队长立即驮起他，小跑回村去。国骑在队长的脖上昂昂地在村里过，有时还要在村里转上三圈儿，手拧了耳朵放他走。若是碰上哪家女人好针线，队长喊一声："鳖儿的裤子烂了，给他缝缝。"说了，就有女人拐家拿了针线出来，好言哄他下来，就势蹲下给他缝。缝好，在裤裆处把线头咬断替他拍拍身上的土，又任他撒欢去了。

有一段时间，国又被称作"驻队干部"。那时候，村里有个驻队干部老马，每天到各家去吃派饭，他也跟着吃，伙食自然好些。老马瘦瘦的，高，戴个眼镜，走路两手背着，望天儿。国跟在他屁股后，走路也背着小手，脖子梗着，一晃一晃地很神气。进了哪家，那家人慌慌地说："驻队干部来了。"国就大声说："来了。"

老马坐下来了，他也跟着坐，一碗一碗让人端着吃。可老马常回城里去，国却没地方可去，于是就怅怅地在村口望。望见老马，就说："走，上狗家吃，狗家有豆腐。"

后来老马回城去了。国自然是走到哪家吃哪家，走到哪家住哪家，啥时饿了啥时就吃。家景好些的给他烙块白馍；家景孬的，也给他拍块玉米面饼子，没亏过他。可国还是想老马。再后来国见了老马，知道他原是县文化馆的一般干部，当过"右派"，平反后当上了文化馆的副馆长，见人点头哈腰的，在县里尿也不尿。文化馆开个创作会，把县里大小干部都请去作"指示"，老马弓着身一口一个"首长"地叫，握个手身子抖得像麻花。又听说他老婆跟人家睡，经济也卡得紧，连吸烟钱都不给他，烟瘾发了每每到街角上捡烟头吸。想起老马当年的威风，国不由生出了无限的感慨。这是后话。

那时，队长忙了就把国交给梅姑带。在村里，也只有梅姑的话国才肯听。梅姑是村里最漂亮的姑娘，不曾见她怎样打扮，出门便亮了一条村街。梅姑夏天是村人的阴凉，冬天是村人的火盆，无论走到哪里，总扯了年轻汉子的眼珠滴溜溜转。梅姑白，白得有色有韵；梅姑眼大，大得有神有采；梅姑的头发黑，黑得有亮有姿；梅姑走起路来柳腰儿一闪一闪，无风自摆，馋得人眼儿小庙似的。国跟着梅姑享受了从来未有过的宠爱。梅姑只要一出门，就有人凑过来跟国说话，给他买糖块吃，还争着驮他。国在人前就显得更加威风，总拽着梅姑的白手让她扯着走，眼热得汉子们心里骂，脸上还笑着巴结他。梅姑疼这没娘的孩子，每日里给他洗脸，给他捉虱，夜里还要哄他睡。那时光是国终生难忘的。冬夜里，国总是一蹦一蹦地蹿到梅姑家，缠着让她搂着睡，就搂着睡。一钻进被窝，梅姑就说："国，凉啊，真凉！"而后把他搂得更紧，半夜里，听见有人拍门，梅姑在国的腿上拧了，他便跳起来朗声骂："我×你娘！"于是，便不再有人敢来。国躺在梅姑的怀里，吮吸着那温暖的甜香死睡到天明。六岁了，还常拱那奶子……

应该说，是梅姑孕育了国的早熟，使他看到了在那个年龄很难体察的东西。跟梅姑的时间长了，国隐隐约约地感觉到，梅姑恋着老马，偷偷地。那时候，国还不知道老马是这样可怜的东西。那时的老马穿着四个兜的干部服在村里昂然地走来走去，一看见梅姑就神采飞扬，眼亮得可怕。小小年纪的国偷听了梅姑和老马的许多次谈话。老马给梅姑背诵他过去在《人民日报》上发表的诗，而后又背"啥啥三十功名尘与土，八千里路云和月……"老马背着背着哭了，虾一样弓着身擦他的眼镜片，这时候梅姑就偎在他的身旁像猫样的温顺。梅姑是全村人的"一枝花"，梅姑不让任何人碰她，可最圣洁的梅姑却恋上了老马。老马是狗，是猪！多年后，国在心里这样骂。那时他已经明白了什么叫"征服"，这就是"征服"。这童年的思维萌动，是经过了三十年的反刍才得以升华的。记得有一次，梅姑带他到河边上玩，走着走着就碰上了老马。梅姑撇下国急急地跑到老马跟前，悄声说："你带我走吧，走吧。到哪儿都行……"老马啜嚅地哭了,他有家,有女人……

　　此后梅姑常带国到颍河边上转。颍河静静在流着,堤上的"鬼拍手"哗啦哗啦地响,一只"叫吱吱"冲天而去,又无声地落下来。梅姑凝神往极远处望,国也跟着望。天边有一圆滚动的落日,无边无际的黄土地在落日下泛着灰色的金黄,地上晃动的人儿很小,蚁样的小。天光倏尔明了,倏尔又暗,静极了便觉得极远处的喧闹,那是一种想象中的喧闹,叫人血热。国自然不知道梅姑看到了什么,就这么跟着来了,又跟着去,久久伫立。有一回,国怯怯地问:"姑,你——等人吗?"梅姑长长地叹了口气,把目光从极远的天边收回来,默默地,一句话也没说。这时国的思绪跳跃到那么一个晚上,在亮亮的油灯下,梅姑那白嫩的手抓住老马那被劣质香烟熏黄的臭手给他剪指甲。梅姑捏着老马的指头一个一个给他剪,剪了左手剪右手,剪刀"咔咔"地响着,响着……老马慢慢就抓住了梅姑的手,把梅姑揽在怀里。梅姑很温柔地从老马怀里挣出来,羞羞地说:"国,去问问明儿干啥活儿?"国说:"老三说了,锄地。"梅姑扬起润润的亮眼,柔柔地说:"去吧,好国,再去问问。"后来国一想到此就骂,在心里说,×你娘老马!在河堤上,国看见梅姑眼里落下了一串泪珠,泪珠无声地溅落在黄土地上,印了一地麻坑。

　　再后,梅姑嫁到另一个村庄去了。又过了许多年,国已认不出他的梅姑了。他见到的是一个拖着娃儿抱着娃儿的邋遢女人,脸黄得像没洗过的小孩尿布,手黑得像鸡爪,头发乱得像鸡窝,身上还带股腥叽叽的臭味,国在心里说,梅姑呀,鲜艳的梅姑……

但那时候国还不可能有更多的思考。他还小呢,才刚刚七岁,跟村里娃们一起背着书包到乡村小学里上学去了。没爹没娘的孩子,自然免费。下课时就蹲在土墙后晒暖儿,或摇头去背那"人手口,大小多少,上下来去……"

三

如果不是那一顿恶打,国将会成为一个贼。那么,国未来最辉煌的前程也不过是一个进出监牢的囚儿,一个绑赴刑场的大盗。

在偷盗方面,国早在九岁时就有了些聪明才智。那是吃大食堂的时候,家家户户的锅都砸了,全村人都排队去食堂里打饭。国自然失去了乡邻们的特殊照顾,他饿。一天夜里,他借着槐树从东山墙爬上屋顶,又扒着房顶上的兽头捣开了西山墙上的小窗户,偷偷地爬进了食堂屋。在屋里,他坐在放蒸馍的笼前一口气吃了三个大蒸馍,然后又用小布衫包走了十二个!第二天早上,人们发现蒸馍丢了,村治保主任围着食堂里里外外查了一遍,发现西山墙上堵窗户的草被扒了一个洞儿,就断定这是大人干的。因为山墙五尺多高,透风窗贴着房顶,娃们是爬不上去的。于是全队停饭一天,治保主任领着挨家挨户去搜蒸馍……这时候,国正躲在烟炕屋大嚼呢!隔了不久,食堂屋又第二次被盗了。第一次被盗后，队里派专人在食堂屋睡，门上还加了一把大锁，连睡在食堂屋的人都防。结果是门被撬开了！这自然也是国干的。国在夜深人静时偷偷地溜到食堂门前，先对着门脚撒一泡热尿，然后用粪叉把门脚撬起来，一点儿一点儿地往外移，这一泡热尿至关重要，泡了尿水的门脚不再吱扭扭响了，国就这样从撬开的门缝里溜进了食堂屋。看食堂屋的是三爷，就在三爷的床跟前，他把蒸馍偷走了。他心怯，只拿了九个。第三次，国被当场捉住。这回食堂屋睡了两个人，他刚溜进去就被发现了。三爷用手电筒照住了他，一个精精瘦的小人儿。三爷简直不敢相信自己的眼睛，问："谁？！"他立时怯生生地说："三爷，我饿。"三爷用手电筒照着他，照了很久。而后三爷长长地叹了口气，可怜他是孤儿，骂声："鳖儿哇！"再没说什么。过了片刻，三爷说："过来。"他抖抖地走了过去，三爷从笼屉里拿出一个馍来，默默地塞给他，说："滚吧！"此后三爷没对任何人说过这件事，直到国自己供出来。

　　国在十一岁时，偷的"艺术"更有了创造性的发挥。他偷三奶奶的鸡蛋，逢双日偷，单日不偷，隔一天偷一个。三奶奶开始以为是黄鼠狼叼跑了，后来又以为是老鼠吸了，因为鸡窝里有老鼠屎（那是国的"杰作"），再后来就以为是邻居，两家骂了半年，三奶奶揪住四婶的头发骂天，四婶拽住三奶奶的大裤腰咒地，到了也不知道是谁偷的。在秋天里，国偷红薯、玉米的方法极为高明。他没有家，也根本就不往家带。他扒了红薯、掰了玉米之后，就在地里扒一个窝窝儿，然后点着火烤着吃，吃饱了就拍拍屁股回村去，鼓着圆圆的肚儿。国最有创造性的一次偷窃是在场里。那时天还很热，他赤条条走进场里，当着众人的面，在队长严密的监视下，竟然偷走了场里的芝麻！那时乡下人已很久没吃过油了，收那点芝麻队长天天在场里看着，眼瞪得像驴蛋！国仅仅在场里走了一趟，光着肚儿一线不挂，就偷去了三两芝麻！芝麻是他从鞋窝里带出来的……他在镇上用芝麻跟人换了一盘肉包吃，吃了一嘴油。

国的偷窃行为给村里造成了空前的混乱。有一段时间，这家丢了东西怀疑那家，那家丢了东西又怀疑这家，你防我，我防你，打架骂街的事不断涌现。有许多好乡邻莫名其妙地结下了冤仇。这冤仇一代代延续下来，直到今天还有见面不搭腔的。尤其是三奶奶，多年来一直不理四婶，临死时还嘱咐家人：不让四婶为她戴孝！

这都是国造的孽。

国后来偷到镇上去了。在王集，他偷饭馆里的钱被人当场抓获，送进了乡里的派出所。这消息传回来，一时慌了全村。没娘的孩子，谁都可怜。村人们焦焦地围住队长的家门，立逼老黑去王集领人。老黑慌得连饭都没顾上吃，破例买了盒好烟揣上，掂了一兜红薯就上路了。

黄昏时分，国被领回来了。碰上下工，一村人围着看，可怜那小胳膊被活活捆出了两道血印！国竟然还满不在乎，跟这个笑笑，跟那个挤挤眼，恨得队长咬牙骂！

天黑后，队长吩咐人叫来了一些辈分长的人，梅姑听说信儿也来了，就着一盏油灯商量如何教化他。老人们默默地吸着烟，一声声叹气，说："匪了，匪了，这娃子匪了！"队长一拍腿说："×他的，干脆明儿叫鳖儿游游街！转个三四村，看鳖儿改不改？！"众人不吭，眼看就这样定下了，明儿一早叫国敲着锣去游街！梅姑突然说："老三，娃儿还小哪，千万别让他去游街。"梅姑说着说着掉泪了。她说："人有脸，树有皮。小小的年纪，丢了脸面，叫他往后怎么做人呢？"队长闷闷地吸了两口烟，骂道："××的，你说咋办？"梅姑说："打呀，老三。只当是自家的孩子，你给我打！"

于是把国叫了进来。当着老人的面，国赖着脸笑，还是不在乎。队长一声断喝：

"跪下！"

国起初不跪。扬脸一瞅，却见一屋子黑气，也就软了膝盖怯怯跪下了。就有皮绳从身后拿出来，上去扒了裤子，露出那红红的肉儿，只见一皮绳抽下去，屁股上陡然暴起两道红印！国杀猪一般叫着，骂得鲜艳而热烈！紧接着一绳快似一绳，一印叠着一印，打得小儿姑姑爷爷叔叔奶奶乱喊……

队长厉声问："都偷过啥？说！"

"……馍。"

"还偷过啥？"

"……鸡蛋。"

"再说！"

"鸡、鸡子……"

一听说他"匪"成了这样，皮绳抽得更猛了！那皮绳是蘸了水的，响声带哨儿，打上去"嗖嗖"冒血花，顷刻屁股上已血烂一片。国的腿不再弹腾了，只喊爹喊娘喊祖宗地哑哭……

梅姑不忍看，转过脸去，却又助威般地喊："打呀，老三，给我往死处打！"

队长打了一阵，喝道："还敢不敢了？"

"不敢了，再也不敢了。"

队长扔了皮绳，在一旁蹲了，喘着气拧烟来吸。老人们和梅姑又一起上前点化他，说了这般那般地好好恶恶，国只是哭。

队长吸过烟，又骂道："鳖儿，丢人丢到王集去了！是短你吃了？还是短你喝了？你他妈做贼！"

国抽抽咽咽地哭着说："三叔，我不敢了，再也不敢了。"

"你改不改？"

"改，我改。"

"中，你好好听着，再见一回，打折你鳖儿的腿，叫你一辈子出不得门！……"

国是被人抬到床上去的。这晚，他整整哭了一夜。梅姑可怜这没娘娃儿，一边用热水给他焐屁股，一边恨道："国，不成器呀！"

这顿恶打使国整整在床上趴了五天，半个月都没出门。后来出了门，也老实多了。每天背着书包去学校上学，一副怯生生的模样。

多年后，国试图抹去这段记忆，可屁股常常提醒他，常常。国永远不会知道，他是有可能免去这顿毒打的。若是不受这皮肉之苦，那么，他必须让人牵着去四乡里游街，一个村庄一个村庄地去向人们展览他的偷窃行为，用"咣咣"的锣声向人们宣布他是贼，那时他就成了一个公认的贼！假如不是梅姑的及时阻拦，一个经过展览的公认的贼又怎么活呢？

四

国是秋天里考上县城中学的。

那年国十三岁，已有枪杆那么高了，依旧是很邋遢，嘴上老是挂两筒清水鼻涕，脸上的灰从没洗净过，身上穿的衣裳总是烂了又烂，补都来不及，他好上树掏鸟儿。国平时不算用功，在班里学习也不是最好的。可那年大李庄小学有六十四个学生参加了县中的考试，很多用功的学生都没考上，独有他一人考上了。这无法解释，这只能再一次说明国是聪明的。

临走的那天，全村人都出来为他送行。队里给他置了三套新的被褥，那是婶婶娘娘们连夜在油灯下套的。出门的衣裳也都是新置的，一针一线都带着乡邻们的情分。国穿着一身新衣裳走出来，脚上蹬着梅姑给他做的新鞋新袜，显得十分体面。那脸儿也洗净了，黑里透红，一株小高粱似的，陡添了不少的腼腆。在村口，梅姑悄悄从兜里掏出十块钱塞到国手里，那是她婆家送来的嫁妆钱。十块钱那时候已是很大的数目，国缩着手不要，他看梅姑那很凄伤的脸。梅姑就要嫁到另一个村庄去了，她拿出了十块钱，那是她的卖身钱。这时国已稍稍晓些事了，他看出了梅姑心中的凄凉。梅姑默默地站在那儿，一双水灵灵的大眼里带有无限的哀怨。梅姑一句话也不说，只把钱硬塞在他手里，国只好接下那钱，怯怯地叫了声："姑。"这时三奶奶颤颤地走来了，三奶奶给他掂了一兜子熟鸡蛋。他偷过三奶奶的鸡蛋，他偷三奶奶的鸡蛋生喝，叫三奶奶跟四婶去对骂，去撕头发挖脸，他在旁边笑。这次他没敢笑，只红着脸叫一声："奶……"队长女人给他烙了一摞子油馍，也用破手巾兜着送来了。那时乡下过年才吃油馍，那油的来历很让人猜疑，队长女人敢把油馍拿出来也需要一份勇气。队长女人拍着男人样的杆子腿说："都看看，这是俺孩他舅从西乡捎来的油……"四婶横横地从三奶奶旁边插过来，走过三奶奶身边时鼻子重重地哼了一声！三奶奶已老得不成样了，拄拐杖的手鸡爪一样抖着，耳又背，可三奶奶倏尔就给了四婶一屁股！四婶只装没看见，挺挺地递给国一条白毛巾。这条白毛巾是四婶那当兵的儿子捎回来的。队伍上发了两条毛巾，儿子给娘捎回来一条，四婶一直没舍得用，就给了国。那毛巾上还红鲜鲜地印着部队的番号，国眼热那红鲜鲜的"8654部队"就收下了。于是，那黄土一般的人群有了片刻的慌乱。村民们看着这阳光下的善行各自缩缩地委顿下去，于是就有人凑出一毛两毛地送出来，尽一份心意。一百多户人家的村子，除了出不来门的，都多多少少的有些表示。连村里最有名的吝人"窄过道儿"和"纸糊桥儿"也送了东西出来。"窄过道儿"跑回家拿了一个鸡蛋，蹭蹭地来到人前，说："娃，老少。""纸糊桥儿"也勇敢地凑出五分钱来塞进了国的衣兜，那时五分钱能买两个鸡蛋。这一刻，国像是长大了许多，他在人群里恋恋地叫姑叫婶叫大娘叫奶奶……喊得人眼里含了一窝泪。

二十三年后，国扔掉了许多记忆，也曾拼命地洗刷了许多记忆，但生活的底板太厚了，洗了一层又一层，总也忘不掉乡亲们为他送行的情景。在那个无比辉煌的早晨，国站在秋天的阳光里——与乡亲们告别。眼前是四十八里乡路，身后是黄土一般的人脸，人脸很厚，一层一层地叠着，像动画片里的木偶。风簌簌地从人脸上刮过去，黄尘漫过后仍是人脸，墙一样的人脸。那淡淡秋阳熬着人脸，路两旁那无边的熟绿挤着人脸，可那饼一样的人脸仍然举着，叫人永远无法读熟。那时，他听见梅姑在他耳边轻声说："国，还回来不？"他说："回来。"梅姑说："回来看看我。不管你走到哪儿，都回来看看我……"可他没有去看过梅姑。他是见过梅姑的。十三年后，梅姑像杀猪一样被人拉进乡政府里。梅姑在乡政府门前泼天长骂，终还是被拉进乡医院去了。梅姑是违反了计划生育政策被拉进乡里去的。她已生了两个女娃，为此，男人常常揍她，把她打得浑身青紫，逼着她生，所以梅姑想要个男娃……那时他就站在梅姑的旁边,梅姑不认识他了……啊,鲜艳的梅姑。

队长拉着架子车为国送行。四十八里黄土路,送了一坡又一坡。路赖,架子车"叮叮咣咣"地响着,队长的旱船鞋"跋拉跋拉",国跟在架子车后看队长那驼背的腰,那腰蛇一样拧着,一耸一耸地动……

队长说:"国,好好学。"

"嗯。"

队长说:"出门在外,多留心。"

"嗯。"

队长说:"吃哩别愁,我按时给你送,别饿坏了身子骨。"

国再"嗯"一声。

队长又说:"缺啥少啥言一声……"

在路上,队长嘱咐了无数遍,国都应着。走向新生活的国看天,看地,看树上的鸟儿,看悠悠白云,脑海里那小小思绪飘得很远,并不曾把队长的话当回事儿。可国不知道,队长还想再说一句。他想说:"娃子,别动人家的东西,千万别动!"又怕伤了娃子的心。娃子大了,不能说丑话了。可他还是想说。那话随着车轱辘转了无数遍,终还是没有说出来。

到县城了,国说:"三叔,回吧。"队长迟疑疑地说:"行李重,再送送吧。"队长一直把国送到学校门口,在校门口,队长立住了。他怯怯地望一眼校门,说:"国,你大了,也该给你有个交代了。你爹死时矿上给了一千块钱，埋你娘用了六百，这多年给你看病抓药又用了二百，还有二百我给你存着呢。这是你的钱，啥时有了当紧的用项，你说。就是没这二百，也别愁钱的事儿……"

国听了，心里一阵热，说："三叔，回吧。"三叔没回，三叔站在那儿看他慢慢往校园走，待他走有一箭之地，三叔突然喊道："国……"国转回来，三叔的嘴嗫嚅了半晌，终于说：

"争气呀，国。"

国看着三叔的脸，那脸上网着乡村的老皱，也网着国的历史。他终于读懂了三叔的意思。国在三叔的脸上看到了自己那红肿的屁股，屁股上印着一条条血淋淋的鞭痕！那就是三叔用皮绳抽的。三叔用皮绳一下一下狠抽，那疼即刻出现在国那抽搐变形的脸上，一个"贼"字在国的灵魂深处写得极大，是皮绳把"贼"字打掉了……

国没有说话，默默地掉了两滴泪，去了。

五

国果然争气，先是入了团，后又当上了"司令"。

国是第三年夏天当上"司令"的。那年夏天格外热，狗长伸着舌头，颍河缩成了一线，知了在树上无休无止地聒噪，于是国当上了"司令"。

国的"司令"仅仅当了十四天。在这十四天里，他领着学生在县城里抄了七七四十九户地主富农的家，在县委大院里吃了五顿不掏钱的饭，呼口号时嗓子哑了六回，还弄了一根武装带在腰里束着，因此国非常乐意干"司令"。

国乐意干"司令"还有一个很重要的原因，校花姜惠惠也参加了他的"造反组织"。姜惠惠跟他是同班同学，坐在他前边的一个位置上，国每天上课只能看到她的后脑勺，还有脖颈上那隐在黑发里的一点奶白。国很愿意看她的脸儿，也很愿意跟她说说话，只是没有机会。现在在一个"司令部"里"工作"，说话机会自然多，也有了那么一点点意思……

国是牵着戴高帽的老校长游街时碰上三叔的。三叔领着乡亲们拉架子车来城里交粮，在县城的十字街口，交粮的车队碰上了国率领的游行队伍。国们戴着红袖箍，一个个穿得十分周正，边走边呼口号，威风了一条街。三叔们光脊梁亮着一身臭汗，一个个老牛似的拽着粮车往前拱。人多，口号声就震天地响亮。国一边呼着口号一边喝道："让开！让开！"突然，国的脖领子被揪住了，一句很热烈的话夹在喉咙里，国冷不防扭身一看，却是三叔。国忙说："三叔，啥时来了？"三叔瞪着眼说："鳖儿，不好好上学，在这胡闹啥哩？！"这一声"鳖儿"让"司令"很丢面子。国红着脸说："革命哩，咋是胡闹！"三叔拉住国，怯怯地看了看戴高帽五花大绑的老校长，小声说："国，咱回去，咱回去。"国梗着脖儿说："我不回去！"三叔一拍腿说："鳖儿，我断你粮！"国自然很狂，国根本没把三叔放在眼里，一听这话就炸了，他一蹦三尺高，高声呼道："要革命的站过来，不革命的滚他妈的蛋！"这一声把三叔呼愣了，三叔愣愣地望着国，抖手就是一耳光！三叔那布满老茧的黑手重重地扇在国的脸上，那巴掌扇起的风臭烘烘的，带有牛尿马尿的气味，打得"司令"眼冒金星，踉跄后退了两步！天旋旋，地转转，那口号声一时显得很遥远。三叔一耳光把国扇进了无边的黄土地，使他又变成了一个赤条条的乡下小儿，光肚儿在村街里跑的国……只听三叔厉声说：

"回去！"

在十字路口，这一巴掌扫尽了"司令"的威风，把趾高气扬的"司令"打成了一株勾头大麦。那一耳光如此响亮，致使游行队伍顿时停下来，学生们呼啦啦把三叔围了。三叔的大黑巴掌"啪啪"地拍着胸脯，大声说："咋哩？咋哩？老子三代血贫农！"这时送粮的乡汉们也都一哄而上，野野地围过来喊："咋哩？咋哩？！……""副司令"辛向东侃侃地背了一条"语录"，说："为啥打我们'司令'？！"三叔说："尿哩，自己娃子还不能揍？！"光脊梁的野汉们也跟着嚷嚷："自己娃子哩！"这一刻，国羞得恨不能钻进地缝儿！"司令"强忍着没有哭，那羞辱一浪一浪地在心里翻，涌到眼里就是泪。国知道站在队伍里的女同学都在看自己，更知道姜惠惠眼里带着鄙夷的神色，那鄙夷把他整个淹没了！国不敢抬头，可还有点心不甘，嗫嚅地说："我走了他们咋办？"队长不屑地说："尿哩，尿！"说着，就把国从人群中拽出来了。国木木地出了游行队伍,抱住头蹲下了。片刻,游行队伍继续前进,口号依旧震天响!那是辛向东领头呼的。辛向东一蹦一蹦地蹦着,十分地激动。国哭了……

在回村的路上,国屈辱地哭了一路。三叔也觉得对不住娃,出手太猛,让娃子丢人了,就悄悄地买了肉包给他赔不是。国一甩手把肉包扔到七尺外!眼红红地冒着凶光,跳起来发疯似的指着三叔骂:"老三,我×你娘!×你……"在泼天野骂中,三叔的脸更黑了,嘴角微微地颤着,两手发抖,那黑脸上的颜色变了又变,没再动他一指头。

当天夜里,国又偷偷地跑回了学校。可是,他的"司令"已经干到头了。就在那天下午,辛向东当上了"司令"。辛向东冷冷地说:"你被开除了。"更可气的是同学们都不理他,姜惠惠看见他就像看见狗一样,朝地上恶恶地吐唾沫!国独自一个孤孤地在操场上转了半夜,觉得实在没脸儿在学校混了,就连夜卷了铺盖。临走时,他在姜惠惠的宿舍门前站了很长时间……

国自此大病一场,在床上躺了很长时间,一直闷闷不乐。他回村后就倔倔地搬到牲口屋跟四叔去住,吃饭也在四叔家。四叔跟三叔家隔一道墙,见了三叔他是不理的,三叔跟他说话也不理。害了病三叔去看他,他扭身给三叔个屁股,不管三叔说什么,他都一声不吭。病好后,国更是很少说话。他常常一个人跑到河坡里,静静地躺在树荫下,两眼望天儿。河坡里有一丛一丛的芦苇,芦苇挑着天边那火烧的云儿,云儿一会儿狗样,一会儿马样，一会儿又狮子样，夕阳西下时荡一坡霞血，风摇羽红。倏尔，金色的"叫吱吱"从羽红的苇荡里钻出来，射天而去，而后又笔直地跌进苇荡，化得无影无踪。看着看着，国眼前就幻出了姜惠惠的影子。穿红格格衫的姜惠惠袅袅婷婷地走到他的眼前，噘着肉嘟嘟的小嘴儿，两只媚亮的眼睛直勾勾地望着他，仿佛在说：李治国呀，李治国，没想到你这么不坚定！……接着他就更加地仇恨三叔。他觉得是三叔毁了他的初恋，也毁了他的前程。三叔当着他恋人的面给了他一记响亮的耳光，也给了他永远洗刷不尽的耻辱！三叔不是人，是猪是狗是马是驴！若不是三叔，惠惠会跟他好的。他最喜欢惠惠叫他"司令"，那一声甜甜软软的"司令"足以叫人心荡神移。若不是三叔，他们将双双走进新的生活，那是一种充满刺激的生活。埋在这无边的黄土地里，再也没人叫他"司令"了。啊，"司令"……每想到此，国就心潮澎湃，万念俱灰，在坡里打着滚儿，像狼一样地嚎叫！

国就这样在河坡里一直躺到天黑，嘴里嚼根草棍棍儿，一动也不动。天黑时，四婶家的二妞就跑来叫他吃饭。二妞每次都给他带一个熟鸡蛋，亲亲地叫着"国哥"，剥了给他吃。国嘴里吃着鸡蛋，仍然不动。二妞在他身边坐下，他也不说话，愣愣的。二妞说："该割豆了。"他就说："该了。"二妞说："天短了。"他说："短了。"二妞说："夜里狗叫得厉害。"他不吭。二妞说："梅姑生了个妞。"他还是不吭。二妞慢慢站起来，说："国哥，吃饭吧，俺娘叫喊你吃饭呢。"国就坐起来，拍拍身上的土，跟她回村去。眼里总晃着姜惠惠……

后来二妞嫁了个煤矿工，是哭着走的。临出嫁那天，国去帮着抬嫁妆，二妞眼红红地说："国哥，俺走了。"国淡淡地说："喜事，走吧。"二妞再没说什么。国也不觉，仍想着姜惠惠。

在这段时间里，国情迷姜惠惠已经到了走火入魔的程度。姜惠惠每晚像月亮一样在他的梦中升起，引他做了许多傻事……然而，恰恰在这段时间里，革命同学姜惠惠已与革命同学辛向东心心相印，同床共枕。

多年之后，国才知道那一巴掌是十分要紧的。当上"司令"的革命同学辛向东，由于武斗中打死了人，被抓进了监狱。他在监狱里关了一年，然后被拉到县城西关的乱葬岗枪毙了！辛向东着实红火了几年，因此头上留下了一个血红的大洞。另一位革命同学姜惠惠被流弹打中了大腿，成了瘫痪，后来终日坐在县城的十字街口卖烤红薯。国买过她的烤红薯。国感情十分复杂地站在她的烤炉前，问她烤红薯多少钱一斤，以期唤起"革命"的回忆。姜惠惠抬头看看他，说一毛五一斤你买吗？看来彼此已不认识了，于是国买了一块烤红薯。

再后，在一次一次的考察中，关于"'文化革命'中的表现"这一栏，国都填得十分清白。笔走龙蛇，签名自然潇洒。而后在一级一级的组织部门顺利过关。

按说这一栏应该归功于三叔。可国还是恨三叔，恨那当街一耳光的耻辱。

六

自那一巴掌后，三叔一直觉得对不住国。他见国终日闷闷的，话也不说，就赶紧张罗着给国说媳妇。私下里说了几家，人家一打听，是个没爹没娘没房子的主儿，连面都不见。这一弄，三叔更觉得对不住国，于是就偷偷地往公社书记那里送了礼，想给国谋个事做。三叔头一回掂去了五斤香油，公社书记大老王脸一沉说："干啥？这是干啥？有事儿说事儿，掂回去掂回去！"三叔嘿嘿笑着："没啥事儿，没事儿，坐坐。"坐了一时，大老王又问："有事儿？"三叔说："没事儿，东西是队里打的，给领导尝尝。"大老王手一挥，说："掂回去，掂回去。"话是说了，三叔却没有掂回去。第二次，三叔又扛去了一篓红柿。红柿是刚从树上摘的，一个照一个，很鲜。三叔把篓子往桌下一推，依旧坐着。大老王看了他一眼，说："弄啥哩？！有事儿？"三叔说："也没啥事儿，坐坐。"大老王是个爽快人，粗粗地骂道："老黑，有事说事，没事你一趟一趟干啥哩？！说吧。"三叔吞吞吐吐地说："……村里有个娃，没爹没娘，连个媳妇也找不下，看能不能给他瞅个事儿做？"接着，三叔又说："娃子中学毕业，精灵哩。"大老王沉吟片刻，问："跟你有啥亲戚？"三叔说："论说也没啥亲戚，一李家。娃子没爹没娘，不能不管哪。"大老王猛吸两口烟，挠挠头说："商量商量，商量商量吧。"三叔忙起身说："不忙，不忙。"第三次，三叔又掂去了两瓶"宝丰大曲"。三叔把酒往桌上一放,一句话也不说,只一个劲吸烟。坐了有一个时辰了,大老王说:"这样吧,公社缺个通讯员,叫这娃子来试试。试用期三个月,中了就叫他干。"三叔喜喜地说:"明儿我领来你看看,一试就中。"出了门,三叔说:"×你妈,到底应了。"

那时候,国正躺在玉米棵棵里发愣呢。他常常回忆在县城里上学的日子,那日子像流水一样,眨眨眼就过去了,抓都抓不住。他让一个个女同学在他眼前排队,终了还是觉得姜惠惠好……而眼前却是一坡一坡的黄土地,像是一世也走不出的黄土地。日头爷缓缓地转着,像磨一样转着,周围像死了一般的静,静得让人心里发慌。偶尔,风从玉米田里刮过,叶子"沙沙"地响着,有了一点喧闹,过后又是无休无止的沉寂。国抖抖脚上的烂鞋,把脸埋在土窝窝里,痛哭。

三叔回村后到处找国,最后在玉米地里找到了他。三叔说:"国,起,起,我给你找了个事儿做。"国仍然不理三叔,好半天才冷冷地说:"啥事儿?"三叔说:"我给书记说了,叫你上公社当通讯员。你干不干?"国愣了,慢慢坐起来,望着三叔,一时竟无话可说……三叔也不争礼,眼一酸说:"中中,只要你娃子愿干。"

第二天早上,三叔去叫国,国突然说:"我不去了。"三叔慌了,问:"咋啦?又咋啦?!"国不说,再问也不说,又是闷闷的。三叔忙让四婶去问,四婶好说歹说才问出缘由。国吞吞吐吐地说："……连一件像样的衣裳都没有，出门净丢人！"

三叔在门口站着，一听这话就说："鳖儿，现置也来不及呀！你说穿啥，我给你借。"

国自然不说，也没脸说，三叔急躁躁的，一蹦子蹿出去，挨家挨户去借，进门就说："国去公社了，出门是咱村的脸面，这会儿连件出门衣裳都没有，现置来不及，有啥好衣裳借国一件穿穿。"三叔一连跑了六家，借了几件，不是长了，就是短了，国相不中。最后，还是把复员兵二贵的军上衣借来了，国总算出了门。

那时绿军衣是最时髦也最不惹眼的衣裳。国穿着二贵的绿军衣跟三叔到公社去了。公社离大李庄九里地，一路上三叔再没嘱咐什么，也没讲给大老王送礼的事儿，只颠颠地头前走。到了公社，大老王看小伙个头高高的，一脸的精明，穿得也干干净净的，很满意地点点头说："留下吧。"国就这样留下了。

三叔走时，国喉咙一热，好久才叫了一声："三叔——"他似乎想说一点什么，三叔没容他说，就弓着腰去了。

国在公社，名义上是公社通讯员，实际上是大老王的跟班儿。除了骑车到各村通知开会以外，他几乎整天跟着大老王。国每天早上六点钟起床，先是扫过公社大院，然后把水烧开，茶瓶灌满，接着给大老王打上洗脸水，包括把牙膏挤在牙刷上，待书记起床后，去倒夜壶。倒夜壶时国隐隐地感到屈辱，夜壶的尿臊味伴着国的屈辱走那么一小段路就淡散了。一个月三十块钱，那时,对他来说,实在是一个巨大的数目。国忍了。白天里,国常跟大老王到各村去检查工作,自然是走哪儿吃哪儿,有酒有肉。有时大老王去县里开会也带上他,到了县委逢人就说:"这是我的通讯员,小伙很能干。"大老王工作很有魄力,为人也极为豪爽,走到哪里都是中心,国跟着他尝到了许多甜头。渐渐地,国的天地大了,认识人越来越多,视野也跟着开阔了。他很快地了解了许多他所不知道的东西,这些东西对他日后都是有用的。国毕竟是聪明人,他很快就把公社书记的生活习惯摸透了。大老王有三大:个子大,嗓门大,烟瘾大。所以国兜里常常揣两包香烟,一包好的,一包孬的。那好烟是给大老王预备的,一旦大老王没烟吸了,国就把那包好烟拿出来,书记骂一声,揭开就吸。此后大老王喝酒也带上他,有了什么好处也总有国一份。书记是外乡人,光身一人住在公社大院里。他老婆每年只来两次,春上一次,秋后一次。那个拖着孩子的乡下女人每次来总是只住三天,给书记拆洗拆洗被褥,而后又挎着小包袱默默地去了。书记常年不回去,吃住都在公社大院里,工作起来也是个不要命的主儿。常年不回去的书记还有个晚睡早起的习惯,国感觉到这个习惯是有缘由的,国自然不问,只每晚早早地打两瓶开水放到书记屋里,而后就不再去了。第二天早上,国听大老王那一声响亮的咳嗽。没有咳嗽声他就不动,直到听见大老王的咳嗽声,他才把洗脸水端过去。日后,大老王曾十分感慨地对人说:"知我者,国也!"

严格地说，国的政治生涯是从公社大院开始的。公社院里人不多，人事关系却错综复杂。表面上风平浪静，可内里却像沸水一样翻腾不息。从公社直接与县上有联系的有六条线，而且起码挂到副县长这一级。公社大院本身却又较为明朗地存在着三股势力。公社副书记老胡和武装部长老张是一股势力，社主任老苗与党委委员老黄是一股势力，以大老王为首的又是一股势力。三股势力虽各有所长，却存在着明显的优劣。老胡和老张是军队转业干部，为人严谨却不善言辞，在关键时候说不出道理来；老苗和老黄是本地干部，土生土长惨淡经营，却又缺乏领导魄力，因此很难统揽全局；大老王为人粗率，不拘小节，却粗中有细，能说能讲，人往台上一站声若洪钟，发怒时，那目光从脸上扫过去，是很有威严的。大老王有时甚至很霸道，骂起人来狗血淋头！第二天见了却又笑眯眯地喊住人家："过来，过来。我这人屌脾气，你别计较……"说了就了，该骂还骂。公社每次开党委会，三股势力都有一番小小的较量。公社书记大老王每每像铁塔一样坐在那里，听委员们一个一个发言。那发言有时很激烈，他却从不插话，只一支接一支吸烟。待人人都讲完了，他的目光威严地扫过会场。目光的接触是一种心理素质的反映，当他的目光扫过人脸的时候，没有人能接住这种目光，所有的公社干部都无法承受这种目光，躲。于是大老王就说："同志们讲得很好，现在我总结几句……"这所谓的"总结"完全是按照他的意图讲的，讲完就散会。这"总结"自然就成了党委会的决议。

在这段时间里，国沉湎在这种人与人的"艺术"之中。他细心地观察了公社大院里的每个人，每件事，在人与人、事与事之间做出比较和分析，然后悄悄地做出自己的判断。他仅仅是临时工，自然是没有发言权的。但这种静静的旁观使他在潜移默化中走向成熟，也使他游刃有余地在公社大院生存下去。至于日后，那更不必说。国很少回村去，村庄也离他越来越远了，小伙的目光已转向未来。

一天，三叔突然来公社了。三叔在公社门口整整等了他半天，天黑时才见到他。三叔把他拉到一边，很为难地说："国，你看，你看……那军衣是借二贵的，二贵明儿要相亲了，想用，你看，你看……"国一直以为这件绿军装给他带来了好处。国穿着这件绿军衣在公社院里显得格外精神，他常常夜里洗了，白天又穿上，好保持住体面。那时他已有了工资，可以置衣裳的，但国不想还了。国红着脸说："三叔……"往下他就不说了。三叔像欠了账似的，喏嚅地望着国："你看，你看……"国说："我天天在公社院里转，人前人后的，你看……"三叔脸上的皱纹像枯树皮一样抽搐着，哑哑地说："二贵相亲呢。相亲也是大事，你看……"国还是不脱。国说："这样吧，也不叫你作难。"国在兜里摸了半天，摸出十来块钱，递给三叔："让二贵再买一件，买件好的……"三叔再没话说了，叹口气，就勾着腰走了。

为这件绿军衣，三叔回村后跟二贵吵了一架。二贵不要钱，非要军衣不可，他全指望穿军衣去赢姑娘的心呢。于是三叔只好再去给他借，求爷爷告奶奶地跑了好几家，才借来了一件旧的……此后二贵的亲事没说成，一家人都恼三叔，骂得很难听。三叔有苦说不出，只好认了。

国当然不知道，仍很神气地穿着那件绿军衣，在公社大院里晃来晃去。

七

国的转机牵涉着公社大院的一件隐私。

那是个多事的秋天。在那年秋天里，国心里产生了从未有过的慌乱，有一刻，他的精神几乎要崩溃了……

九月初六是个不祥的日子。这天，大老王到县里开会去了，会要开七天，所以没有带他。大老王上午走，下午县里就来人了。来了两个。公社大院的气氛陡然变得紧张起来。先是常委们一个个被叫去谈话，接着是委员和一般干部。去的人都很严肃，出来时有人笑着，有人却沉着脸，眼里藏着神秘。而后便是纷乱地走动，极秘密地进行串联，到处都是窃窃的私语声。

当天晚上，武装部长老张突然走进了国的房间。老张坐在床边上，很亲热地说："国，你今年多大了？"国说："二十啦。"老张说："你愿不愿当兵哇？你要想当兵，我今年保证把你送走。"国很想出去闯闯，也知道征兵时武装部长是极有权的，于是就说了一些感谢的话。可说着说着，老张就严肃起来了。老张说："国，我告诉你，老王不行了。这人作风不正，你要揭发他的问题呀！组织上已经派人来了，这回就看你的表现了！那些事儿你是很清楚的，很清楚的嘛……"说完，老张意味深长地拍了拍国，就走出去了。

接着是社主任老苗，老苗笑眯眯地说："国呀，咱都是本乡本土的，亲不亲一乡人嘛。人家说走拍拍屁股就走了，咱还得在这儿混哪。日子长着哪，一根线扯不断。你还只是个临时工哇！……"国一听就慌了。"临时工"三个字一下子就钉住他了。他想，苗主任说的是理。本乡本土的，人家说走就走了，他一个临时工往哪儿去呢！国忙说："苗主任，苗主任，我年轻，不晓事，你多说呀。"老苗说："没啥，没啥。本乡的娃子么，和尚不亲帽儿亲，啊？"接着，老苗悄悄地说："最近听到风声了吧？县委组织部来人了，调查老王的问题。鳖儿犯事了！这人道德败坏，又整日里压制人……"国头上出了一层细汗："苗主任，苗主任……"老苗说："不要怕么，要敢于揭发。年轻人要坚持原则，你是最了解情况的证人，可得说呀！"

而后来找他的是公社的妇联主任马春妮。马春妮是公社副书记老胡的老婆，为人很泼，两只薄片子嘴刀似的，一进门就说："国，老胡叫我来看看你。老胡说了，你年龄不小了，叫我操心给你说个好媒。请放心了，这大鲤鱼我吃了。娘那脚，这回你得立一功哩。老王跟'鹅娃儿笋'那浪货明铺夜盖的谁不知？那浪货一趟一趟地往老王屋里跑谁不知？你得说，你不说可不中，你不说就不依你！你跟老王算是跟到茄子地里了。反国（戈）一击吧！'鹅娃儿笋'那浪货都供了，哭哩一把鼻涕一把泪……"

国蒙了。他像掉进了一口黑瘆瘆的大井，前走也不是，后退也不是，眼前是一片黑暗。黑暗一层一层地包围着他，仿佛要把他挤成肉酱！这时候，他才知道他在公社大院里是非常孤单的。没有人能够帮助他，谁也不能帮助他。他必须独自做出决定。极度的恐慌使他不由得想喊一声娘，我的亲娘哟！

凭良心说，大老王是有魄力的。抓工作雷厉风行，处事果断，自然得罪了不少人。公社大院里有一个外号叫"鹅娃儿笋"的女人，是公社广播站的广播员。"鹅娃儿"已是很白了，又加一个"笋"，嫩嫩的白，一掐带水儿。说话轻声轻气的，更有一种说不出的柔美。公社大院里的干部都想馋这女人，争着往广播室跑，可她却跟大老王好上了。她是有男人的，男人是个瘸子，在七里外的大柴供销社当副主任。副主任不常回来，播音员又常值夜班，大老王呢，单身一人住公社，于是就有人风言风语地说闲话了……开初时，只见这女人常到大老王屋里去，去了就坐坐，或是甜甜地叫一声"王书记"，叫了，大老王就逗她笑，讲一些乡村里的笑话，"鹅娃儿笋"脸上就抹上了一层夕阳的晕红，羞羞地抿嘴笑。在公社干部群里，大老王是最风趣的。既能把人说哭，又能把人说笑。于是"鹅娃儿笋"往他那里跑得更勤了。"鹅娃儿笋"一去，大老王就跟她讲笑话，夜长，就听见两人笑……渐渐有风声传出来，说"鹅娃儿笋"跟大老王有一腿。传言者说得逼真，公社院里沸沸扬扬，大老王得罪人多，有人就告到县里了。国没看见过，自然不敢胡猜……

　　现在，这段隐私牵连上了国，使他一下子陷入了进退两难的境地。揭发，对他来说是可怕的，不揭发同样可怕。大老王不会饶过他，那些人同样不会饶过他。他的肉身子夹在了两座大山之间，挤得他喘不过气来。有一刻，国的头都快要想炸了！他不知道如何是好，心乱得连一点主意也没有了。陷阱，陷阱，他眼前全是陷阱……

　　夜深了，公社大院里很静，静得人心慌。国心里说：我供出来吧，供出来吧，我把鳖儿供出来吧。这不怨我，这不怨我，我没有别的办法。你叫我怎么办呢？我是一个合同工，说滚蛋就滚蛋，恁多人威胁我，我受不了了，我实在受不了了……

　　过一会儿，国心里又说：不能供，不能供，不能供。你又没看见，供出来你还怎么活人呢？供出来你还有脸见大老王吗？供出来你就成了一泡臭狗屎，谁想踩就踩的臭狗屎！瞎熊哇，你个瞎熊……再过一会儿，国摇着头在心里说：我×他娘，×他娘×他娘×他娘×他……娘吧！！最后，在濒临绝望的一刹那间，国推开屋门，像狼一样地冲了出去。

　　……国像游魂似的在乡村土路上荡着，他眼前是一片浓黑，身后仍然是浓黑。夜密得像一张大网，紧紧地裹着他。可是，走着走着，他抬起头来，突然发现他已来到了村口。他怎么也想不到，在不知不觉中他竟然走了九里路，回到村里来了。这时，他毫不犹豫地推开了三叔的家门。门没插，三婶早已睡了，三叔在床上坐着吸旱烟。一盏小油灯半明半暗地亮着,映着一团被烟火熏黑了的土墙。屋子里自然有一股臭烘烘的气味,那气味像陈年老酒一样扑面而来,给人以温馨的亲切。国什么也顾不上了,他站在三叔的床前,连气也没喘,一股脑把那事儿说了……他说得很快很急促,说完后静静地望着三叔。

三叔在油灯下坐着,依旧"吧嗒吧嗒"地吸旱烟。他两眼奄蒙着,一张脸像是揉皱了的破地图。地图上爬满了蚰蜒般的小路,小路弯弯曲曲又四通八达,高处发黄,低处发黑,那回旋处又是紫灰色的,仿佛隐隐地流动着什么。但细细看又是静止的,静得十分浩瀚。这是一张没有年月没有日期的地图,而四时的变化、岁月的更替却又清清楚楚地印在上面。风刮过去了,蒙上一层黄尘;雨淋过去了,溅上些许湿润;冰雹砸在上边,敲出点点黑污;而后是阳光一日日地曝晒,一日日地烘烤,烤得像岁月一样陈旧。于是这地图就显得更加天然,更加真实,叫人永远无法读懂……

三叔就那么坐着,一动不动地坐着,身后映着一团巨大的黑影。那黑影狰狞得像瓦屋的兽头,岿然似山脉。看久了,那黑影又透着温和亲切,像麦场上的石磙。石磙散着牛粪的气味,也散着小麦的熟香。石磙跟着老牛在麦场上滚动,沉重而又温柔地轧着麦穗儿,麦粒儿就欢欢地从壳里跳出来,散一地金黄。而后石磙就蹲在场边上,再也不动了……

三叔的大裆裤扔在黑污污的被子上,随着三婶的鼾声时起时伏。三叔的烟锅早已熄了，可烟杆仍在嘴里含着。只有蛐蛐一声声短叫……

三叔没有说话。

三叔一句话也没说。

三叔耷蒙着眼皮，就那么默默地坐着，像化了似的坐着。

国扭身走出去了。

夜静了。谁家的狗咬了两声，似觉出是自己人，也就住了。秋夜的天宇十分阔大，星儿在天空中闪烁，月儿高挑着一勾银白，凉凉的风从田野上刮过来，沁着醉人的泥土气息。月光像水一样地柔，土地在月光下舒展着伸向久远。颍河水哗哗地流淌着，仿佛一把古老的琴在吟唱。堤上的柿树在朦胧中凸着深深浅浅的油黑，苇丛在秋风中轻轻摇曳，悄悄送出小小虫儿的呢喃。游动的夜气里弥漫着秋庄稼的熟甜，淡淡是谷子，浓浓是玉米，偶尔一缕是芝麻。这是一个清亮亮的夜，墨黑在月光中淡化了。连那远远近近的鬼火都一下子显得很顽皮，娃儿似的荡着，一时东，一时又西，仿佛在说：老哥，你回来了？

国踏着月光往回走，不知怎的，走着走着，头就不那么涨了。这时，他似乎听见身后有"跂拉跂拉"的脚步声。那脚步声很坚实地碎着，一时贴近了，一时又显得很遥远……

国没有回头，很久很久之后，他恍恍惚惚地听见身后有人说："要是混不下去，就回来吧。"

国不再想了，什么也不想。他走回公社，把身子撂在床上，一觉睡到天明。

第二天上午，县委组织部的人找他谈话，国一口咬定没有这事，没有……

五天后，大老王回来了，公社大院里立时热闹起来。老苗老胡老张老马……都跑过来迎接他，一口一个"王书记"，亲亲地叫着说："王书记回来了？""王书记累了吧？""王书记，几天不见，怪想你哩……"大老王也笑着说："回来啦。不累，不累。"仿佛什么事都没发生过。

半年后，大老王的调令来了，调他到县委组织部当部长。临走时，他才对国说："国，你愿不愿意跟我到县里去？"

国心里暗暗地松了一口气。他心里说：幸亏没有揭发，幸亏没揭发呀！可他始终不明白，他是怎样走回村去的？他为什么要到那里去？那股神秘的力量究竟来自何处呢？

多年之后，他仍然不明白。

八

五年后，一纸下来，国当上了副乡长。

在这五年里，大老王把他带进了一个更为窄小又更为广阔的天地。国跟着大老王进入了县城较高层的政治生活圈子。在这个生活圈子里，国学到了更多的不为常人所知的东西。在这里，他知道了什么是该说的，什么是不该说的；知道哪些地方是能去的，哪些地方是不能去的。这生活使他兴奋，也使他感到危机四伏……

在县里,国先是在县委招待所当了两年合同工。乡下人到城里来,自然是被人瞧不起的。国就拼命干活,一句闲话也不说,也从不给大老王找麻烦。临来时,大老王曾严厉地告诫过他。大老王说:"国,我让你来,是看你对原则问题不含糊,是个苗子。这是组织上的培养,不是个人的事,知道吗?"所以,在公开的场合,大老王一直对国很严厉。然而,私下里,大老王却对国一直十分关照,有时候开会开到半夜还绕到他那里坐坐,摸摸被子薄不薄,待他像小弟弟一样。日子久了,知道城里人事关系复杂,于是国学会了隐藏。隐藏是一门很高超的艺术,脸上空空的,胸中却包罗万象。笑的时候也许正是不想笑的时候,不笑的时候也许正应该开怀大笑。谁能把脸变成机器呢?国正做着这种努力。不痛快的时候,他也曾关上门掉几滴眼泪。可出了门,他就对自己说:"娃子,笑吧。在城里不好混,你笑吧。"于是就笑了。大老王知道国的嘴严,有时也跑到他那儿发几句牢骚。有一次,大老王感慨地说:"国呀,这屌官不好做呀!"国说:"有啥不好做的?论你的能力,当县委书记都行!"大老王的脸立时沉下来了,喝道:"胡说!"国愣了,问:"私下也不能说呀?"大老王严肃地说:"私下也不能说。这是组织上的事!"过一会儿,大老王站起来,敲着国的头说:"国呀,你个屌国呀,猴儿一样!"大老王笑了,国也笑了。

过了一段时间,国很快转成了国家干部,入了党。事隔不久，大老王又把他送到省委党校学习去了。临行前，国带了两瓶好酒去看大老王，那酒是在县委招待所买的平价茅台，是一般人舍不得喝的，整整花费了国两个月的工资。可大老王看见酒就火了，当着客人的面狠狠把他熊了一顿！大老王骂道："屌？谁教你的？你给我说谁教你的？你是党员吗？我开除你的党籍！屌毛灰，你拿两瓶酒来，你当你还是农民娃子呢？你是干部！组织上考虑的事儿两瓶酒就解决了？掂回去！……"国含着两眼泪，一句话也不敢说，乖乖地把酒掂回去了。当天夜里，大老王敲开了国的门，拍着他的肩膀说："国呀，骂了你，你不服是不是？"国勾着头一声不吭。大老王叹口气说："送你上学的事是县委常委集体研究的，不是哪个人的事。就是我让你去，也代表组织嘛，不要瞎胡想。"过了一会儿，大老王说："国呀，你还年轻哇。一个人的立身之本还是看工作呀！……"而后，大老王手一挥说："好了，好了。屌国，喝一杯，为你送行！"大老王掂出一瓶酒来，倒在两个茶杯里，端起来一饮而尽，国也默默地把酒喝了……

  国在省委党校里学习了两年，轻轻松松地弄到了一张大专文凭。那时候，上头正提倡专业化、知识化、年轻化，一张大专文凭是十分金贵的。而这时大老王恰好当上了县委书记。于是一纸公文下来，国又回到了出发地王集，当上了王集乡副乡长。

  回王集的当天，国很想回村去看看。五年了，他越走越远，乡情却越来越重。他常常回忆起早年吃奶时的情景，那些裸露着的乡下女人的奶子经过想象的渲染一个个肥满丰腴地出现在他的眼前。在夜梦里，他的嘴前总晃着一个个黑葡萄般的"奶豆儿"，他用手去抓，抓了这个，又抓那个；吮了这个，又吮那个……国觉得应该回去看看了。离村只有九里路，不回去是说不过去的。可他又觉得他是副乡长了，有点身份了，不说衣锦还乡，这多年没回去，是不是该买点啥？该买的，他觉得该买。乡人们待他不错，既然回去了，就该买些礼物才是。

国匆匆出了乡政府大院，可走着走着，他又站住了。不是没什么可买，这些年镇上变化很大，很热闹，卖东西的铺子很多，各样货色都齐全……而是没法买。国在心里算了一笔账，回去一趟，三叔那里得去，四叔那里也得去，还有七叔、八叔，三奶奶四奶奶五奶奶，六爷七爷八爷，还有一群的婶一群的嫂……他欠的不是一个人的债，一个人的情好还，他欠的是一村人的养育之恩。若回村去，人们见了他会说："国，你忘了吗？你吃过我的奶呀！""国，你当赤肚孩儿时怎样怎样……""国，你上学那年怎样怎样……"国怕了，他拿不出那么多钱去买礼物。这些年他挣钱不多，县城里人事关系重，他的工资大多都花在交往上了。而一个堂堂的副乡长，又怎能空手回去呢？人们会耻笑他的。

国站在街口上，耳听着周围那些热热闹闹的叫卖声，迟疑了半响才说：应个人老不容易呀。缓缓吧，缓缓。

第二天，一位本地的乡干部问他："李乡长，咋不回家看看哪？"国随口说："家里没人了。"可过后他又问自己：家里没人了吗？乡人们待你这么好，他们不是人吗？你是没爹没娘不假，可你从小是吃百家奶长大的呀！……国突然感到了恐怖，从未有过的恐怖。他欠了那么多人情债，怎么还呢？用什么去还呢？无法偿还哪，无法偿还！他在乡里工作，总是要见乡人的，见了面又怎么说？

此后，国曾想等化肥、柴油指标下来了再回去。那时，他可以给乡人们多弄些化肥、柴油票。乡下缺这些东西，捎回去让三叔给大伙分分，也算有个交代了。然而，等化肥、柴油指标下来的时候，县上乡里又有很多人来找他。有的人拿着县里领导写的条子，有的人又因为种种原因不能不给，这么一弄，手里的东西就所剩无几了。那些天，国的怨气特别大，一时恨乡长太揽权，给他的化肥、柴油指标太少；一时又埋怨乡人们不来找他，要早早来人缠着他要，也不会到这一步。再后，国把所剩很少的化肥、柴油票撕了，他说："去他娘的吧！"

时间一天一天地过去了，国很想回去，却没有回去。有一天，他在街上走着，突然看见了四婶。四婶到镇上卖猪来了，一双小脚仄歪歪地拧着，吃力地拉着架子车。四婶老多了，苍苍白发在风中散着，走着还与车上的猪说着话儿，那猪直直地在车上站着，一个劲地吼叫！这一刻，国紧走了几步，很想跑过去帮帮四婶。可他却拐到一个巷子里去了。他在巷子里转过脸去，背对着路口吸了一支烟，待猪的吼叫声渐远的时候，他才走出来。

国心神不定地走回乡政府,一上午都恍恍惚惚的,像偷了人家似的。有好几次,他跑出乡政府大院,远远地望着生猪收购站。四婶的架子车就在收购站门口放着,四婶正坐在车杆上啃干馍呢。那饼一定很硬,四婶很艰难地吞咽着,像老牛倒沫似的反复咀嚼。假如国走过去说几句话,四婶就不用排队了。可国默默地站着,掉了两眼泪,却没有过去。国又怏怏地走回乡政府大院,他心里明白,他怕见四婶。为什么怕呢,那又是说不清的。

又有一次,乡里要开各村的干部会。国知道三叔要来,就借口上县里开会躲出去了。会后,他问有人找他没有。人们说没有。国怅怅的,再没说什么。国心里是想见三叔的,可又怕见三叔,怕见大李庄的任何人。要是见了面,三叔问他:"娃子,离家这么近,咋就不回去呢?"他说什么?怎么说?要知道,在他们眼里,他永远是黄土小儿呀!黄土小儿,黄土小儿,黄土小儿……

躲是躲不过的。好在国碰上的是二妞,嫁出村去的二妞。在街上,他看见一个女人袅袅婷婷地从出租车里走出来,烫着波浪长发,身上香喷喷的,也拎着洋包。这女人叫他"国哥",他愣愣地站住了,不晓得这漂亮女人是谁。漂亮女人说:"我是二妞呀。"国"呀"了一声:"二妞?"二妞笑着说:"俺那死货承包了个矿……"往下的话,国听不见了。国没想到二妞竟是这样地出众!他想,人富了,也就显得漂亮了。二妞出嫁时他帮着抬过嫁妆,二妞是哭着走的,现在人家笑着回来了。这才叫衣锦还乡。二妞带了好多礼物，还雇了车，漂亮得叫人不敢看。国觉得那"嘚嘚"的皮鞋声就像踩在他的心上！他知道二妞要回村去，于是就生怕二妞问他回去不。好在二妞没问，他算是又躲过去了，心里却很不平静。待二妞走过去的时候，国闻到了一股烟煤的气味，大唐沟的煤，这才稍稍好受些。

国试图修改他的记忆。他悄悄地对自己说：乡人们对他也不是那么好，那时候他也常常挨饿。冬天里，人家都有爹有娘有人管，他没人管，常常饿得去地里扒红薯。有时候也在烟炕里住，大雪天，抱一捆干草睡，冻得他浑身打哆嗦……但另一种声音仿佛来自天庭，那声音说：国，拍拍良心吧，拍拍你的良心！不回去也罢了，怎能这样想呢？天理不容啊！你光肚肚儿从娘肚里爬出来，娘就死了，你没有一个亲人，姥姥舅舅都不管你！你是怎么长大的？你说呀，你是怎么长大的？！你该回去的，国，你该回去呀……国又小心翼翼地对自己解释说：我也想回去呀，我早就想回去。可我怎么回去呢，回去说什么呢？那么多的乡邻，哪家该去，哪家不去呢？

都欠人家的情啊，都欠……

国没有回去。

九

国是带着计划生育小分队回村的。

那年冬天，王集乡的计划生育工作受到了县里的严厉批评。

县委书记大老王在全县干部大会上点了王集乡的名，并当场撤销了乡党委副书记老黄的职务。王集乡的干部一个个像龟孙子似的耷拉着头，而后扛着"黑旗"回乡。

自从在县里挨了批评，乡长老苗回到王集就集中全乡的干部大搞计划生育。老苗挨了大老王的熊，就把气撒在国身上，让国主抓计划生育工作。老苗不仅让国负责计划生育工作，还把大李庄定为"钉子村"，让国亲自带人到大李庄搞计划生育。搞计划生育是得罪人的事，一般都是这村的干部到那村去，可老苗偏偏让国回大李庄，国一咬牙认了。

国知道农村的计划生育难搞，也知道撤老黄的职有点冤。老黄为搞好计划生育做了不少的工作。他整天带人到各村去宣讲政策，还组织人画了许多人口暴涨的图表、宣传画到各村去展览，甚至还借了一部"幻灯机"挨村去放。眼熬烂了，喉咙喊哑了，可乡下人就是不听这一套，该生还生。在无数个没有灯光的夜晚，乡人们看了老黄搞的计划生育宣传幻灯后，仍去做那繁衍后代的事。老黄没撤职前已扣去了好几个月的奖金，他曾在一个村民大会上可怜巴巴地对乡人说："老少爷们，我的衣食父母哇，我的爷！别再生了……我作揖了，我给你作揖了！"乡人们听了竟哄堂大笑……所以，临回村时，国对自己说："你得狠哪，国，你得狠！"

国回村当天就召集全村人开会。一听是计划生育的事，队干部们全都缩缩地不肯靠前。国亲自在大喇叭上喊了三遍，村人们都迟迟不来，一直等到半晌午的时候，场院里才稀稀拉拉来了些人。天冷了，人们像雀儿样地搐着，东一片，西一片。他多年没有回来了，不曾想乡人们还是穿得这样褴褛。他听见散乱的人群里有人窃窃私语说："那不是国吗？国回来了……"他不敢再往下看，闭上眼，吸一口气，炸声喊道："老少爷们，计划生育是国策，别以为我回来了就能躲过去。天王老子亲爹亲娘也不中！这回可是动真的哩！该上环上环，该结扎结扎！违反政策的，该罚多少拿多少。有钱出钱，没钱抬东西扒房子！话说了，明天中午十点钟以前必须见人！要是不来人，别怪乡里干部不客气……"国讲完了，默然地望着三叔，示意三叔也说几句。三叔更加地老相了，枯树根似的在那儿蹲着。国看了他好几次，他才站起来，诺诺地说："国回来了……该咋就咋吧……别……别太那个了。好赖自己爷儿们，给国个脸气……"国最怕说"脸气"，一说到脸面国心里火烧火燎的！他立时沉下脸来，厉声说："老三，看什么脸面，谁的脸面也不看！政策就是政策。我再说一遍：明天中午十点钟以前……"三叔哑了，三叔没想到国会熊他，就木木地蹲下来，再也不说话了。国也没想到他竟然敢训三叔，一时也愣了……

第二天上午，国领着计划生育小分队的人在大李庄学校里等着。学校放假了，专门腾出了一个教室供检查用。国在校园里扼杀了任何记忆，他不敢看那些破烂的教室和课桌，他站在院子里，两手背着，把目光射向遥远的蓝天……十点钟到了，没有一个人来检查，谁也不来。

　　冷风飕飕地刮着，遮天的黄尘一阵阵荡来，似要把人埋了。国心里打鼓了，国说："这一炮得打响啊！老天爷，这一炮要是打不响，往下就完了。"

　　等到十点半的时候，国不再等了，他带着小分队挨家挨户去查。头一户违反政策的是二贵家。国领人到了二贵家，可二贵家一个人也没有。二贵跑了，二贵家女人也跑了。院子里空空荡荡的，三块破砖头支着一个土坑。扒住窗户往屋里一看，屋子里也空空荡荡的。二贵精呢，二贵把值钱东西都转移出去了……国在院里转了一圈，心说：怎么办？这是头一户啊！头一户治不住，往下还怎么进行呢？国心一横说："去，把他娘叫来！"队干部们都怕得罪人，好半天才磨磨蹭蹭地去了。终于，二贵娘来了。二贵娘就是七婶。七婶挪着一双小脚，腰里束着个破围腰，两手像鸡爪似的抖着，一进院就苦着脸说："孩儿是我养的，可分家了呀，俺分家了呀。"国眼盯着七婶头上的一缕沾有柴草的白发，说："分家了也是你孩儿！昨天开会叫到学校里去检查，为啥不照面？！"七婶流着泪说："我有啥法儿哩？娃大了，我有啥法儿哩？"国火了："你没法儿是不是？"随即大手一挥，"这院里的树，统统给我砍了！"

　　于是国亲自坐镇指挥，命令小分队的人全都上去砍树。院里有几十棵桐树呢，全都一把多粗了。那斧子一声声响着，就像砍在七婶的心上……"咔嚓"一声，第一棵树放倒了，紧接着又是第二棵……这时，村街里已围了很多人看，人们默默地站着，谁也不敢吭声……国的脸像铁板一样绷着，谁也不看，两眼死死地盯着村外那片黄土地……七婶先是站着，眼看他们真要砍树，七婶"扑咚"一声跪下了，七婶跪在当院里，呜呜地哭着说："乡长，李乡长，我去叫，我去把人给你叫回来中不中？爷呀！李乡长哟，饶俺吧！我去叫人中不中？……"

那一声"爷呀！"似五雷轰顶！国颤抖了，心在淌血，国心里说：李治国，你个王八蛋！你不能好好说么？你看看七婶，你敢看七婶么？你吃过七婶的奶呀！你的牙痕还在七婶的奶头上印着哪！七婶这么大年纪了，她给你下跪呀！她跪在你的面前，一声声叫你乡长，叫你爷哪！你要是个人，你要还有一点人味，你就跪下去，你跪下去把老人扶起来，给她擦擦眼里的泪……这一刻，国的心都要碎了，可他依旧漠然地站着，仅仅说了声："停住。"而后，国背对着七婶，冷冷地说："天黑之前，你把人给我找回来。"

四周一片寂静。国寒着脸走出了院子。围观的村人们默默地让出一条路来，一个个怯怯地往后缩，国感觉到村人们的敬畏，那敬畏自然是他六亲不认的结果。他知道，他再也不是黄土小儿了，再也不是了。

国进的第二家是麦国家。麦国家女人是又怀了孕的。她已生了三胎了，地上爬一个，怀里抱一个，还要生。麦国家女人听信儿就跑了。麦国没跑。麦国会木匠手艺，正在家给人家打家具呢。他见国先是笑笑,见国没笑,也就不敢笑了。麦国的手十分粗大,手掌像锯齿似的崩了许多血口子。他很笨拙地拿烟敬国,国自然不吸,脸黑煞煞的,他就那么一直举着。国指使人抬东西的时候,麦国说:"国,总不能叫我饿死吧?"国一听就火了,声音也变得像锯齿似的:"就是叫饿死你哩!为啥说叫饿死你哩?因为你屡次违反计划生育政策,就叫饿死你哩!为啥说违反计划生育政策就叫饿死你哩?因为粮食不够吃你还一个劲儿生!你看看你这个家,破破烂烂,像啥?你告我吧,你就说我说了,叫饿死你哩!"麦国翻翻眼,不敢再吭了。往下,他哀求道:"我叫她回来,我一准叫她回来……爷们,这是给人家打的家具咄!你拉走了,我用啥赔人家呢?乡长,乡长吧……"国背着手在屋里来回走着,麦国就转着圈跟着求他,说宽两天吧,再宽两天吧,人已跑了,得给个叫的时间哪……倏尔,国站住了,他听到了一串撕心裂肺的咳嗽声!那咳嗽声像麦芒儿似的堵住了国的喉咙……那是三爷的咳嗽声。他不知道里屋还有人,可三爷在里屋躺着呢!三奶奶已经死了,三爷也老得不会动了。那么,三爷一定是听到了他说的关于"饿死你"的理论……这话当然是吓唬麦国的,当然是胡说,可他不知道三爷就在里屋躺着呢!

　　三爷,三爷,三爷……问问天?问问地?问问风?问问雨?在三爷面前你能说这样的话么……国胸中立时烧起了一蓬大火!他的心在火里一瓣儿一瓣儿煎着,他的肝在火里一叶叶烤着,他的五脏六腑都化成了灰烬!没有了,什么也没有了,他只剩下了一个空空的壳……但是，国咬紧牙关，仍然冷冰冰地说："一天！把人叫回来，还你东西。"

……

三天，仅仅用了三天时间，大李庄的计划生育工作奇迹般地结束了。国胜利了。他的方法又很快地被推广到全乡，在一个冬天里，王集乡的计划生育工作一跃而成为全县第一名，于是黑旗换成了红旗。

然而，国却是偷偷离开大李庄的。临走前，国以为三叔会骂他一声"王八蛋！"村人们会用唾沫唾他！可三叔没有骂，三叔默默地，一村人都默默地……

第二年春上，国当上了乡长。

+

当上乡长了，可国却无法面对乡人，更无法面对自己。每当夜深人静时，拷问就开始了……

他问自己：这样做对不对？

对的。面对国家的时候你是对的。你是乡长，你必须这样做。不这样人口就降不下来，不这样人口就会产生大爆炸，国家会越来越穷，到时候大家都会没饭吃。而且你仅仅是一个齿轮，国家才是机器，一个齿轮是无法转动国家机器的，只有随机器转动。机器对齿轮下达的每一道指令都是绝对正确的，不容有丝毫的迟疑。当整个机器开动起来的时候，一个小小的齿轮能停止转动吗?

那么,在方式方法上,并没人要求你这样做。是你自己要这样做的。在王集乡,你采取了极端的形式,难道没有更好的办法了吗?譬如,像老黄那样,甚至比老黄更耐心地去做工作,说服他们。难道你不该比老黄更耐心更细致吗?

没有更好的方法。你比老黄更了解他们。在这块土地上的一切都是根深蒂固的,乡人们有自己的道理。他们一代一代地在这里生活了几十年,他们没有更多的盼头,唯一的就是生娃。如果你还在乡下,你也会和他们一样的。除此以外,还有别的乐趣吗?你无法改变他们,尤其是短期内你无法改变他们。乡下人不怕吃苦,他们要的是传宗接代,生生不息。乡下人也不考虑村子以外的事体,他们在极狭小的范围里劳作,不晓得什么叫人满为患。在这里,当他们还扛着锄头下地的时候,你无法让他们明白计划生育的好处。克服愚昧是需要时间的,那需要很多人一天天一年年的努力。任务是紧迫的,你没有说服他们的时间。即使有时间,你也无法说服他们。你没有这种力量。你仅仅是一个黄土小儿,假如没有乡长的框子,在他们眼里你永远是黄土小儿。方法不是最重要的,你仅仅使用了乡长的权力。

那么,这样做是不是太残酷了?

是残酷。既然不能说服,就必须强迫。柿子长在树上,柿子还没有熟,可你不能等了,你不能等熟了再摘,熟了就会掉在地上,就会烂掉。你只能在它还长的时候摘,你把涩柿子拧下来,放在罐子里捂、熏、蒸……然后拿出来就能吃了。这也是一种强迫。可你必须强迫，没有强迫，就没有果实。

政策是不容许使用强迫手段的，政策要求说服。可工作起来就顾不上这么多了。老黄按照政策使用说服的方法，可老黄被撤职了，成了一个废齿轮。你采用了极端措施，于是你成功了，当上了乡长。难道老黄的教训不该吸取吗？

但是，良心，良心哪？

乡亲们待你恩重如山，你怎么能下得手哪？你欠下了那么多的人情债，你该还的，可你没有还。你也知道无法偿还。那就该好好地待他们，好好给他们讲道理。再不行就给他们磕头，从村东磕到村西，一家一家地给人下跪。你看见了，你什么都看见了，你看见他们屋里放着你用过的小木碗，看见了你盖过的破被子，看见了你藏过身的草垛……可是，你却变本加厉地对待乡人，你吓唬他们，威逼他们，断人家的香火，你是有罪的呀，你罪上加罪！

你没有私欲吗？你有。你当了副乡长了，你又想当乡长。你看不起老苗老胡老黄，你想干出成绩来，想一鸣惊人。这还不算哪，这还不算。你一直害怕见乡人，你不敢面对乡人的眼睛。在你内心深处藏着恐惧，对乡人欠债的恐惧。你怕人家说你忘恩负义，总想摆脱"黄土小儿"的压迫。于是你变压迫为压迫，用权力的大坝拦住了漫无边际的乡情……你没有为乡人办任何事情。你办的头一件事就是回去搞计划生育。搞计划生育时你扼杀了你的过去,扼杀了乡人对你的期待,你可以说你是为了国家、民族、乡人,你不得不这样做。可是……

你得到了什么?不错,你得到了乡长的职位。可你却失去了最最要紧的东西,你切断了你的根。你再也无脸回大李庄了,再也无颜见乡亲父老了。你吓唬他们的时候,他们没有人吭一声,他们沉默着,沉默着,沉默着……纵然到了这时候,他们也没有提起你的过去。可你害怕这沉默,心里怕。你硬撑着搞了,你六亲不认,可你的心在淌血!你把血吞下去,却无法吐出来。你成了一个游魂,断了根的游魂。当了乡长了,人们眼热你嫉妒你,可你心里的痛苦向谁诉说呢?你无法诉说,也无处诉说。

你又见到了梅姑,用血肉之躯给你暖过身子的梅姑。你眼睁睁地看着梅姑被拽进了乡政府大院,那就是你的极端措施被推广后造成的。梅姑已被男人折磨得不像人样了。她像驴样地躺在地上打滚痛哭,凄然地号叫着……那时候你就站在离她不远的地方,你无动于衷吗?假如一切都还可以解释,对梅姑你又能说什么呢?梅姑做完手术后不敢回家,她怕男人揍她,就在乡政府的门口坐着哭……你为什么不送她回去?为什么?你该跪下来请求梅姑的宽恕,用心去跪。你该说一声:"梅姑,原谅我吧。"纵是尽忠不能尽孝,你也该有句话的。可你没有啊!假如梅姑有知,会宽恕你吗?

良心哪,良心……好好工作吧,好好工作。假如乡人能富起来,有了过好日子的一天,你的无情还可以得到宽恕,不然……

在乡政府大院里,国笑着应付日常事务,可他灵魂深处的拷问一天也没有停止过。他无法承受那旷日持久的追索,更无法填补精神上的空白。他觉得不能再待下去了,再待下去他会发疯的。于是他一连打了三次请调报告,又专门跑到城里去找县委书记大老王。大老王说:"干得好好的,动什么?"国恳求说:"我不能待在王集了,不能再在王集干了。王书记,你给我动动吧。"大老王听了,眯着眼说:"不行,服从分配!"国笑笑,什么也没说就走了。

此后,国却很快调出了王集,到县里当组织部副部长去了。

十一

国结婚了。

国是调到县城后的第二年结婚的。媒人是县委书记大老王。那姑娘长相一般,却有足够的时髦和足够的优越。她是一位副市级干部的女儿,人很浪漫又很现实,条件是很苛刻的,一要文凭二要水平,这些国都不缺,于是浪漫就扑进了国的怀抱。

每当国和这姑娘单独在一起的时候,国就想起梅姑年轻时候的鲜艳。他觉得这艳妆浓抹连梅姑年轻时的小脚指头都抵不上!国更无法忍受的是她的做作,她常常莫名其妙地问国:"你喜欢维纳斯吗?"国没好气地说:"我喜欢牛粪!"于是这姑娘就跳起来说:"太棒了,太棒了!"国心里说,"棒"你娘那蛋!有啥"棒"的?有时候,两人在大街上走着,这姑娘突然就背过脸去，手指着一群光脊梁乡下汉说："你看你看，乡里人太没教养了！"国恼了，他板着脸说："乡下人怎么了？老子就是乡下人！"那姑娘哭了，而后给国道歉，再不敢说这话。应该说，这"艳妆浓抹"在县城里还是很招人的，总有人跟着看。可国不适应，连那甜甜的普通话也觉得恶心。每次上街，国都梗着脖子往前走，甚也不看。走着走着就把这姑娘甩下来了，那姑娘就喊："李治国，等等我呀……"国心里一直是不情愿的，他觉得他还能找一个更好的姑娘，不抹珍珠霜就漂亮的姑娘，像梅姑年轻时那样的，不是假货。可他还是接受了。他不能不接受。也没有理由不接受。

　　国没结婚前就与那姑娘干了那事儿。那时国还住在县委招待所里，那姑娘来了，刚认识不到半月，那姑娘来了，就不走了。她坐在国的房间里扭着腰说："李治国，来呀，你来呀，你抱我，把我抱到床上去。"国心里说：去你娘那蛋吧！掂住就把她扔在床上了。床上有海绵垫儿，那姑娘"咚"一声摔在床上，四肢弹动着叫道："哎呀太棒了！"国最恨城里人说的这个"棒"字，就恶狠狠地扑上去……过后，国心里说："×他娘，假家伙！"可那姑娘却柔柔地说："李治国，你真野呀，真野！"

　　国是结婚前一天又碰上老马的，在街角上捡烟头吸的老马。国正在街上走着，忽然看见路口上有人在打架，一个很野的男人在打女人。那男人揪着女人的头发，打得女人满脸是血……街上来来往往有很多人，却都在看热闹，没人管。这时，国看见老马冲过去了，老马扔了手里的烟头，像狼一样地扑上前去，神经兮兮地揪住那汉子："你……你……为什么打人？为什么打人？！"那汉子冷不防，一下子蒙了，忙松了那女人。瘦削的老马俯身去搀那女人，小心翼翼地擦女人脸上的血。然而，那女人却一下子跳起来，指着老马骂道："干你尿事儿？俺两口打架干你尿事儿？闲吃萝卜淡操心，流氓！"紧接着，那愣过神儿的野汉子抖手就是一巴掌，把老马的眼镜打飞了！打着还骂着："叫你管闲事！……"可怜的老马像狗一样地趴在地上，两手摸摸索索地在地上找眼镜，摸着嘴里还喃喃地说："怎么会哪？怎么会哪……"惹得周围人哄堂大笑。

在这一瞬间，国心里存疑多年的疙瘩解开了。他明白梅姑为什么会喜欢老马了，他明白了。老马是很窝囊，但老马身上有一种说不出来的东西……国看见老马慢慢地爬起来了，脸上肿着一块青紫。这一刻，他很想走上前去，想把"结婚请柬"递给老马，正式邀请老马参加他的婚礼。可"身份"阻止了他，身份。他摸了摸兜里揣的印有大红"喜"字的请柬，犹豫了一会儿，却又塞回去了。他又想像往常那样说一句：老马算什么东西！可他说不出来了，再也说不出来了……

国的婚礼十分隆重。结婚这天，县委书记大老王是"月老"；市里的主要领导都来了。县里的更不用说，有些"身份"的全都跑来祝贺。人们衣冠楚楚，面带微笑，连婚礼仪式中的逗趣也是温文尔雅的。处处是身份，处处是等级和矜持。人们笑着，笑着，笑着。国也裹在西装里与人们握手、点头、微笑。女人"灿烂"地在人们眼前炫耀着她的服饰和高贵，不时"咯咯"地浪笑。而国却像是在梦里。他觉得这一切都是不真实的，假的。在这些人中间，有冲着职务来的，有冲着关系来的，有冲着形式来的，当然也有朋友，那也是"职务"的朋友。有些人心存嫉妒，有些人私下里恨不得把你掐死！可他们全都笑着，像道具似的笑着，笑得很商品化。场面是很热烈的，一切应有尽有了。可这里唯一缺少的是亲情。没有亲情。乡人没有来，一个也没有来。国曾经想通知乡人，可他最终又打消了这念头。他没脸儿通知乡人，再说，这样的场合对乡人也是不适宜的。于是他周围全是眼睛里标着"假货"的笑的招牌……

国觉得站在婚宴上与人频频敬酒的并不是他。这里的一切也都不属于他。他的婚礼似乎应该是在乡间茅屋里举行的。那里有呜哩哇啦的喇叭声，有铺着红炕席的大木床，有撒满红枣、柿子、花生的土桌，有推推搡搡让新郎新娘拜天地的古老仪式，有乡汉们那粗野的嬉笑挑逗，有婶婶嫂嫂拿腔作势的撺掇，还有那必须让新娘从上边踏过的豆秆火！狗娃们会蹦着大叫："亲哪，再亲哪，野亲哪！狗×的你美了呀！"……可这里没有，这里只有杨市长、王书记、张部长、刘主任……

新婚之夜，国喝醉了。他坐在新房里的沙发上，仍有恍如隔世的感觉。应该说，城里女人也是很能干的。新房刷得跟雪洞一样白，各样东西都布置得井井有条一尘不染。冰箱、电视，还有那立体声的音响都是城里女人带来的。城里女人竟还带来了床，很高级的席梦思床，粉色的窗帘，粉色的落地纱灯……他想，女人是跟他睡来了。女人每睡一次都说一声"太棒了"，女人就是冲着这"棒"来的。女人带来了一切全是为了"棒"。这会儿女人正在外间的客厅里招待客人，女人的交际能力也是他不得不佩服的。在他的婚宴上，女人对付了所有的客人，免费奉送了很多的笑，女人说全是为了他。女人盼着他的职位再往上升一升。所以，女人在他喝醉之后仍然安排了晚宴，独自去对付那些有职位的人了。女人的笑声不时从客厅里传来，带着一股很浓重的脂粉气。女人真能干哪，女人在拿烟、敬酒、布菜、卖笑的同时，还能旋风般地冲进里屋亲他一下，像贴"印花"似的贴了就走。可国不由得问自己：这是我的家？这就是我的家么？

九点钟的时候，女人匆匆地走进来，匆匆地对他说："外边有人找你，是个乡下人。我看算了。你醉了，打发他走算了。"

国摇摇晃晃地站起来，红着眼说："那是我爹！"

女人诧异了，女人说："你爹？你不是说家里没人了吗？"

国心里想：我说过这话吗？我啥时说过这话？他没再理女人，就摇摇地走出去了。

天黑下来了，外边下着沥沥小雨，雨线凉凉的，国顿时清醒了许多。就着窗口的灯光，国一下子就看见了三叔，三叔缩缩地在门口的雨地里蹲着，很老很小。

"三叔……"国热辣辣地叫了一声。

三叔凑凑地走过来，诺诺地叫道："李部长……"

这一声叫得国无地自容！他抓住三叔的手说："三叔你打我的脸呢，三叔……"

说着，国看周围没人，竟呜呜地哭起来了。

三叔说："……走了，也没个信儿。听乡里苗书记说你要办事了，乡人喜哩。得信儿晚了，乡人穷，一时也凑不出啥。这是你爹死后剩下那二百块钱，我给你捎来了。都说国做大官了，不讲俗礼了。乡人们弄了点花生、枣、棉籽，也是图个吉祥……"三叔说着，把一叠钱塞到国手里，又从身后拖出个鼓鼓囊囊的小布袋……

国说不出话来了。多少年了，吃乡人的，喝乡人的，乡人并没记恨他。乡人按俗礼给他送来了"早生子"（花生、红枣、棉籽），还送来二百块钱，乡人厚哇！那钱虽是埋他娘时剩下的，可多少年来，乡下一分一厘都没动过……国不接钱，拽住三叔一声声说："三叔，上家吧，上家吧。"

三叔不去，三叔惶惶地往后挣着身子，说："不了，不了，都是官面上的人……"

国说："走了恁远的路，怎能不上家哪，上家吧……"

三叔更慌了，死死地往后挣着……

国见三叔执意不去，就匆匆地跑回屋，想拿些好烟好酒让三叔捎回去，可等他跑出来的时候，三叔已经走了。院里放着装有花生、红枣、棉籽的布袋，布袋上搁着一叠钱……

国冒雨冲出院子，流着泪大声喊："三叔，等等哇，三叔……"可三叔已经走得没影儿了。三叔走了四十八里乡路，送来了二百块钱和"早生子"的祝愿。他来了，又冒雨去了，连口水都没喝。乡人哪，乡人！

国站在雨地里，内心一片凄凉。这时，他听见灯红酒绿的新房里女人在喊：

"李治国，快进来呀，小心淋病了。"

十二

在县委机关工作需要更多的艺术。国一进来就掉进了旋涡之中。他是县委书记大老王提拔的人，在人们的意识里也就是大老王的人，于是大老王的对立面也成了他的对立面。现在他又成了谁谁的女婿，这关系一直牵涉到市里省里，在上边虽然有人替他说好话，自然就有人反对他。这样，一个单个人就绑在了一条线上，有了极遥远的牵涉。国感觉到四周全是眼睛，你无论说什么话、办什么事，都在众多的眼睛监视之下。你必须有更好的伪装，说你不想说的话，办你不想办的事。流言像蝗虫一样在你心上爬，你得忍着，不动声色地忍着。有人背后捅了你一下，见了面你还得跟他说话，很认真地谈一谈天气。组织部是管人事的，但任何一次人事安排都是有争议的。表面上是简单的人事安排，而私下里却存在着激烈的权力争斗。每个人都有巨大的背景，那背景并没有写在档案里，但你必须清楚，而后在复杂的人事关系中做出抉择。常常是你任用了一个人，跟着就得罪了另一个人……国不怕得罪人，但缚在无休无止的人事纠纷中却是很疲累的。

六月的一天，国走出办公室，突然萌生了回村看看的念头。这念头一起就十分强烈，弄得他心烦意乱。他背着手在院里来回走着，想稳定一下心绪。然而那念头像野马一样奔出去了，怎么也收不回来。他心里说：我得回去，我得回去……

于是，国跟谁也没打招呼，要了部车，坐上就走了。一路上，他一再催促司机："快点，再快点！"司机看他一脸焦躁，像家里死了人似的，也不敢多问，把车开得飞一样快。路过王集的时候，司机问："乡里停不停？"他说："不停。"可是，当车开到离村只有三里远的时候，国突然说："停住。"

车停住了。村庄遥遥在望。国点上一支烟，默默地吸着。他两眼盯视着前方，却一声不吭……

已是收麦的季节了，大地一片金黄。麦浪像娃儿一样随风滚动着，一汪高了，一汪又低，刺着耀眼的芒儿。灼热的气浪在半空中升腾着，吐一串串葡萄般的光环，光环里蒸射着五彩缤纷的熟香，那熟香里裹着泥土裹着牛粪裹着人汁甜腻腻腥叽叽地在田野里游动。麦浪里飘动着许多草帽，圆圆的草帽。草帽像金色的荷花绽在起伏的麦浪里，这儿一朵，那儿一朵，晃着晃着就晃出一张人脸来……"叫吱吱"一群一群地在麦田旋着，一时不见踪影儿，一时又叽叽喳喳地射向蓝天，嬉逐那热白的云儿……村庄远远地浮沉着,绿树中映着一片陈旧的灰黄。在陈旧中又模模糊糊地挑着一抹红亮,那是高大瓦屋上挂的红辣椒串吗?村路上尘土飞扬,吆喝牲口的号头此起彼伏,一辆辆载着麦捆的牛车在路上缓缓颠簸……

颍河就在眼前,堤上静静的。昔年的老柿树仍一排排地在堤上立着,柿叶在烈日下慵倦地耷拉着,河里已无了往日的喧闹,河水浅浅的,只有盈尺细流,像是晾晒在大地上的一匹白绢。渐渐有一小儿爬上了河堤。小儿光身穿一小小的红兜肚儿,手里提着一个盛水的瓦罐,小儿摇摇的,那瓦罐也是摇摇的,有亮亮的水珠从瓦罐里溅出来……

小桥就在眼前,小桥静静的。小桥的历史已记不清有多少年了,桥栏早已毁坏,桥上的石板上印着凹凸不平的车辙,车辙里散着星星点点的麦粒和晒干的片状牛粪,牛粪上清晰地显现出牛蹄踏过的痕迹,像老牛盖的图章。桥的那边,远远有女人响亮的喊叫:挨千刀挨万刀的你不吃饭了吗?……

倏尔,国在不远的麦田里看到了一个熟悉的身影儿。那人头拱在麦地里,屁股朝天撅着,身子一拧一拧像蛇一样向前游动。麦浪在她身后翻倒了,很快又成了一捆一捆的麦个儿,荡扬的土尘像烟柱一样在她周围旋着。这动作是很熟悉的,十分熟悉,他记不起是谁了。他盼着这人能抬起头来,歇一歇身子,可这人一直不抬头,就那么一直往前拱。天太热了,气浪像火一样烤着,坐在车里的国已是大汗淋淋了,那人还在往前拱……一直拱到地头，这时，那人才慢慢地直起了腰。四婶，那是四婶！四婶年轻时是村里的头把镰！那时四婶割麦要三个男人跟着捆……现在四婶老了，站在麦田边上的四婶满脸是汗，头发一缕一缕地贴在额头上，像男人似的挽着一只裤腿。四婶定是很乏了，弓着腰大口大口地喘气。四婶那张脸已看不出什么颜色了，除了阳光下发亮的汗珠，只有干乏的土地可以相比了。片刻，仅仅是片刻，四婶又拱进麦地里去了……在紧挨着的一块麦田里，国又看到了三叔。三叔没有戴草帽，光脊梁在麦里站着。三叔的脊梁像弓一样黑红，铁黑地闪在阳光下亮得发紫，脖颈处的皱儿松松地下垂着，上边缀着一串串痘疱似的汗珠。三叔又在骂人了，挺腰拍着腿骂，身子一蹲一蹲地动着，是在骂三婶吗？倘或是骂别的什么？蓦地，三叔的腰勾下去了，而后又剧烈地抽搐着，麦田里暴起一阵干哑的咳嗽声，那枯树桩一样的身量在振荡中摇晃着，久久不止。三婶慌慌地从麦田里拱出来，小跑着去给三叔捶背……突然，麦田里晃动着许多身影儿，人们纷乱地蹿动着，惊喜地高叫："兔子！兔子……"

这时，国听见"扑哧"一声，他的肚子炸了！他肚子里拱出一个"黄土小儿"。那"黄土小儿"赤条条的，光身系着一个红兜肚儿，一蹦一蹦地跑进麦田里去了。那"黄土小儿"在金色的麦浪里跳跃着，光光的屁股上烙着土地的印章。那"黄土小儿"像精灵似的在麦田里嬉耍，一时摇摇地提着水罐去给四婶送水；一时跳跳地越过田埂去为三叔捶背；一时去捉兔子，跃动在万顷麦浪之上;一时又去帮乡人拔麦子……"黄土小儿"溶进了一片灿烂的黄色,"黄土小儿"溶进了泥土牛粪之中,"黄土小儿"溶进了裹有麦香的热风,"黄土小儿"不见了……

国坐在车里,默默地吸完一支烟,又吸完一支烟……而后,他轻声说:"回去吧。"司机不解地望着他:"上哪儿?"国低下头,闭着眼喃喃地说:"回县里。"

十三

又是秋天了。

在这个秋天里国接受了一件十分棘手的工作。

市里修一条公路,这条贯穿六县一市的公路在大李庄受阻了。这条公路恰巧穿过大李庄的祖脉,先人的坟地受到了惊扰。于是,村人们全都坐在坟地的前面,阻止施工队往前修路。工程被迫停下来了。交通局的人无法说服他们,乡里做工作也没有说通。后来连市长、市委书记都惊动了,匆匆坐车赶来,轮番给乡人们做说服工作。可乡人们以沉默相对,不管谁讲话都一声不吭……

这局面已经僵持一天一夜了,市长、市委书记都被困在那里,而工程仍然无法进行。秋夜是很凉的,乡人们全都披着被子坐在坟地里,以此相抗。于是市委责令县委书记大老王出面做工作,限期恢复施工。大老王慌了,也急急地坐车赶往大李庄村,临行前,他吩咐国跟他一块去,让国好好做做村人的工作。在这种情况下,国是不能不去的。就这样,国又回到了大李庄村。

在路上,县委书记大老王严肃地对国说:"好好做一做思想工作,不行就处理他们!"国无言以对,心里像乱麻一样。又要面对乡人了,他说什么好哪?

下了车,不远就是老坟地。那里有黑压压的人群,市长、市委书记都在那地里站着,县委书记大老王快步迎上去了,国一步一步地跟在后边。眼前就是先人的坟地了,一丘一丘的"土馒头"漫漫地排列着,每座坟前都竖着一块石碑,一块一块的石碑无声地诉说着族人的历史。那历史是艰难的,因为这里排列着死人的方队……死人前面是活人。活人的阵容更为强大,几千个乡人黑压压地在坟前坐着,他们维护死人来了。这里有他们的祖先,有他们的亲人。他们不愿意让祖先和亲人受到惊扰。人苦了一辈子,已经死了,就让他们睡吧。乡人们就这样默默地坐着,一声不吭地坐着。作为后代子孙,千年的传统制约着他们,使他们不得不站出来。可是,他们却阻挡着一条通向六县一市的公路……

……前面是活人,后面是死人,这是一支族人的军团,是一条黑色的生命长河。在这里,生与死连接在一起了,生的环链与死的环链紧紧地扣着,那沉默分明诉说着生生不息,那沉默凝聚着一股巨大的凛然不可侵犯的力量!

面对死人和活人,国一步一步硬着头皮往前走。可是,他又能说什么呢?

走着走着，国一眼就看出了乡人的凄凉。乡人一堆一堆地聚在那里，一个个像冷雀似的缩着，头深深地勾下去，十分地惶然，偶尔有人抬头瞭一眼，又很快地勾下去了。乡人从来没有见过这么多的领导，乡人知道理屈呀。乡人的负罪感清清楚楚地写在脸上，惊动了这么多大干部，他们已感到不安了，但他们更感到不安的是对身后死人的惊扰。那是老祖坟哪！多少年来，一代一代的先人都躺在这里，他们每年清明都来为先人焚烧纸钱，祈求平安。可现在突然有一条公路要从这里过了，他们能安寝吗？

国知道，在这种时候，乡人们是不会退让的。他们进退两难，无法做出抉择。他们脸上的迷惘和犹豫已说明了这一点。若是追加赔偿更不行，那会让他们愧对先人。他们会说，祖脉都挖了，他们要钱有什么用呢？国心里说：这时候不能再说软话了，更不能去套近乎。他不能以乡人的面目出现，假如说了乡情，那么，乡人们会说：孽种！睁开眼看看吧，老祖爷在哪！……

在这一刹那间，国感觉到了市委领导的目光，他暗暗地吸了口气，冲上前去，厉声说：

"李满仓——！干什么？你想干什么？市里领导都在这儿，你办我难看哩？嗯……回去！都回去！"

这一声"李满仓"如雷贯耳！陡然把三叔提了起来。三叔的名字从来没有被人当众叫过，更没有如此响亮地叫过。光这一声就足以使三叔脸红了。三叔被响亮的"李满仓"三个字打蒙了，他慌慌地站了起来，一时满面羞红，手足失措，像一个当众被人揭了短儿的孩子,那困窘一下子显现出来了,等他醒过神儿的时候,一切都已晚了。乡下人是极看重脸面的,他一下子面对那么多的领导,在众目睽睽之下,他的名字已写在了众人的眼里。三叔再也无法蹲下去了。国这一声叫得太郑重,太严肃,太猛!三叔是老党员,在三叔看来,"李满仓"三个字就等于"共产党员李满仓",那是很重的!三叔狼狈地侧转身子,缩缩地往后退着……

紧接着,国眼一撒,又沉声喊道:

"李麦成——!干什么你?嗯?不像话!赶快回去……"

立时,人们的目光像探照灯一样在乡人群里扫射着。五叔被"李麦成"三个字叫得一惊一乍的,实在经不住那么多人看他,语无伦次地摆着手:"那那那……不是俺,不是俺……"话没说清,就嘟嘟囔囔地往后退了……

再接着,国炸声喊:

"李顺娃——!听见了没有?听话,快回去!"

李顺娃跟国是同辈人,人年轻老实,更没见过世面。国一语未了,他背着被子就跑……

往下,国一一叫着村干部的名字,喝令他们回去。国知道村干部是非常关键的,他们都是村里的头面人物,是村人们的主心骨。只要能喝住他们,往下就好办了。可连国都没有想到,喝喊乡人的名字竟会产生如此神奇的效果。在他的呵斥下,被叫到姓名的村干部一个个张皇失措,溜溜地退去了。

乡人群里出现了片刻的骚乱，人们互相张望着，你看我，我看你，不知如何是好。有的已经站起来了，有的还在那地里坐着。站着的人迟疑疑的，仿佛走也不好，不走也不好，就那么呆立着。坐着的人窃窃私语，像没头蜂似的拧着屁股。婶婶娘娘们生怕被叫到名字，全都侧着脸儿，头勾在怀里……

已是午时了，孩子的哭声像洋喇叭一样在坟地上空吹奏着。趁这工夫，国穿过人群走进了坟地。他站在坟地里，目光扫过那苍老的古柏和一块一块的石碑，慢慢地走到一座坟前，他在坟前静默了片刻，抬起头来，沉声说：

"老少爷们，为修这条公路，国家投资了一千六百万，一千六百万呀！国家为啥要花这么多钱修路哪？是为咱六县一市的百姓造福哇，是想让乡人们尽快富起来呀！路修通了，经济搞活了，大家的日子不就好过了吗？咱大李庄人一向是知理的。可今天，咱大李庄人挡了六县一市的道了……"说着说着，国话头一转，大声喊道，"老少爷们，我李治国今天不孝了！大家都看着，这是俺娘的坟，这墓碑上写着俺娘的姓氏，自古忠孝不能两全，我今天不孝了……"说着，他突然跪了下去，在坟前磕了一个头。而后，他转过身来，手一挥说：

"来人！挖吧……"

施工队的人跑过来了。乡人们呼啦也全都跟着站起来。人群乱了。可谁也没动。人们眼睁睁地看着施工队走进了坟地。看着施工队的人在国的娘的坟前举起了铁锹、洋镐，紧接着，纷乱的挖土声响起来了……

国挺身站着。

人们也都默默地站着。

这时,国听见人群里有人悄悄说:"算了,别叫国作难了,官身不由己……"国听到这话默默地闭上了眼睛。到了这会儿,他才悟过来,三叔给了他多大的面子呀!乡人们又给了他多大的面子呀!这是情分哪,还是情分。若不是情分,乡人们说啥也不会让的。族人要真想抗,你就是有天大的本事也不行!乡人们知理呀……

片刻,人群慢慢地散了。黑压压的人们全涌进了老坟地,人们全都跪下来,给先人们磕头。哭声震天!那凄然的哭声像哀乐一样响遍了整座坟地,惊得树上的乌鸦"呱呱"叫着乱飞……

国咬着牙,坚忍地逼住了眼里的泪水。

市委书记大步走过来,握住国的手说:"谢谢你,李治国同志,谢谢你!"市长也赞许地说:"很有魄力嘛,很有魄力!"

国木然地站在那儿,一句话也说不出来了。

十四

国要走了。

任命已经下达,他荣升为另一个县的县长,他的任命是市委常委会全票通过的。市长、市委书记在会上都高度评价了他的才干和工作魄力。市人大和县人大也已认可,往下仅仅是程序的问题了。现在，那个县派车来接人了，车就停在国的家门口。而且，百里之外，那个县的领导们已在准备着为他接风了。

家里，女人正忙着为他收拾东西。女人高兴坏了。女人说："李治国，你太棒了。我真想亲你一万次！"女人像旋风一样屋里屋外忙着，每次走过他身边都像猫一样俯下身来"叭叭叭"。女人亲他就像亲"职务"一样，在他脸上盖了许多"图章"。女人的癫狂从昨天夜里就开始了。她兴奋得一夜没睡，像鱼一样游在国的身上说："我太爱你了太爱你了太爱你了……"国知道她是爱"县长"呢，她太爱县长的权力了，真爱呀！假如他还是那个黄土小儿，见了面她也许会"呸"一口呢……

一切都收拾好了，女人扑过来说："走吧，我的县长大老爷，咱走吧。你还想什么呢？"

国坐在沙发里，两手捧着头，一声不吭。

女人像蛇一样缠在他的膀子上，又"叭"了他一下，柔声说："车在外边等着呢，走吧。"

国还是不吭。国默默地靠坐在沙发上，两眼闭着，慢慢，慢慢，那眼里就流出泪来了……

女人慌了。女人温顺地亲着他的头发，而后用舌尖轻轻地舔他眼里的泪。女人说："怎么了？你是怎么了？不舒服么？说话呀，我的好人儿……"

国仍旧不吭。他的眼紧紧地闭着，一串一串的泪珠顺着脸颊流下来……

门外的喇叭一声声响着。女人急了。女人一时看看表，一时又在屋里来回走着，而后女人蹲下来，贴着他的脸说："国呀，你到底是怎么了？头一天到任，那边的人还等着呢。"女人从来没有像今天这样，女人在"县长"面前显得比猫还要温顺百倍。女人细声细气地说："是我不好吗？是我惹你了吗？……"

女人总是叫他"李治国"，这一声"国呀"无比亲切，国的眼睛开了。他茫然四望，不由问自己：我是怎么了，我这是怎么了？是呀，该走了。我还等什么呢？……

就在这当儿，县委办公室的秘书匆匆跑来了，手里拿着一个小包裹。秘书进了门就恭恭敬敬地说：

"李县长，乡里干部捎来件东西，说是家乡的人捎给你的……"

国赶忙站起来，可女人已抢先接过来了。东西看上去沉甸甸的，用一块大红布包着。女人匆匆解开了包着的红布，竟是一块土坯！……

女人望着那块很粗俗的红布，眉头不由得皱起来了。女人不耐烦地说："哎呀，跑这么远，啥捎不了，捎块土坯？真是的！……"接着，女人又摆出"县长夫人"的架势说："算了，就放这儿吧。不带了。"

城里女人不了解乡俗，不知道这块土坯的贵重。国是知道的。这土坯是给出远门的人备制的。土要大田里的，水要老井里的，由最亲的人脱成土坯，用麦秸烤干，而后用红布包着让远行的人带上。这样，无论走到哪里都有块家乡的热土伴着你。带上它可以消灾免祸，还可以为出门人治病。有个头痛脑热的，抹一点土末放在茶碗里喝，很快就会好的。过去，凡是出远门的乡人都要带上一块家乡的土坯。有了它，不管你走到哪里，都会平安的。所以，按乡俗，这叫"老娘土"，也叫"命根儿"……

看来，乡人已听说他当了县长了。他要走了。乡人虽没有来送行，可乡人终还是捎礼物来了。乡人给他捎来了"老娘土"，这就够了。没有比"老娘土"更贵重的东西了！……

国的脸立时黑下来，他沉着脸说："带上！"

女人受委屈太多了。女人噘着嘴，生硬地把那块土坯包起来，倔倔地夹出去了。女人不敢不带。

上了车，国的脸一直阴晦着，一句话也不说，来接他上任的县委办公室主任小心翼翼地问："李县长，你不舒服吗？"这时，国的脸稍稍亮了些，他很勉强地笑着说："没啥，没啥。"

车开出很远之后，女人的情绪才慢慢缓过来。她又"叫喳"开了，先是为司机和办公室主任递了烟，而后又悄声对国说："国呀，头天上任，你夹块红布包着的土坯，影响多不好呀？不知道的，人家还以为迷信呢。"女人一边说着，一边看他的脸色。当着司机和办公室主任的面，国不好说什么，只是笑了笑。这笑是下意识的动作，习惯动作。他笑习惯了，不知怎的，脸上的肌肉一动，就笑出来了。女人把他的笑当成了默许。紧接着，女人熟练地摇下了车窗，就自作主张把那块裹有红布的土坯隔窗扔下去了……

"咚!"车窗外一声巨响,惊得办公室主任赶忙扭身问:"怎么了?"

女人很有分寸地笑了笑,说:"没什么。"

在办公室主任的注视下,国仍然保持着矜持的神态。可一会儿工夫,他就坚持不住了。他慌忙扒住车窗往外看,土坯已经不见了,那块红布在路上随风飘动着,越来越远,越来越远,渐渐化成了一片幻影儿……

车仍然飞快地往前开着,可国觉得载走的仅仅是他的身子,他的灵魂已经扔出去了,随那裹有红布的土坯一块扔出去了。他的"老娘土",他的"命根儿",还有那漫无边际的乡情,都被女人扔在半道上了……

国一遍一遍地问自己:你是谁?生在何处?长在何处?你要到哪里去?……

走着走着,国突然说:"停住。开回去!"

女人惊诧地望着他:"怎么了?你……"

国还是那一句话:"开回去。"

车停住了。女人小声劝他说:"算了吧,你得注意影响啊!都等着你呢!"

办公室主任也莫名其妙,忙问:"李县长,怎么了?"

女人解释说:"没什么。东西掉了。也不是啥金贵东西,一块土坯,乡下人送的……"

国不说话,一句话也不说,就那么黑着脸。

办公室主任看看表,头上冒汗了。他说:"李县长,时间已不早了,县里领导都在那边等着为你接风呢。你看,这……"

国绷着脸说:"那好,我下去。"

办公室主任慌了,忙赔情说:"李县长,李县长,这样吧。你们先坐车走,我下去,我下去给您拾回来……"办公室主任擦着头上的汗,拧开车门,仍像赔罪似的说:"李县长,我们在下边做工作的也有难处哇,你给我个面子吧!"

女人也急了,说:"你怎么能这样呢?算了吧,啊?"

国沉默不语,可他脑海里仍飘动着:你是谁?生在何处?长在何处?你要到哪里去?……

村魂

/// 乔典运

张家村前边有一条公路，往南通地区，往北通县城，村里人赶集进城、走亲访友都很方便。可惜是条黄土路，大小一阵雨，就变成了泥水路。齐脚踝深的泥浆，又黏又滑，不要说汽车通不了，空人也难行走。谁家大小没个事，能不出门？生病的要抓药，没盐吃的要去供销社，亲戚家有个红白喜事要去看看，小孩们一天二晌要去上学。人们难死了，愁坏了。没路可走，只好眼巴巴地盼着男人跌跤。根据几千年的传说：女人跌跤，天还要下；男人跌跤，天要放晴。逢到雨天，村里人会眉开眼笑地互相报喜："天要晴了，张三哥跌跤了！"当然，也会愁眉苦脸地互相报忧："天还要下啊，李二嫂跌跤了！"至于跌跤的人伤筋动骨了没有，谁也没心打听。只有碰上男女都跌跤了，人们才肯费上一番心思去调查，去分析，看看谁跌在先，谁跌在后，谁跌得轻，谁跌得重。然后就展开一场争论，争得面红耳赤，也得不出个是晴是雨的结论，到底还得听天由命。

不知男人们跌了几万次、女人们跌了几万次之后，突然传来了好消息：要修沥青路了。开头，人们奔走相告，村里充满了欢乐。几个月过去了，几年过去了，修沥青路的话虽然还不断提说，却一直不见动作。这期间不知又下了多少场雨，把人们的热心早就浇凉了。因为只说不办的好话听多了，耳朵里磨出了茧子，人们没有了希望，倒也没有了失望，对沥青路也不再想了。碰到雨天，大家的唯一希望还是盼着男人们多跌跤。

有一天，大路上突然来了一群拿标杆的人，这里瞄瞄，那里划划，看样子要玩真的了。村里人又来了劲，成群结队围上去看热闹，还主动送茶送水，打听啥时候动工，巴不得立时就走在沥青路上。

又过了几天，公社干部老王来了。老王五十来岁，在农村干了三十年，对老百姓的心思熟透了。熟能生巧，再艰巨的任务到他手里都易如反掌。他来了就匆匆忙忙召开群众大会，洋洋得意地讲道："前些年有句顺口溜，说有四种人最吃得开：听诊器，方向盘，当大官，掌实权。如今咱老王也吃开了，抽到沥青路指挥部专管石头，咋样，是名副其实的'石权'吧！"

大家被逗笑了，笑得脸上都开了花。

老王又连哄带吓地讲下去："反对修沥青路的举手！没有，都赞成，好！不过，光心里赞成不中，嘴里赞成也不中，真赞成假赞成得看行动。行动是啥？男女老少每人砸三百斤石子。啥呀，太多了？你还要良心不要？叫我看还太少了。三百斤，管你们子孙万代走下去，要不是社会主义好，你上哪一国也找不来这个便宜！三百斤，一个月内交齐，一两也不能少，一天也不准拖。砸多大呢？说洋的讲厘米，你们也不懂，咱说土的，一律要指头蛋一般大的。我可知道你们好打折扣，咱丑话先说头里，这一回可是说一是一，说二是二，硬底子硬帮，没有一丝一毫的空，硬碰硬，实打实。谁敢砸得大了，可别怪我老王翻脸不认人，到时候有你们好吃的果子！"

老王讲得比铁还硬比钢还强，大家却听得比风还轻比棉花还软。人们嘻嘻哈哈，全不放在心上，女人们照样做针线，男人们照样耍笑打趣，老年人照样塌下眼皮养神。

只有一个人当真，那就是老党员张老七。张老七年近花甲了。他二十岁那一年秋天，下了七七四十九天连阴雨，下得路上成了糨糊，下得磨不成粮食、打不成柴，家家烧锅断顿，人人叫苦连天。说来也怪，一连下了几十天雨，却没有一个男人跌跤。张老七心地又慈又软，最见不得人们愁眉苦脸，为了给大家解忧排难，就悄悄下了决心，要以自己的疼痛去换取全村的欢乐。他故意走东家串西家，哪里路滑，哪里泥深，他偏去哪里。老天不负苦心人，当他去村头看水时，果然跌了一跤，跌得好重，断了踝骨。他被抬回家里时，听着人们大呼小叫奔走告喜："好消息！好消息！张老七跌跤了，跌得可狠了，天可要晴了！"他疼得大汗淋淋，泪水涟涟。可是，一听见人们如此高兴，却不由得笑了。从此，他就巴着盼着有一条不分晴雨都能畅通的大路。如今真要修路了，他高兴坏了。他听老王讲话听得入迷了，像庙里的笑脸罗汉一样，纹丝不动，笑脸上张开着笑嘴，笑嘴角往下淌着长道短道涎水。当听到要指头蛋大小时，他伸出粗大的双手，低头看着，人们看着他的傻相呆样，窃窃私语，心里嘲笑他是个二百五，好哄。张老七没有发觉人们在看他的洋相，一直呆呆地听到散会。老王要走了，他才急急地站起来，拖着一条瘸腿，跟跟跄跄追上去，叫道："老王，等等！"

老王回头站住，问："啥事？"

"啥事？"张老七盯住他，认真地质问道，"你光说要指头蛋大，一个巴掌五个指头，是大拇指头呀是小拇指头？不说清，将来差劲可大了，用不成了咋办？"

"真是个老古板、死心眼！"老王被问住了，脸上一阵泛红，在肚里骂了一句。迟疑了一阵，摆出行家姿态，说："你这个意见很好，好得很，要不将来就会误了大事。究竟要砸多大呢？"他环顾左右，板上钉钉地说："要砸得比大拇指头小点，比小拇指头大点。"

"像中拇指头咋样？"张老七一追到底。

"对，对。"老王连连应付着走了。

"这多好，说清了，大家心里有了准，省得砸得不合格。"张老七像挽救了一场重大事故，对周围的人嘱咐道，"都听见了吧，回去都按这个标准砸，保你们返不了工！"人们看着他这副认真的样子，不屑地哈哈笑着走了。

从这天开始，村里忙开了，家家户户响起了砸石声。张老七有个闺女，在地区干事，是个孝女，几次来信叫他去看看世面、享享清福，让她尽尽孝心。他本来就要去的，现在却坚决不去了，说是修路要紧，要留在家里为子孙造福。他去河里选了最坚硬的石头，让儿子春生拉回家。他家四口人，儿子要下地，媳妇忙家务，孙女在上学，一千二百斤的石子任务他要全包了。他抡起十斤重的大铁锤，把大块石头砸成小块，又坐下去扬起小锤，把小块石头破碎成中拇指头大。十锤，百锤，千锤，万锤，砸着，砸着。每天天不明起来，半夜不睡，除了三顿饭外，就一直坐在那里砸呀砸呀。一天不知砸了几万锤，才砸出三四十斤石子。手指震肿了，手背震得裂开了纵横交错的口子，长道短道流血，血染红了雪白的石子。儿子春生收工回来，看见爹爹的手，心疼地说："爹，我砸一会儿！"张老七不肯，头也不抬，生怕误了一锤，砸着说："冬天风大，你把手震裂了，咋到野地里做活？"

媳妇宛夏刷罢锅，喂了猪，走到厢房，呆呆地看着公公的手，求告道："爹，你歇歇，我砸！"张老七不肯，连看她一眼都不看，砸着说："你要做饭，手震开了口子，咋和面洗碗？"

孙女小侠放学回来，看见爷爷的手忍不住哭了，弯腰夺锤，说："爷，叫我砸吧！"张老七心疼孙女，推开她，砸着说：

"你皮嫩，手震疼了咋写字？"

张老七一坐一整天，一坐一整天，整整砸了十天，大门没出，面前堆起了一堆石子。每逢身困手乏的时候，他就抓起一把石子自我欣赏地看着，好像面前伸展开了一条晴雨畅通的大道，疲劳马上就消失了。他砸着石子不由得想起了往事，便自我嘲笑着：真傻！当年咋会那样迷信，竟然想用自己的跌跤去给大家换取天晴路干，结果落了个终身残疾，泥路还是照旧泥路。他觉着这一回才是正正经经地办好事，就是累断了腰，震烂了皮肉，也是值得的。这天半夜，儿子和媳妇醒来，听见怒吼的风声中夹着叮叮的锤声。锤声一声紧一声，一声重一声，锤锤都砸在儿子和媳妇的心口上。媳妇好像看见了公公冻得发抖的手，叹道："咱们在被窝里还冷，爹是不要命了！"

儿子好像看见爹爹干枯的身躯，担心地说："爹这一阵子瘦多了，我真怕……"

媳妇怜惜地埋怨道："这两天我挨家挨户看了，人家砸的都是多大。谁像他的心眼这么死劲，上级说个啥就信个啥，一点也不灵醒。"

儿子想想说："是啊，得想个办法，叫他灵醒灵醒。"第二天早上，小侠放学回来，爹把她叫到一边咕叽了几句，她高兴地蹦到厢房里，一头扎到爷爷怀里，闹着要吃糖。她是张老七的心尖肉，他忙掏出一角钱，叫她去买。小侠不接，硬要和他一块去买。张老七被缠磨不过，只好放下铁锤，和小侠一块去张富胜家。张富胜开了个家庭代销点,一边砸石子,一边卖东西,一举两得。张老七买了糖要走,小侠弯腰抓了一把石子伸到他面前,叫道:"爷,你看看人家砸多大呀,谁像你!"

张老七接过石子看看,都像大枣一样,比上级定的标准大一倍也不止。他不由得睁大了眼瞪着张富胜质问道:"你咋砸这么大?"

张富胜不在话下地说:"大?我还嫌太小了哩!"

张老七不满地批评道:"上级咋说的,你没听见呀?"

"上级说的就没虚头了?"

"你这是啥态度?"

"好态度!"张富胜冷笑一声,满脸流露出不屑和他争论的神气,坐下去砸着石头,愤愤不服地嘟哝道:"哼,还想把我当发面馍捏!有人又是党员又是干部,砸的比我这还大,咋不去管哩!"

张老七追问:"你说谁?"

"想说谁说谁!"

"你别诬赖好人!"

"好人只怕就剩你一个了!"

"你……"张老七噎了一口气,"我去看看,要不是哩,咱们再算账!"

张富胜连看他一眼也不屑看了,也不再回话了,只顾得意地叮叮咣咣砸着。张老七被他这种态度激恼了,可是一个巴掌拍不响，不好再争斗下去，只好憋着一肚子气，拉上小侠就走。小侠不知高低，走着仰着脸看着他，求告道："爷，你也砸这么大，也省点气力！"张老七平素就看不起张富胜，嫌他为人尖酸，思想落后。现在听小侠说叫向他学习，好像受了极大的侮辱，便愤愤地说："天下的好人都死完了？向他学？咱们是正经人，和他比丢人！"

张富胜听见这话像被打了一耳光，猛地站起来，把头伸到门外，对着张老七的背影怒气冲冲地道："看你多正经！哼，你怎正经咋叫把队长选掉了！还不泄威呀！"说了这伤人的话不算，还冲着他吐了一口口水。

"你……"张老七听了这话，像钢针刺胸，顿觉心里酸疼难忍。

他猛回头看了张富胜一眼，脸上憋得血红血红，却有口难言。别人的伤疤在皮肤上，他的伤疤在心上，张富胜偏偏往这伤疤上戳。解放以来，张老七就当基层干部，时时事事听上级的话，不仅自己没有沾过一根柴火麦秸的光，也不许自己领导的社员有私心杂念，一颗心正直得比木匠打的墨线还直。可是，好心没有好报。那年秋天，先旱后涝，全公社都遭了轻重不等的灾，秋后都怄着不缴公余粮，等着上级减免，这时，老王来催粮食入库。他把心口窝拍得发紫，铁定地吆喝道："亲为亲，邻为邻，关老爷为的山西人。我在这里包队，打心眼里为着你们。今天悄悄给你们说个实话，你们也别等了，上级不但没批准减免，还怪罪下来了，要抓几个抗粮不缴的，开刀是问，人家外队的人灵醒，都超额缴了。我怕你们吃了眼前亏，没空挤空来给你们透个信。别等了，等到底能减免一个粮食籽，打掉我老王一个牙。不怕谁的头难剃，到时候上级恼了，把他的头割下来剃！"

前些年不比如今，那时人们都饿怕了，把粮食看得像生命一样金贵。大家听了老王的话，又胆战心惊又实在舍不得，都眼巴巴看着张老七。他是一队之主，几百口子的当家人，况且他一家大小也有几个肚子在空着哩，大家都希望他能出头抵挡一阵子，到最后再说。他看着一双双可怜巴巴的眼睛，愣怔了半天，最后竟然狠着心说："缴！坚决缴！我不是怕把我的头割了剃，我是想，越遭灾国家越困难。上级知道遭了灾又不减免，说明国家的困难不会小了。一家人过日子，娃子大人还要为当家人分点忧，咱们也要为国家分点忧。把国家的大困难分到一家一户身上，就成了小困难，也不过喝稀点，多吃点野菜。"

大家听他如此说，一个个的心凉了，没想到又是一场空。人们看看他，看看老王，都耷拉下了头。每人都窝了一肚苦水。可也都明白这苦水不能往外涌，因为涌上来还得再咽下去，不如就叫它一直窝在肚里。谁也没有说话，只有张富胜撂了一句："说得可好听，嘴一张一合，就叫几百挂肠子饿断！"张富胜这句话像块石头扔进一池死水中，波纹遍及全池。人们唰地都抬起了头，个个心里叫好，又都捏了一把冷汗。大家本来都默认了，现在却又都动摇了。一双双犹豫不安的眼睛看看张老七，又看看老王，如果没有不良反应，马上就会群起呼应。张老七见老王变了脸色，便冲着张富胜批评道："就你的肠子金贵？"

"我比不得别人。"

"为啥？"

"你们有老有小，细肠子多，我家可都是棒劳力，肠子粗！"张富胜拼上了，对答如流。人们也试探着七言八语地喊喳起来，眼看压不住阵脚了。这时，老王却突然哈哈大笑道："张富胜说的是实情，有理，谁也不能不管自己的肠子，放到我老王身上我也要管。我一百个同情，可惜我没有批准的权力。这样吧，我陪着张富胜去公社走一趟，有理走遍天下，叫他去和上级当面谈谈，说不定真会免了。"

大家吓得顿时闭住了气，什么去公社谈谈，还不是去法办！张富胜却冷冷一笑，强装好汉地道："去就去，法院不是住人的，能是拴驴的？"

张老七看大势不好，不管张富胜平时如何，总是自己手下的社员，不能看着他跳进坑里，忙摆出老子的架势命令道："就这样定了，谁也不准再胡说八道了！"张富胜不服，还要再说什么，张老七喝住他，训斥道："你娃子懂个啥？光知道顾肠子，就不顾装肠子的家伙。只要我饿不着，你娃子的肠子也有填的！"

"填啥？"张富胜紧追不放。

"这……"张老七憋了半天憋出一句话，"分配时我的给你一百斤!"

张富胜不言语了,大家也不敢再说个"不"字,顺顺当当缴了公余粮。到分配时,张老七竟然真要给张富胜一百斤粮食,张富胜知道张老七家也不宽余,怎能平白无故夺走人家碗里的饭,不肯收下这点粮食。张老七却坚持要给,张富胜死也不收,两个人争得面红耳赤。张老七上了性,指着张富胜追问:"你到底要不要?"

"不要!不要!"张富胜坚持道。

"好!"张老七一怒之下,担起粮食走到渠边,要往渠水里倒,众人忙上前拦住,好言相劝道:"算了吧,心到了就行了。你也紧巴,就这一点粮食给了别人,你吃风喝沫!"

张老七气壮地说:"没吃的哪怕拉棍要饭,我总还是个人。要是说话不算数,哄大家鸭子过河,我还是个人不是?连人都不是,还当啥党员,当啥队长?"

大家知道他的脾气,看他是真心实意,也就劝张富胜暂且收下。张富胜感激不尽,收下了粮食,当众保证以后宽余时如数还上,谁知没过多久,上级批下来了,说已经缴的算缴了,精神可嘉,不再退了,没有缴的全部减免。人们听了这个消息,纷纷埋怨张老七太积极了。后来又一打听,别的队连一两也没缴,这一下爆炸了,大家对张老七又气又恨,说他是上级的队长,不是群众的队长。这时老王也赶来卖乖,批评张老七道:"当初我就说张富胜有理,我说我陪着张富胜去找上级说说,你一直打岔。你看看，你看看，你把这事办的！唉，你呀！"张富胜这时也变了心，对那一百斤粮食不但不再感激承情，反而口出恶言，说要不是张老七，他能多吃三百斤哩。不仅扬言这一百斤粮食不还了，还想向张老七再要二百斤。张老七算是卖了全队的人心，没得到一丝一毫好处，还倒贴了一百斤粮食。类似这种带头的事，张老七没有少干。社员们气他太听上级的话，光叫大家吃亏，改选时谁也不投他的票，几十年的干部就这样不明不白地下了台。不过，他也得到了应该得到的东西。那天，当宣布他落选时，全队的人都先先后后到他家里安慰他，有的还流下了眼泪，说他是最好的人，心干净得很，是全村人的榜样。既然说是好人，为啥又不投他的票，他不明白，也不想弄明白，只要大家有这意思，他也就满足了。他还照前如后地做人行事。

　　张老七没有料到张富胜不要良心到如此程度，竟然把这件事当短处来揭，气得浑身发抖，却又有苦难言。他强按住满肚子怨气，要去找张小亮谈谈。刚才张富胜说有人是党员还是干部砸得更大，就是指的张小亮。张老七叫小侠先回去。小侠巴不得他多看几家，就高兴地回家向爹妈报功去了。张老七一瘸一拐地往张小亮家走去。

　　张小亮高中毕业，是个"三快"人物：心眼活动快，做活手头快，对人热情爽快。当了几年队长，很得人心。张老七来了，他招呼坐下之后，见张老七一双眼直盯着砸的石子，心里明白了八八九九。不等张老七开口，就抓起核桃大的石子看看又随手扔了，抢先笑道："七爷，我正想找你说说哩。大家都忙得很，谁愿砸大一点也行。不是叫一个月完成吗，咱们提前到二十五天头上就去缴。验上了，大家又省工又省力，真验不上了，还有五天工夫，再加工砸小一点也误不了期限。你看行吧？"

张老七被封住了嘴，不便发作，想想也对，又想想不对，不满地责备道："怪不得社员们不按定的标准砸，说到底是你对老王讲的半信半疑！"

"信不信不是目的，目的是修好公路。"小亮笑得很开心，很随便，根本没有把这当成一个很严肃的事情看待，嘻嘻道，"这就叫知己知彼，心中有数，留有余地，双方满意。"

张老七对他的轻松随便很不是味，严肃地说："你想过没有？你今天对上级的话打上三分折扣，明天社员们就会对你的话打上七分折扣！"

"正是为了以后叫社员们对我的话不打一点折扣，今天才得多少打点折扣！"小亮朗朗笑道，"这就叫杀猪杀尾巴，各有各的杀法。七爷，你放心吧！"

"你们识得字的就这样做人对人？你娃子后悔时就晚了！"

张老七本想来争取同情和支持的，没想到又碰了个软钉子，便重重地说了一句，气咻咻回家了。

儿子和媳妇白费了心机，只说把爹爹哄出去，让他开开眼界，自己也随着大溜干，谁知他回来后更认真了。砸下的每一块石子都要和指头蛋比比，大的重砸，小的抛开不要，只有不大不小的才放到石子堆上,块块都符合标准。从此,张老七坐下去再也没动,日日夜夜地砸着。只是说话少了,吃饭少了,脾气更坏了。儿子和媳妇愁坏了,生怕他又气又累会窝憋出病,不知怎么办才好。

这天半夜,儿子突然蹬醒妻子,不安地说:"你听!"

妻子迷迷糊糊地问:"听啥?"

儿子惊慌地说:"锤声咋不对劲?"

妻子认真听去,确实和往日不同,这一声和下一声的间歇长了许多,也不那么响了。她的心揪紧了,忙说:"快去看看。"

"我去。"儿子忙穿上衣服走出去。

厢房的门虚掩着,儿子轻轻推开了门。只见昏暗的灯光下,爹爹的脸色蜡黄,虚汗灌满了纵横交错的纹路沟,大粒大粒往外淌,费力地举起铁锤,却无力地落下。儿子心疼地叫了声:"爹!"

张老七抬头看了一眼,喘着粗气道:"你,干啥?还不睡,明天咋做活?"

儿子的心碎了,忍不住滚下几滴泪,劝道:"爹,算了吧!人家咋砸咱也咋砸,何苦自己和自己过不去,为这几个石子能不要命了!你这是和谁赌气?"

"你……"张老七睁大了熬红的眼睛,瞪瞪儿子,又无力地塌下眼皮,砸着,恨道,"和谁赌气?和我!现在的人越来越滑,能这样对待别人!这不是把老王的话不当话,这是把人家老王不当个人看呀！上级说个啥都不相信，往后还咋得了？别人不信，咱信。我非要叫人们看看不可，到时候咱们验个头等，他们都验不上，人们就知道不相信人家就是作践自己！"儿子看他虚弱到这个地步还在争刚强，又不忍心反驳，无可奈何地叹着气。媳妇也来了，好不容易劝他睡下。儿子给他披着被子，媳妇在一边自言自语地说："老王说空话说的次数太多了，难怪人们不信他的。"张老七看她一眼，气喘吁吁地嘟哝道："这能都怨他？就是都怨他，也不能以错对错对待他呀。宁可他哄咱，咱也不能糊弄他呀。你爷临死前还嘱咐我：当个人，死后能落个叫人家哄了一辈子的名声，也比落个哄了别人一辈子的名声好得多！"儿子和媳妇互相看看，双双叹了口气，无言地走了。

转眼到了第二十五天头上，队长张小亮领着人们去缴石子了。各拉各的。张老七腿瘸，打发儿子春生去缴。临走，张老七把儿子春生叫到一边，反复叮嘱道："咱验上了，别人验不上，他们心里明白了就算了，咱可千万不要看人家笑话。"

张老七站在村头，看着人们拉着石子出了村子，心里一阵得意，多天的劳累被心中的春风吹散了，脸上堆起了笑容。他不是高兴自己能验个头等，也不是对别人验不上幸灾乐祸。他是等着人们回来后纷纷围住他，七嘴八舌地说："姜还是老的辣。你算信着了，我们不信别人，到底自己坑了自己！"他断定人们会这样说的。

石子缴在料场，离村子六七里路，人们很快就赶到了。老王正在验收别队的石子。他拿着一柄尖锹,在每辆车上翻腾着,嘻嘻哈哈地和这个取笑,和那个打俏。对个别不合格的人,他踢人家屁股沟,半开玩笑半当真地骂着,揭人家老底,逼着对方答应返工。老百姓们被骂得心里美滋滋的,哈哈大笑着。

轮到验收张家村的石子了,春生看着老实不老实,故意退到后边,当倒数第一。他要等到一个个都被宣判为不合格时,他再打上去,来个唯一合格,在全队人的心中狠狠爆炸一下。这才过瘾,这才痛快,这才不负爹爹的一片苦心,叫全队人知道怎样做人,叫爹爹成为榜样。他把车子放到最后,人却跑到前边,看老王宣判别人的不合格。老王检验得很认真,把每辆车上的石子都上上下下翻腾着。可是,第一辆车验合格了,拉走了,第二辆车又合格了,又拉走了……春生看那一车一车的石子,大的如鸡蛋,小的如核桃,怎么能合格?他在心里骂娘了:这货一定是喝人家酒了,收人家的礼了!他寻思着多年来的一股股邪气,没想到验个石子也看面子。他恨,他气,直直地瞪着眼,却迷了心窍,看不见眼前通过的一车一车石子。直到验收队长小亮的石子时,他才醒悟过来。小亮的也顺顺当当验收合格了。老王得意忘形,高高地跷起大拇指伸到小亮的鼻尖上,夸道:"好小子,真有你的,咋知道要这么大的?我还担心你们真会砸得太小哩!"

小亮挖苦地笑道:"老爷,因为我们摸透了你!"老王笑得眯着眼,考试地问:"摸透了我的啥?"

小亮道:"你的心!你办过的事你心里明白,知道自己的话别人一定要打折扣,就拼命加码,还赌咒发誓说没一点空。"

老王自以为得计,哈哈大笑,又跷起大拇指叫好道:"蛔虫!蛔虫!你小子真变成我肚里的蛔虫了!不行,我得吃点打虫药把你小子从我肚里打出来才行!"

两个人相对而笑,笑得很响。

春生拉来了石子。他垂头丧气,大失所望。他把车子往老王面前一放,任他去验。既然爆炸不成,也只好和大家一个样了。他心里一阵酸楚,可怜爹爹比别人多费了一倍力两倍劲,竟然和偷工省劲的人一个样,弄到底还是听话的吃亏。回去怎么向爹爹交代?他要知道别人的也验上了,心里该是啥味,能不伤情!相信别人,相信上级,是他做人的魂呀!

老王翻腾了一阵,板着脸子,问:"谁的?"

"我的。"

"拉回去,拉回去!"老王不满地命令道。

春生奇怪地问:"咋?"

"不合格!"老王果断地说。

春生万万没有料到,惊恼地叫道:"啥呀?你说啥呀?"

老王傲气十足地呵斥道:"你叫唤的啥?不合格就是不合格,砸这么小能用得成?!"

炸雷轰顶,春生气红了眼,憋炸了胸腔,大叫一声:"当初你是咋说的?"

"当初?"老王摆出料事如神的姿态,冷笑道,"当初我要是说叫砸核桃那么大，缴来的保险比碗还大，用不成你负责？"

春生疯了，抹起袖子冲上去，要和老王拼了，悲愤地叫道："你……害得我爹好苦啊！"小亮忙过来拦住春生，又回头对老王正言正色地说："收下！这一车不论合格不合格，你都得给我收下！"

"哼，不合格还耍横！"老王看春生不但不低头求告，还横眉竖眼，他要叫春生知道知道厉害了。他推开小亮，恼火道："你别管！你只管你的验上了就行啦！"

"我别管？"小亮想起张老七那认真负责的精神，想起这件事的长远后果，不由得动了感情，声色俱厉地讲："你别以为我们取了巧验上了，心里就高兴！实话给你说，我们心里比验不上还难过，还生气！你以为你完成了任务，可以去领赏了。你想过没有，为了这点石子，你付出了多高的代价？你的，你代表的，还有老百姓心里的希望，全叫你一下子给毁了！明人不做暗事，为了我们的石子验个合格，我要告你！"

村里人虽然平日里嘲笑张老七为人死板，可是一见春生的石子验不上，忽然间都觉着不是味，好像被愚弄被侮辱的是他们自己，便一齐对着老王吵起来，要拉他去找上级说理。老王终于悟出了严重性，收下了春生的一车石子。

回村的路上，春生觉着脸上没趣，就拖到后边，远远离开人群，孤孤单单走着。他耷拉着头，心里又恨又气，恨老王说话不算话，气爹爹太死心眼，决心回去数落爹爹一顿。他到村里时，妻子已经从前边回来的人们口中知道了一切，正在村头大树下等他。她问他怎么办。他怒气冲冲地往家走去，气极地说："叫爹听听，到啥年月了，他还抱着几百辈子的老规矩死不放，看看他好心换的好下场！"

妻子追上去死死拦住他，眼泪丝丝地看着他，求告道："你气疯了！爹在家里高兴了一个上午，眼巴巴地等着你回来报喜，你实说了，不是'杀'了他！再大的气，咱们受了算啦！"她哭了。

春生心软了，呆呆地站着。妻子告诉他，说她已经求告了村里人，别把真情告诉爹爹，说小亮还夸爹爹，大家都同情爹爹。春生听了心头一热，长长叹了口气，答应不对爹爹讲实话。

张老七在家里等着好消息，他相信这件事能使人们去掉"滑"字，换上"诚"字。见儿子回来就急切地问："验得咋样？"

"好嘛！"春生回得干干巴巴，冷冷淡淡。

"爹，春生今天可受大表扬了！"媳妇瞪了春生一眼，就兴高采烈地抢着说，"别的人都吃了批评，受了罚，都后悔死了，后悔当初不该不听你的话了。都说还是老实人好，都说你不愧是个老党员，都说往后要向你学习哩，都对你俯伏在地了！"

媳妇的甜言蜜语，张老七听得胡子眉毛一齐笑，眯着眼，自得其乐地说："这算个啥，还值得表扬？咱是个党员，不信上级还算个啥党员！"

这天中午，媳妇为了表示祝贺，特地炒了几个菜，慰劳公公。张老七心里一高兴，就多喝了几杯，人有点晕糊了，话也格外稠了。他从年轻时故意跌跤说到这次砸石子，反反复复讲着他的人生之道。他说他没有能耐，他笨，他死劲，可是他的心干干净净，活得无愧于己，无愧于人。儿子和媳妇听他说得如此诚恳，心里比喝药还苦。可是，还得陪着他喜，陪着他笑，笑比哭还难受。两个人背过他悄悄商量了一阵，就趁着他高兴的时机，劝他去闺女那里住几天。他们编了个谎话，说省里剧团下地区来了，专演杨家戏，再有两天就要走了，得快点去，晚了就看不上了。张老七最爱看杨家将，百看不烦，说那是忠臣戏，再停千儿八百年也有看头。他听儿子和媳妇这么讲，信以为真，顿时来了劲，说下午就去，儿子和媳妇才放下心。要不，人多嘴杂，没有不透风的墙，要不了三天两天他就会知道底细，气不死也得害场大病。

媳妇忙收拾好他的行装，又包了一大包妹妹爱吃的干莴苣酸菜，让他带去。吃了午饭，儿子和媳妇送他去公路边等车。路经村中时，碰见他的人都神色不安地藏头藏脑。张老七看在眼里，明白个八八九九，心里不由得一阵同情。他很想劝劝人们，说上几句安慰话。谁没个三昏两迷，不出个差错，只要改了就好，别灰溜溜地抬不起头。可惜人们脸皮太薄，都推故有事，匆匆走开。他只好空怀同情，摇头叹息一番。他们到了公路边，搭上了过路班车。张老七找个位子坐下，把头伸到车窗外，又再三再四地嘱咐道："大家没验合格，都受了罚，已经觉着脸上无光了，见了咱都羞得躲躲闪闪。他们心里已经够难受了,咱们千万不能再揭人家的短,说风凉话。"儿子和媳妇越听心里越酸疼,眼窝里蓄满了泪水,连连称是,叫他放心。汽车一阵风似的开走了。

春生回头走时,看见妻子淌下眼泪,劝道:"别哭了。"妻子本来还能忍住,听他一劝反倒放声大哭了。

春生的眼睛也红丝丝的,自怨自恨地说:"我们这是干啥呀,像哄孩子一样哄爹!"两个人谁也没再看对方一眼,谁也没有再说一句话,默默地回到了家里。

张老七走了,带着最后胜利的喜悦走了,带着满意的心情走了。他走了,心里干干净净地走了,没有带走一点愤恨,也没有带走一点失望,轻松愉快地走了,把愤恨和失望都留下来了。他走了,村里人好像失去什么,又好像多出了什么,到底是什么谁也说不清,反正人人都像打了败仗,再也提不起精神了。人们的脸上出现了呆相,以前的灵醒劲没影了。笑语纷飞的村子变得沉闷了,人和人很少说话了。春生夫妇见人时总是羞得低下头,人们见春生夫妇时也羞得脸红,好像是他们合伙出卖了张老七。变了,人人都变了,连张富胜也变了。有一天,张富胜突然给春生送去了一百斤粮食,像哑巴一样,一句话没说就回头走了。村子里笼罩着沉闷的气氛,人们在沉默着。

过了很长很长时间,有一天突然公社书记领着老王来了,召开了群众大会。老王在会上做了检讨,为了砸石子的事痛哭流涕,叫人看着怪可怜的。公社书记表扬了队长小亮,说他虽然取了巧，可是没有为一点小便宜迷了心窍，还一直告状，告了一次又一次，告出了共产党员的水平。小亮站起来说："比起张老七，我是坷垃，他是金子。他是我们的村魂，没有他，否定了他，我们就像掉了魂，六神无主了，说话办事就没有了个准。要表扬应该表扬他才对！"小亮讲了张老七的一生，讲得很动感情。公社书记就请张老七到台上来，要当面表扬他，当面向他赔情道歉。大家听得愣愣怔怔，半天没人回话。当书记又催请张老七上台时，春生的妻子站了起来，流着眼泪说："上级的心我们收下了，只要上级有这个意思就全都有了。不用再请他上台了，晚了，他走了，扬长走了。"会场里响起了一阵抽泣声。公社书记心里突然一震，仔细看去，春生妻子的臂上戴着黑纱袖圈。

　　这个会开过之后，大家心里失去的什么回来了，多了的什么也消失了，魂又守舍了，人们比从前更精能灵醒了。

　　这是很久以前的事情了，人们却把它原原本本地传了下来，记在心里。

万家诉讼

/// 陈源斌

太阳好起来了,何碧秋拿牙锹剁挑在麦田里的塘泥,剁完最后一墒,她听说丈夫被打,将手上拾掇拾掇,回家看过伤势,转来找村长。

村长家在村东头。也不过两进排厢,一个院子。屋瓦是小瓦,屋墙是青砖实砌,院墙也是青砖实砌。门槛是用青石做的。院子里一口水井,上面一棚落光叶子的葡萄架。对面一地盆花都是枯枝杆儿,拴着一条狗。何碧秋绕过那狗,看见村长坐堂屋里呷酒。她说:"你打了他,现在旁证也有了,医生诊断也有了,是个什么说法呢?"村长一哼:"说法?"何碧秋说:"你打他,踢他胸口,倒罢了。你还踢他下身,这是要人命,不该有个说法?"村长慢慢举杯,何碧秋说:"那你就别怪我了。"

村长问:"你怎么我?"何碧秋说:"请政府讲理。"村长笑道:"我打他又不为私。我是村长,政府不帮我,下次听谁吆喝这村的事?"何碧秋说:"只怕如意算盘。"村长说:"好。到乡里的路你认得吧?过了摆渡口,再走一二十里,就是了。也辛苦你了。"何碧秋见他张狂,便不再啰唆,回头收拾动身。

走了一里多路,到摆渡口了。望见岸边等渡的人已跳在船上。船工弯腰解桩上的缆绳,听见声音,虚抓绳头,等着。等何碧秋上船,说:"站稳咧。"收了绳子,换竹篙将船缓缓撑进一片白水里去。

过渡的这几个人或站或坐,都袖着手,东西放在舱里。这些人七嘴八舌让船工说,船工笑道:"你们是想东北方向的路快修好了,不坐我的船了吧?"又说:"不过是土公路,大半截又在人家地盘,一个弯儿绕十万八千里,仍不如走渡口节省。"这些人议论道:"我们王桥村,亘古就属安徽,只因造了这座水库,把路都隔断了,反被江苏抱在怀里。出个门,比登天还难,还不如划归江苏省呢。"说了一阵,船工瞅见何碧秋,问:"这位面生呀!"有认得的便替她说:"她就是万家的。"船工明白了:"怪不得你脸上有事,是你要告王长柱吧?老话讲居家莫讼,怎就到了这一步?"

何碧秋说:"村长管一村人,就像一大家子,当家的管下人,打,骂,都可以的。可他要人的命,就不合体统了。这又罢了,我登门问,他连个说法都没有。"船工听着点头:"这是他王长柱不对了。"

说话间,船身摇晃起来。船已近库汊中央,脸上觉有东西蹭擦。在岸上是很平静的,到这儿有风了。那风贴水而起,逐渐大起来,风也变冷了,刺得面皮绷紧。风搅得库水涌动,浪花乱翻开来。船工说:"有水便生风,有风便有浪,过了这段深涧,会平静的。"把竹篙收好,拽出双桨来摇。风扯出了响声,脚下舱板不停颠荡。人嘴里的词儿倏地少了,只有零星几句,声腔不很匀足。憋一口气,慢慢散出去,把一颗心徐徐放落。桨急船紧,风势果然过了,却早近这边岸来。船渐行渐稳,船工收了桨,再换篙撑起来。

这些人扯起原先的话头。船工道:"我说:在娘家青枝绿叶,嫁人后面黄肌瘦。不提它倒也罢了,一提它泪水直流。"猜了一阵,猜不准。看何碧秋脸上心事,疑想是她。船工说:"呶。"将手举起。众人看他手中的竹篙,水淋淋的,不觉恍然,又有些不解瘾。这时船已傍岸,说笑几句,跳下船,各自赶路。

乡里不是原先模样了。多了一条细沙路,路边挨排栽着树,边上尽是住户,放足眼光才从这头望到那头。住户的房子三层、两层、一层,高矮不等。何碧秋从一座大门口张见一幢六层楼,以为是乡政府,进门问了,却是乡办工厂。转弯抹角,到一个僻静旮旯,才找准了。见乡政府比早先添加了两排平房。她进一个门,说几句,有人把她领到西头一间,说:"这是李公安员,你不妨跟他细说。"

李公安员小四十年纪，眉眼平常，辨认不准忠厚奸猾。见他正捧着一只凹腰茶杯看报，此时转头迎过来说："王长柱？他是托你捎信让我去喝酒吧？你回去说，他要不改酒桌上的蛮气，我再也不去。"何碧秋说："我是来告他的。"李公安员诧异道："哦？"看过旁证，看过医生诊断，皱眉说："怎么是区医院证明？还是外省的？"何碧秋说："我们王桥，往本省的路都被水隔住了，只好去江苏呀。"

把前前后后说了一遍，李公安员听罢，收好旁证和诊断书，看看手表，说："食堂开饭了，你在这吃吧。"何碧秋说："不客气。"李公安员说："不是我请客。我可以帮你买饭菜票，食堂里碗筷现成，能借用的。"何碧秋说："不了。我一路过来，看见不少饭店。"李公安员说："饭店里的饭菜，宰人呢。"何碧秋说："我问过两家面食摊，一碗面条五毛六毛，贵也贵不到哪里去。"李公安员便站起身来："我下午有个会。明天我去处理这件事，你在家等着别走。"

第二天傍中午，何碧秋见李公安员一路向这边问过来，迎上去问候道："累您了。您是走来的？"李公安员说："骑自行车。"何碧秋问："从新土路绕过来的？"李公安员说："那太远了。我车技好，这一路田埂都敢骑。只是过了摆渡，来你们村全是上坡，我推到半腰，觉得不划算，又返回去，车子交请船工代看，一来二去，刚走到这里。"何碧秋惊讶道："你还没见过村长？"李公安员说："我到你家看看，这就去。"

进屋看过伤势，转向村长家来。狗跳闹得凶，村长赶来喝住，连喊："坐！坐！"一扭头看见何碧秋，不喊了，脸沉下来。

李公安员自去坐了，让村长与何碧秋坐，两人都不坐。李公安员在板凳上说："旁证、医院证明我都看了，我还看了伤势。这件事，是你办错了。"村长发毛说："我错了？我是为自己吗？上面布置成片栽油菜，各户都通了，就他家不通。百十亩油菜夹他家一块小麦，看着像头上的疤癞。验收组下来，还没进村，看见这种场景，把分扣了，打个不及格，还限期改进。我要他补栽油菜，说了一遍，两遍，三遍，不听！用嘴不行了，不用脚用甚？"李公安员笑说："其实你仍然用嘴好。"村长说："是该用嘴，我恨不得拿牙咬他！"李公安员敛色道："无论怎么说，你打人，还打伤了，这就是你的错了。"村长瞅他道："这句话是你个人还是代表乡里说的？"李公安员不答，转脸对何碧秋说："这样，你暂且回避一下，别走远了。"

在外面等了一会儿，李公安员出来跟她商量："医药费由村里报销，另给些调养费和误工补贴，这部分由他私人和村里各出一半，怎样？"何碧秋说："这一来，人不把我看扁了？我并不是要钱，只要他有个说法。"李公安员又协商说："他人一向蛮气，又是村长，面子是第一要紧的呀。"何碧秋问："那没说法了？"李公安员想了一想，解释说："医药费、调养费和误工补贴由村里和他私人拿，就证明事情是你对他错，岂不正是个说法吗？"何碧秋细想在理，应下来了。

回到屋里,李公安员说:"事情就这样。不算处理,叫调解、搭桥,都行。你们依我呢,我照老例在村里吃饭;不依呢,我饿肚子走回去。"在村里吃罢饭,李公安员来跟何碧秋打声招呼,又劝说几句,回乡里去了。

这边丈夫在床上问:"刚刚两次进屋的,是谁?"何碧秋说:"乡里的李公安员。我告下村长了。"丈夫急道:"你拧过他?"何碧秋说:"李公安员敲定我对他错了。又把医药费、调养费和误工补贴的事说了。下午他付了钱,岂不正是个说法?"

到后响,何碧秋转了去,狗在院子里吼叫,村长喝它,声腔里有些味道。何碧秋说:"发票带来了,收条也打了。"村长问:"总数多少?"对了数字,村长掏出一叠崭新票面,用指头捻开,数一遍,再数一遍。何碧秋想等他先递过票子,再还回去说"算了,事情也就这样了",没容她这话出口,却见村长随手一扬,将票子撒落到了地上。

何碧秋呆问道:"这是干吗?"村长拿腔道:"给你钱呀!"何碧秋说:"你打了他,不给个说法,又来污糟我!"村长说:"我是为你好,其中有个道理的。"

村长顿了顿,缓缓道:"我仍是村长,仍管着这块地皮上的三长两短,仍不免要憋住气作践你万家。地上的票子一共三十张,你捡一张低一次头,算总共朝我低头认错三十下,一切恩怨都免了。"

这般说完,又催促她弯腰捡票子。何碧秋气愤道:"上午怎么说的？"村长反问："我上午说了吗？"何碧秋说："并没听你一句驳词！"村长笑道："你当我软了？李公安员过库爬垾来一趟不容易，我是给他面子。再说，这钱也不是公私各半，都是村上的。"何碧秋怔了怔，踩着地上的票子就往回走。

回家坐在床边说了，丈夫说："我说拧不过他。"何碧秋说："你怎不早说？"丈夫说："我不晓得。"何碧秋啐道："你现在晓得了呀？"丈夫叹气："都撕破脸了。"何碧秋愣了半晌："这个理不扳平，今后没法活。"丈夫愁道："告不倒他，怎么办？"何碧秋咬牙道："我带足盘缠，就住在那里！"两口子在床上翻了一夜。

睡到天亮起床，梳洗了，踩着一地银霜，过渡口来到乡里。李公安员门锁着，向别人打听，说上县开会了，三两天不定回来。何碧秋站了一会儿，慢慢想到前天见面，李公安员说曾和村长同过酒桌，直疑心两人头天做好了圈套，诱她去钻。左想右想，只有上县里告这一条路可走了。

从乡里搭上进城班车，下了车，满地的人。地上的霜已化尽了，出了冬日里少见的暖阳。车站几间旧房子看着眼生。旅客都不在站里避风，在站前空地上挤成一团。空地由一遭栅栏围着，各有一宽一窄的缺口，让人和车进出。她站住让涨涨的脑子松动了，慢慢辨认准东南西北，这才挤出栅栏，沿街往城里去。

街不像七八年前见过的街了，多少食摊儿吆喝：卖馄饨的，卖水饺的，卖阳春面的，卖红烧杂碎的，卖熏烧兔头的，卖卤猪尾巴的……将路面挤得瘪窄。何碧秋向一位面善的摊主打听,这人勒细了嗓子笑道:"吃伐?"听清她问,一抹笑去。来到那摊主指的一个地方,只见男的女的大剌剌地进去,便跟着也朝门里走,却被旁门里一位上岁数的人叫住:"进去要登记的,带证件了吗?"验过身份证,让何碧秋说了开头,插道:"你找错地方了。这是法院,公安局在街里呢。"何碧秋问:"怎么走?"答说:"笔直往前,右拐弯,再左拐弯,再右拐弯,大门里有一幢楼。你去一楼左手第三间,把诉状交给屋里的人,就是了。"何碧秋不解道:"什么诉状?"

上岁数的人解释说:"就是控告别人的状纸呀!"何碧秋慌说:"哎呀,我怎的没带!"这人安慰道:"你不用着急,可以补一个嘛。"

一路过去都是买卖,锅碗瓢盆勺,油盐酱醋茶,身上头上脚上手上床上和脸面上的,吃的用的花的,述说不尽。拐弯走尽这条街,再左拐,却是一街毛线生意,满眼里鲜亮:杏红,桃红,肉红,土红,水红……铁锈红;柳叶绿,檀枝绿,墨绿……玉石绿。各种各样的黄,各种各样的蓝,各种各样的颜色。心思跟它并不搭界,眼却早花了。

脱身拐过街角,差点撞到一个写字摊上。这字摊设在避风朝阳处,摊主戴副眼镜,留了胡须,一脸老气,正跟一个中年男子讨价还价:"若是家常书信、感谢信、表扬信、申请救济、请调报告,都能通融的。只是这代写检讨,一厘也不能减。"中年男子道:"不该这个价呀!"摊主说:"你骑车撞了人,还逃跑,被捉拿住,这张纸上不使出手段,怎么过关?你还不乖乖付钱?"中年男子拿着检讨书走了。

何碧秋看在眼里,询问一声,摊主答道:"可以!"铺开纸笔,这边讲完,他那边已写好了。拿着诉状到公安局楼下,找到左手第三间,进门去,见屋里两个人穿着制服,捧着凹腰茶杯说话。何碧秋递过诉状,其中一个人接住看了,眉头直皱,递给另一个,看了也皱眉道:"这上面尽堆砌华而不实的辞藻,又扣了许多吓人大帽子,主要事实经过,却陈述不清,是不管用的。"问:"你在街头字摊上写的吧?花了多少钱?"何碧秋说:"要四十,实付三十五。"两人相视一眼:"这阵子太忙,一放又乱了。真该挤些时间,把街头治安秩序好好整治整治!"

其中一个对何碧秋说:"你写诉状,应该找律师事务所呀。"何碧秋问:"它是干什么的?"这人说:"就是帮人打官司的地方。代写诉状,代理诉讼、辩护或上诉、申诉。原告、被告,刑事、民事、经济、行政,各方面,都可以的。"何碧秋问:"是公家的吧?"另一个插话说:"我们政法口下属五个部门:公、检、法、司、民。司就是司法局,律师事务所又是司法局下属的一个部门。"何碧秋听罢,再请两人详细说了走法。

找到地方,见是一幢平房,大小五间屋。东西顶头两间门分别开在内走廊里,中间一副双扇式大门,门旁挂了三块招牌,一律白底黑字,字数多多少少,字迹也肥瘦不等。看这里气势,绝难比刚见过的法院、公安局楼房。看了一阵，问西顶头门里一个女的，这个女的把头埋在纸上也不抬，随手朝中间指指。何碧秋进屋去，见中门内三间没隔山墙，通做一厢大屋，放有几张办公桌，几只椅子，坐着几个人。问了一声，让她跟坐里墙角的一个人说话。

这人约莫三十小几，头上早添了些白发，捧住凹腰茶杯近前让座。何碧秋坐了，问："怎么称呼您呢？"这人说："我姓吴，叫小吴，叫吴律师，都行。"何碧秋叫"吴律师"，说了一遍。

吴律师问："要不要聘请代理人？"何碧秋不懂道："什么意思呢？"吴律师说："就是当你的全权代表，一道出席各种场面，帮你说话，依法维护你的正当利益。"何碧秋问："要付钱吧？"吴律师脑门皱皱道："当然。"又说，"收费不归我们自己，上交国家。价目也是固定的。"拿出表格来看。何碧秋请他详说，吴律师说："上面几项都是不变的。这一项，是指律师受聘后，外出调查、取证等等的车旅食宿一应费用，也由聘请人负担。"何碧秋问："大约数目呢？"吴律师道："说不准。得看具体情况，实报实销。"何碧秋低头默想一会儿，算不准这里头的深浅，便问："不请做代理人，单写一张诉状，行吗？"吴律师说："当然可以。"

问了价目，便宜得惊人，这才认定被摊主骗了。按住懊悔，从头说事情，吴律师写好了，读一遍，加减几个字，誊写到一种格式纸上。何碧秋开过发票，银货两讫，赶到公安局来，早已下班了。

中午在食摊上吃一碗椒面，辣出一头汗。坐着等汗干了，太阳已挪过头顶了。顺街打问旅社，选定街角一家门面小些的，问一夜价钱，管登记的老头把头探出窗口："开发票哦？"何碧秋问："开与不开，怎么说？"老头笑道："开票每铺一晚六块，实付四块，回去报销后，有两块进你腰包。不开票，一晚三块。"何碧秋惊讶道："你是私人还是公家的？"老头说："国家保护个体经营呀！"见她发愣，又说："我店面虽小，被褥换得很勤，你看看再说嘛。"强邀着看了一遍，见地下和床上果然爽净。又碍店主热情，便付钱住定这里了。

那店主放下心来拉呱道："大嫂，你进城有要紧事吧？"何碧秋说："告状。"店主听罢问："伤着要害没？"何碧秋说："幸好没有，离也不远，好大一块紫血淤肿。"店主说："也就罢了，不至于闹到公安局呀？"何碧秋说："眼下将就也行，倒是想着日后呢。不把这个理扳平，我一家日后没法活。"店主同情道："说的也是。"

巴到上班，到这边来，两个穿制服的前脚后脚到了。看了诉状、旁证和诊断书，惊讶道："怎么是外省的区医院证明？"何碧秋回答了。两个人拿出簿本来，问几句，记到上面，让捺指印。捺过指印，两个人说："你先回去，我们会处理的。不过，这几天有几桩急案需办，你稍稍耐心等候。"何碧秋应声出来。

出得楼门，仰脸被西斜阳光一刺，憋不住鼻孔窜痒，就打了个喷嚏。忽听有人叫，却是李公安员，问："你上县了？王长柱付你钱了吧？"见她不吭声，惊讶道："他竟敢不付？"何碧秋说："我没说他不付，是说他怎么个付法。"李公安员听罢，评判道："这个王长柱，真不晓事！"又检讨，"也怪我，当初应该三人抵面，手接手清账，就没有这些话了。"何碧秋说："现在扯破脸，结下子孙仇了。"李公安员说："这个人哪，香的不吃吃辣。"何碧秋听他口气向着自己，解释道："我去乡里没找到您，才来县城，刚刚写了诉状递了。"李公安员正色道："这是你的权利嘛。"说着，听见那边人叫。

何碧秋瞅见是刚刚收她诉状中的一个人，这人拿着茶杯去洗涮间倒了残叶，返回站在内廊问李公安员："有个妇女刚走，是你地皮上的事呀。"李公安员说："我也约略了解些。什么时候派人下去呀？"这人说："局里哪里挤得出人手？"李公安员说："其中一个当事人，就是那个村长，我有些熟悉，单对单说话抹不开面子，你们至少要派个把人吧？"到这里，何碧秋想到听人家墙根不妥，赶紧退到大门口。

过会儿李公安员出来说："好了，过几天你来乡里一趟。"何碧秋问："是几天呢？你说个准数。"李公安员说了，两人分手。

到了这天，李公安员办急案不在，由别人转交了一份县公安局的处罚裁定。何碧秋听上面的文字，仍是承担医药费、调养费和误工补贴三项,数字跟上回不相上下,心想:"转了一圈儿,岂不绕回来了?"见她愣着,这人告诉她李公安员说过,如果对裁决不服,可以提请上面复议。何碧秋听了,不再多说,回家将两头放足架子催了一半膘的猪,拉到江苏地面集上卖成钱,当作进城的花费。

何碧秋上城仍住这家旅店。去市公安局申请了复议回来,店主老头在窗口安慰她道:"反正这码事了,你别太急,下午空闲,去逛公园散散闷气也好。"何碧秋问:"说这七八年来,西南城墙下三五里水塘,都修做了风景,又造了一座祠墓,棺材是金丝楠木的。公园猜想绝不是先前模样吧?"店主点头道:"只恨天不助雅兴,风飕飕的。"何碧秋说:"我们一年三百六十五日,不在乎这个。"

到祠墓一问门票,三块五,忍痛付了。进门一座寻常大殿,寻常几样石人石马。转过殿去,一块石龟驮着一扇石碑,这又是见过的。却见龟嘴下放一只大石香炉,围许多人热闹。近前看时,炉内没有香灰,是半槽清水。这些人正向水里投放硬币,多数沉了,水底明晃晃的一堆,竟有几枚浮在水上。原来殿角把这里风遮挡了,那冷好了一些。有一上岁数穿斋服的坐在阳暖处,守张桌子兑换硬币。围看的人老少不等,夹杂一伙青年,穿得花簇锦绣。欢声闹动的也是这伙青年,每投一枚,总先问一个心愿,有调工资的,有分房的,有娶到好女子的,有当官提级的,说的一并是寻常话。何碧秋呆望一会儿,自去换了五毛角子,握在手里,心里祷告了官司输赢,挤进人群去丢。一连五枚都沉了。边上一个看客焦急,要过硬币替她投,这五枚全都浮住。何碧秋一颗心也悬飘住,愣着瞎想。忽听耳边一阵哄闹,是一个花簇青年问今晚麻将桌上的收成,才明白不过是场儿戏。收了心事,来看祠墓。

那祠墓其实是在坡腰上挖一个洞,边顶衬了方石,三五十步深浅,只拐一个弯,那口棺材阻在眼前。看它不比见过的大许多,漆也是见过的荸荠色,不值得花三块五买这个看。

转来公园,门口依稀亲切。过小石拱桥,见左边先前一大片暖花房,改作了游艺场。风从右边空旷池塘上泼撒过来,逼人一身冰水。两个值班姑娘缩在售票亭内不出头。有一拨游客,看是两对夫妻,带的两个孩子闹着乘"旋风",家长去买票,那边不卖,双方对起嘴来。

听其中一个游客协商道:"我们在外地,来一趟不容易。"值班姑娘道:"天又冷,又不逢星期日,你等足二十个人,才能售票开机。"两个孩子更闹了,游客便说:"我买二十张票,总可以了吧?"每张票六块,付了钱,姑娘把头缩在衣领里,出来开机。买票的游客便过来说:"这位大嫂不用买了,乘便坐一坐,也是人情。"又道:"不用你付钱的。"何碧秋被强邀了过去,见这"旋风"是庭院大小块铁盘,斜戗在地下,盘上设有飞机形状座位。选了一处,屁股刚刚落座,那盘已转动了。

却不提防它转动不合规矩。如叫驴毛了,又如牤牛红了眼睛，再如母猪婆遭兽叼去奶猪，上下左右前后蹿跳，蹿跳得又不依这上下左右前后次序，只顾乱。她想这岂不是活受罪吗？想着，人已把持不住，见天和地都被颠动了。那天歪倾着倒插下来，又刺斜着复向上去，地便脚跟脚随天翻覆。天和地也搅混了，一会儿黏住，一会儿撕开。她也顾不得天地的闹腾了，自己肚里打起架来，肠子、胃子、心肺、肝脾，挪来移去，都跑错了，找不到原位。连身子也不去管它了，脑壳里一股浆儿搅转旋动，拌成了一团乱汤儿——正眩晕间，铁盘猛地住了，剩下五脏六腑脑浆和天地依然旋转个不停。

竭力将魂收拢，看见两对夫妻站在地上，两个孩子早爬上一座高台，要坐空中踩车。一个穿干部服的男子过去望见，嚷叫孩子下来，又问家长："你们该买票呀？"游客说："是天冷人少，说等足二十个人才卖呢。"这男子道："谁说的？"到窗口前训斥一顿。值班姑娘无奈卖了票，冲着走远的那男子背影啐道："你成天坐办公室，倒轻松。哪天说好了，撂给你一个人干！"去高台上开了机。这踩车两个座位，一个大人领一个孩子。踩动车子在空中一根铁轨上走，看着悬乎。何碧秋自去别处转悠了。

回来对店主说："一回花钱，看了空；一回没花钱，看个昏。"话题转到官司上，店主说："这件事，在你天大地大，在人却芝麻绿豆。都因这一辈年轻人，不讲传统了，偷的，抢的，骗的，为一个钱字都干得出来。公安局人手又紧，哪忙得过来？

从这上面想，前次为你下裁决，真还不错呢。"何碧秋问："依这话没用了？"店主道："也不能这样讲。"何碧秋一肚子冷气冰凉去睡了。

清早起来，店主说："昨晚我有话没讲，今早就讲了吧：前次裁定书是县公安局名义，其实是下边承办人办的，局长不过听个汇报，盖上大印了事。你申请市公安局复议，还是这回事。承办人见过的多了，你这事算什么呢？照例批个维持原裁决。依我看，你直接找市公安局局长，他听汇报时心里有数，或许有救。"何碧秋说："那好，我这就去一趟。"店主说："你又不懂。局长室你不一定进得去。即使进去，许多人不断来汇报工作打岔，他静不下心听你说，只会公事公办。"

何碧秋晓得有话，等他讲。店主道："你不妨打个马虎眼，问清他住处，中午或晚上等他下班，到他家里说。"见她不语，声明道："我可不为拉生意，你多住一宿三块钱，发不了大财的。"何碧秋说："您多心了。我是在想，人人都打这个主意，市公安局局长家岂不被踏平了门槛，吃睡不得安宁？"店主笑道："正是人人都像你这般想，所以并没多少人真登他的门！"

何碧秋转来市公安局传达室问："这位老同志，请问严励民在吗？"传达员瞅瞅她："你找严局长？"何碧秋说："我从大老远乡下来，他这会儿上班忙，我在家里等着吧。我有七八年没来了，不知他家搬没搬。"传达员说："你不知道呢，严局长今天不在局里。他夜里被罪犯用刀刺伤了，这会儿怕还在医院呢。"何碧秋惊讶道:"是吗?"

老传达员说:"昨晚局里开党组会,开到十二点,严局长到家一点过了,电视也没了,人也困了,准备洗漱上床。倒完洗脚水,从客厅过时,听见门锁吱吱嘎嘎响,晓得有人撬门。严局长过去把门猛一拉,那家伙吓一跳,倒也狠着咧,顺手把匕首捅过来。严局长闪过了,将匕首打落。那家伙一看苗头不对,转身就跑。严局长虎跳着将他捉住。过廊里还有两个同伙,握着匕首刺过来,一把匕首被躲了,另一把匕首戳着了,本指望把人戳倒逃跑,严局长却忍住疼痛,手上捉牢那家伙不放。到这地步,过廊里各户都出来了人,把一个同伙堵住活捉了,另一个跳窗闪了腿,也被活捉了。"

何碧秋听了暗想道:"世上百样行当都难,当市公安局局长凶险更大呢。这三个想必先前结有恩怨,半夜来寻仇的。也碰巧晚上开会,若平常,这三个撬门进了屋,人睡着了,一家人性命怕是不保了。"不免问了伤势,传达员说并无碍大事,何碧秋说:"我先去家里看看吧。"

依他指点,乘上六路车,坐两站再换三路,过四站下来,往前走块把田远近,朝左拐进一条窄街,走过一所小学,一排连幢楼房,右边空旷出来,却是一口老大的水塘,塘水灰笃笃的,不很清爽,塘边栽了乌菜、蚕豆苗,用树枝胡乱插成了篱笆。到这里,也走出五六块田地面了。向右拐一个上坡,进一个敞开的大门,里面老大一块地盘,地势不甚平整。那高地上有些乱,树木高高矮矮，里面夹杂着横横竖竖的民房。下边一片空地砌成八排灰楼，想是在这群楼里。打问了一下，人向高坡指指，说住在上面的红楼里。爬上高坡，由杂树和民房中间穿过去，找着这幢红楼，见它东西方向横着，大约十间房屋长短。高只有两层，尖屋顶，楼身灰扑扑的，不很鲜亮。在楼下站了一会儿，把来路熟记了。

回到旅店，店主已听说了，说："原以为蓄意报复，一提审，三个人都是西北口音。这三个家伙运气也倒煞了，在边陲犯了事，一路流窜过来，到这个城市，落脚不足半个钟点。他们本意是想隐蔽点，找个不起眼的人家，先弄点零花，喘过气来再动大手脚，却不想头遭撞在市公安局局长手里。"何碧秋忙问："三个人不晓得是公安局宿舍？"店主道："他一路几千里，撞到这块，三个蒙眼虫虫，晓得个东南西北？再说那也不是公安局宿舍，是各个单位杂居的大院。"何碧秋问："严局长怎么不住本单位宿舍呢？"店主道："这个人，廉洁上有些名气，他住的是他爱人单位的宿舍。"何碧秋说："怪不得，我看也不信是他这种人住的地方。"

请帮拿主意，店主说："这就不好讲了。人又不在家里，住医院了，好歹是个病人，你空手去谈事情，不妥。不空着手吧，道理上又说不过。"经他这么一点，何碧秋倒有了主意。嘴上七扯八拉，把话题引到别的地方。

挨过下午，何碧秋看了几个菜场，转到市中心这一处来。这个菜场是用一条旧街改做的,从头至尾,足足三五里远近。此时不是一天里买和卖的潮头,仍见货物压倒了街面。鸡鹅鸭鸟,猪牛羊狗,各种干货水货山货海货,挤酸了眼睛。亏它排列得极有次序:蔬菜是蔬菜的地盘,活禽是活禽的地盘,豆腐千张是豆腐千张的地盘。稀罕的是一类不合节令的时鲜瓜果:黄瓜、茄子、瓠子、韭菜,竟有西瓜、香瓜,说都是当地暖房里出产的。看这光景,怕是天上的仙蟠桃,也能仔细找寻得到。最稀罕的是一类买卖人等:爷们娘们倒也罢了,有几个年岁二八二九细皮嫩肉的女子,脸模儿像白面捏一般匀称周正,却穿了油脂麻花的衣裳,站在红白摊前,提刀卖肉,把一副嗓门勒细了又吆喝。看着走着,一些时辰也过去了,脚下放紧到菜场的这头,见晚市鱼果然上摊了。

何碧秋看准一筐出水青鲲,讨还了价钱,图它"事事如意"谐音,选了四条十多斤重的,用一只蛇皮袋装了,上车转车,到得大杂院内高坡上那幢红楼前。转了两圈,找不着楼道。这时天光在西边收拢住,地下的冻也紧了,脚踩着"咔咔"直响。向一个背书包的中学生打问,由偏僻处的小门爬上两段楼阶,面前是一扇独门,敲两下没听回音,却是虚掩的,推门进去,是一个廊道。廊道约略两墒田宽,块把田长。外墙开着许多窗户,靠里是一家家住户的门。数到中间这户举手敲门,一个上岁数的大娘把门开了,看样子是这位大娘一人在家。

见那大娘说话声音戗人,像吵架一般,脸上却笑眯眯的。何碧秋便试探着把鱼送了,大娘这边收下。说了几句,大娘倾耳听着。何碧秋又叮嘱道:"我是西北乡水库那边王桥村的,我们村长叫王长柱,我叫何碧秋,我丈夫叫万善庆。您说给严局长听,他就晓得了。"说毕,归来店里,住了一宿,回家等候消息。

下来一两个月,丈夫腿间紫血淤肿消尽,能下床走动了。这段日子的间隙,何碧秋兼带忙着地里和家里的事。上回两头猪卖的钱,进城剩有些许,用它另买了四头秧子猪,养在圈里,用玉米掺老糠放进架子,等开春阳暖细料催膘。地里又铺了一遍塘泥和三袋磷粉。把这些活儿做完,六九交尽,到七九末尾了,春节也早过了。

丈夫来地里帮些活,稍稍出点力,就觉着累。何碧秋问他:"到底哪儿硌着呢?"丈夫说:"不硌哪儿,只是胸口闷。"何碧秋说:"一口气憋在心里,岂有不闷的道理?"话转到官司上,何碧秋说:"这许多日子,该有消息了。怕是我没进城去问。"丈夫说:"怎么进城呢?三九头下了场大雪,三九尾又是一场雪,头雪连着尾雪,地里的庄稼活没了,人却被它锁住。摆渡口封冰了,从新修土路走,不把人累死?"何碧秋:"从公讲,我交了复议的申请;从私讲,我登门送过鱼。他严局长也该给个信嘛。"丈夫叹道:"人活着,就是多事有事。村长也不过让我们毁了麦子,补栽上油菜。若不跟他拗,没这出戏的。"何碧秋瞅他道:"你倒说这个理!"

丈夫说:"大面积种油菜种麦,不是他当村长的,是上面布置的。他选定这块地方,因它是出进村的路口,一村的面子。细想,大伙都想通种油菜了,只咱一家种麦,是像他说的一块疤癞。再说上次上面来验收扣了分,也不是扣他村长个人的,是扣王桥村的。从这里想,咱略也有些理亏。"

何碧秋讥他道:"你吃了忘心果了。早些年,上面让种三季稻,他也选定这地方做面子,老辈劝也不听。早稻三百二,中稻三百二,晚稻瘪多实少,实的也就一百来斤。种一稻一麦或一稻一油呢,轻巧巧一千过头。'三三念九,不如二五得十。'他懂得这个算数,却硬着干!"

丈夫辩道:"那是早十多年前的事了。这些年田分到户种,讲空的百姓不听,上面说话不都实在了?说村长呢,当年他不跟着干行吗?"何碧秋反问道:"怎么不行?他当时是民兵营长,末等角色,硬出头干了,把别人踹倒,自己肥了上去。况且眼下不是十多年前了,容他动手打人,往人要害处踢?"

对嘴之间,听人隔着油菜地朝这边喊:"万善庆,村长让你去他家呢。"应了一声,那人走了。何碧秋说:"还是我去。"丈夫说:"依我说,你见好就收罢。"何碧秋道:"告也告了,复议也申请了。"丈夫说:"杀人不过头点地。哪怕不正规给个说法,他若服些软,也了事吧。"

何碧秋点头应允,顶着一天灰云回到村里,到村长家,绕过那狗,听见堂屋里呼幺喝六,想是上边来了客,探头却见都是村里的熟脸色。村长看见她,起身迎到门边:"来了?"何碧秋道:"来了。"

村长笑道:"你看见了,我这里放着四桌赌呢。"何碧秋说:"与我有相干?"村长收了笑道:"你常进政法口门槛呀!告到乡里,又告到县公安局,再告到市公安局,你牌子硬着呢,对眼前的违法事,怎么不去举报?"

说话声惊动了屋里,有站着看闲的不看桌上牌了,转来门口看对嘴。何碧秋道:"你喊我来,是又污糟我呀?你怕我不敢!"村长说:"我还有话呢。"她也不听了,把一口气提在胸口,拔腿往村边走。

走了一阵,天上的云色越发积得厚重,风缓了一些。何碧秋被话一激,加上这般急走,身上出了些汗。来到摆渡口,眺见库水中央被风推出道道波花,找船不见,却搁在岸上。转来敲门,船工正在屋里对着一盆炭火取暖,对她说:"库中央化是化开了,岸边还有三五丈宽的冰,早上破开,夜里它又冻住,船板吃不消的。"出来指给她看,到门口打一个寒噤,就倚在门边指说:"你看看,天上积的不都是雪团?脚跟脚要落了。恐怕等这场雪过,才开始渡呢。"何碧秋说一遍,船工劝道:"他故意惹你呢,你到乡里举报了人来,他早收摊了。再说他并不一定真的是赌——别生这个气,回家歇歇更好。"

回家听丈夫说:"你去哪儿了?我从地里回来,村长也来了。"何碧秋问:"来干什么?"丈夫说:"他说你话没听完就走了,市公安局复议决定下了,维持县里的裁决。"

何碧秋听罢愣了,看看盖了红印的复议决定书,闷坐了一会儿,说:"他是村长,却也是这桩官司的被告,好歹不该由他的手转交。我得进城问这个理!"丈夫阻拦道:"怎么走?摆渡口不通。"何碧秋问:"我从新土路走!"丈夫说:"绕十万八千里?你再看看这天!"门外果然有雪花飘来飘去。

何碧秋出了村子,雪泼泼洒洒起来。沿新修土路走进江苏地面,那雪越发大了,一片接一片落成棉花朵儿了,慢慢地那棉花朵儿粉了碎了,人像走进了机麦面的厂房,纷纷扬扬,睁眼上下都是个白。此时已打过春,春雪赛如跑马,因此那雪只在空中和眼前飞,一触地面,眨眼就踪影儿不见了。新修路面已被千百只脚踩过,踩硬了,被雪水一润,走着一黏一滑。何碧秋绊腿走着,恨老天爷也这般逼迫人,直想跟它赌一个高低。揣着这种念头,她走进了雪的深处。

何碧秋好歹挣扎进城,见天黑尽了,便去老地方住下。次日雪小了些许,换了衣服,转来市公安局,老传达员指指说:"严局长在办公室,这会儿怕正有空闲呢。"

进门见一中年男子桌前坐着,何碧秋对他说:"您是严局长吧?我是西北乡水库那边王桥村的,我们村长叫王长柱,我叫何碧秋,我丈夫叫万善庆。"说了一遍,又惊讶道:"您还不晓得?"

严局长边为她泡茶边解释道:"我们几个局长各有分工,具体管的王局长恰好不在,我让承办人接待你吧。"何碧秋赶紧说:"我专程来找您呢。我去过您家,就是您被小偷刺伤的那回。您住医院了,家里有一位大娘。"严局长说:"哦,不错,是前些时来过的一位北方亲戚。她老人家耳朵不好,说话像吵架似的,你没被吓着吧?"

听他这话,何碧秋疑心那天说的,大娘都没听清。看光景严局长也不晓得送鱼的事,这么一来,几十块钱扔进水里了。她不好明说,也不抱怨,只说:"我告的是村长,你们却把复议决定由他转交我,不合情理吧?"严局长说:"是吗?"出门走进另一间屋子。

何碧秋拿眼看屋里摆设,也就简单几样:身边靠墙是一张沙发,头顶墙上贴了白纸黑字。屋中央一架烤火炉子,装有白铁皮管儿拐出窗外去。炉前是一张桌子,足有见过的四张大。一把转椅。后面是一只竹编篓子,里面些许揉皱的纸团。桌上一小块石板,插着两支笔,边上两瓶墨水。铁网盒里一沓字纸。一只茶杯跟李公安员几个人用的一样,也是凹腰的。看到这里,严局长进来说:"你稍等会儿,我让人问了。"

待会儿有人进来汇报:"电话打过了,是乡里李公安员接的。他说本想亲自送达的,恰好出了盗牛案子要破,便请文书了。文书走到水库边,摆渡口不通,只好回头,准备从新修土路上绕过去。回到乡里,却碰到王桥村的村长。文书是新调来的,不了解情况,更不知道村长是当事被告人,就托他转交了。"何碧秋接口道:"这样,也不怪你们。"

严局长问她:"你对复议决定,有什么看法呢?"何碧秋问:"我是百姓,他是村长。我告到乡李公安员处,又告到县公安局,再告到市公安局,都是一种评判,我不服怎样?"严局长解释道:"我们工作难保没错,权限是有制约的。你不服,可以向法院起诉,这是你的权利。"何碧秋问:"怎么起诉呢?"严局长说:"你这种情况,应该找个律师。"何碧秋听这口气,猜想他原不知情,现在晓得办颠倒了,却不好自纠自错,也许是绕个弯子把理扳平。心里有了底,乘机说:"我人不熟,您能帮我认识一个吗?"严局长写张纸条交给她:"你去司法局,找这个人。"

这个人却是上回见过的吴律师。吴律师赞道:"这个法刚颁布,你学了就敢做了,可敬可嘉呀。"何碧秋听糊涂了,照实说:"您说的法,我并不晓得。我只想问问官司能不能打赢。"吴律师道:"我对案情了解不够,不好说。"问这回请代理人不,何碧秋问:"收费还像上次讲的?"吴律师皱眉道:"当然。"何碧秋说:"算了,仍请您代写张诉状吧。"

去法院递了诉状,转来街前,天上雪又细小些,变作雨了。回到旅店,含糊应答店主几句,睡了一宿,起来换上昨日泥衣裤,踩着一地雨水,回家。

三九过后,地气逐渐腾漫上来,日子一天比一天暖了。地里的麦子往上拔起身子,周遭的油菜尽数开花,像一汪黄灿灿的库水,围住麦田这块孤岛。畜生也焦躁得很,四只秧子猪忽地由两拃长蹲到五拃六拃，总倚在食槽前哼哼唧唧。丈夫显得好了些，只因官司未见分晓，一口气憋着，心口还闷。等法院送达开庭传票。何碧秋进城来，旅店费却大涨了。店主因是熟客，又怜她这桩遭遇，只加了她每宿五毛钱。

店主说道："国家年前颁布了个行政诉讼法，就是民告官的法。本以为是面子账，不承想动了真格的。说有个乡下妇女抢了风气之先，把市公安局给告了，大名鼎鼎的严局长还得出庭当被告应诉呢。"何碧秋不信道："她怕是吃多了荤油，把心窍糊住了。这一告，能有个好？"店主说："这件事，一座城，城郊四乡八村，上上下下都轰动了，要来争看稀奇。说宾馆里住了好几位记者，等做报道呢。"何碧秋道："看乡下人笑话呀？"店主道："这你又不懂了。眼下文化还不很发达，国家颁布新法令，下面不免心揣疑团；国家又诚恳想百姓理解，往往先选一两件注目的案子，隆重地办一下。百姓看在眼里心里，揣知了深浅，就领会这个法了。"何碧秋说："照这话，乡下女人赢定了？"店主道："若她输了，这个民告官的法也就砸了，今后还有谁碰它？"

何碧秋打一个比方道："世上一团乱麻。若百姓不对，政府在理，也得违心判政府错吗？"店主说："当然依理判决。不过，这是头一回，不比寻常。都猜测这个乡下妇女是预选好的典型，她必定站住理，而事情又不很大，判个民赢官输，于政府面子上无大碍，反倒显出它的宽容大度。"何碧秋觉着新鲜，听了一会儿，洗漱了上床。

第二天出了大好太阳，拿眼看到的都是清爽鲜亮。头几天落过春雨，地面将干还湿。空气润润的，又暖暖的，吸在胸里，有些滋补人。满街的人如坐赌桌旁熬过七昼夜困乏极了又放倒身子睡足了七昼夜，方才尽兴醒来，脚下锵锵的，嘴里喊的都是响亮。街上食的摊儿、用的摊儿、伺候人的摊儿，摊主七吆八喝，像杂鸟闹林。整座城市像刚刚洗了透澡，又剪理了头发，面容神采崭新。

何碧秋拿着开庭传票来到法院，见楼下院子里站着一地的人，各人脸上都摆有事情，嘴上乱说。过去听了几句，瞅见店主在另一人群里插嘴岔舌，上前问道："您来了，店面谁看呢？"店主说："我昨天讲的那个官司呀，场面千载难逢，顾得上店面？"何碧秋不觉心疑道："法院一天要开庭审几桩官司呢？"店主说："多少不等。有时好几天闲着，有时一天开好几个庭，有时一个庭开好几天。不过今天上午，只开这一个庭。"何碧秋待要开口，店主摇手边走边说："我托熟人在里面留了空位，待会儿门口堵塞，挤不进去了。"

耳边听见有人在叫，却是上次见过的其中一位法警。法警说："我们到处找你，却站在这里。"何碧秋道："说是九点整开庭，还有十多分钟呢。"法警道："那是指正式开始审理。当事人至少提前十分钟到位。"何碧秋听了，脸上急出汗来。法警看了道："你要上厕所吧？二楼楼梯口靠左就是，你也别急，我在下边等着你。"

解了手，洗干净了，随法警进一扇小门，穿过一间放了桌椅的空房子，打开另一扇门，一望便知是法庭大厅了。

扑面一片森森的人的气息压迫而来，何碧秋被它逼住眼光，低头随法警走过一段地板，下了五六级台阶，走几步，到一个半圆形桌柜前，就在跟前的椅子上坐下，法警转去一边了。听有喧哗声按着捺着散布开来，何碧秋慢慢将心静住。见这座法庭犹如一段坡地，主台面上高出一层，自己坐的地方略矮些。人声响动处是旁听席，呈一段斜坡形状，近处低，远处高，许多长椅连着横放着，坐满了人。过道和大门的人也站满了，猜想不准是院子里的许多人刚刚进来，还是里面的人早就来了，把剩余的人挤在门外。如此乱想，忽听头顶屋上有东西"吱——"一阵糙响，老大房子陡地静下来，几十几百个人都把气屏住，似要听一根绣花针徐徐落地。

坐主台面正中穿制服的法官咳嗽一声，开口说："我们今天开庭审理，何碧秋诉市公安局复议决定一案。"说到此处，不说了，改说法庭组成人员。先报自己名字，他便是这个庭的审判长。再报旁边两位没穿制服做陪审的，再报两边两位穿制服的，又报边上一个穿制服当书记员记录的。下边说到原告，叫了名字，何碧秋起身应答坐下。接着叫被告名字，对面一座桌柜前坐着的几个人中，有一个起身应答。

何碧秋抬起眼来看时，阳光由窗户射得庭内明亮，对面站着的，却是市公安局的严局长。正自疑讶，听审判长说："现在宣读诉状，因原告当事人识字不多，由法庭代为宣读。"书记员刚读罢开头，何碧秋听了，急口叫道："不是这么回事！"只这一句，听众席上的嘈杂之声泼撒开来。审判长拍拍案木，顿时静住。审判长道："原告当事人何碧秋，你有什么话，不要紧，慢慢说吧。"

何碧秋说："你们弄错了，我告的根本不是市公安局严局长，告的是我们王桥村村长王长柱……"约略说了。审判长说："对的，这是一回事。"何碧秋道："怎么一回事？他在城里，我在乡下水库那边，八竿子也搭不到一块，他跟我丈夫今生今世从没照过面呢，我凭什么告他？"审判长说了几句，何碧秋焦躁道："我理不清其中弯曲，我只要打我丈夫的村长王长柱，坐到对面当被告。"听众席上又哄嗡起来，乱了一阵，被告席上严局长要求发言，这乱跟着停了。

严局长说了，审判长听罢，跟身边穿制服和不穿制服的嘀咕几句，将他的说法采纳了，清了嗓子宣布："现在暂时休庭。"一齐起身退到台后的门里去。法警也过来为何碧秋引路，听众席上有人问："上午还开不开庭呀？"穿制服的书记员从门里出来回答："休庭半小时左右，足够了。"

何碧秋进门见审判长等都在椅上坐着，严局长几个也坐着。让她坐，她坐了。法警为她泡了茶，看别人各自凹腰茶杯里都有茶水。审判长道："何碧秋同志，我们事先估计不足，工作没做好，向你道歉。"

何碧秋责怪道："这我又不懂了：我告到乡李公安员处，告到县、市公安局，他们虽有偏差，也讲出个理。你们倒好，让我告市公安局局长，岂不是将砖头在火里烧红了，哄我去抓吗？"

审判长听罢，辩说不清，急了，又笑了。严局长几个也笑了。何碧秋奇怪道："别人让我告你，牵连你上法庭当被告人，你不生气，反而笑？"几个中的一个插言道："被告人这个词，说着难听，其实是个称呼。特别是民事和行政，被告人不一定就做了错事。"严局长接着话头说："村长打了你丈夫，按其行为该由公安部门处理。县公安局做了处惩裁决，你觉得偏了，请市局复议。市局复议了，你仍觉得偏，来法院起诉，这是你的正当权利。你代表你一方，我代表市公安局，你我两个此刻是平等的，谁对谁错，都听法庭判决。"说毕，让何碧秋喝茶。

何碧秋喝几口茶道："照这讲，法庭若判你错呢？"严局长道："就依法庭的，对王长柱重新处罚。"在座的人都点头认定。又说几句，将茶水喝完，谈妥了。

去楼上解了手，何碧秋随这拨人各归原位。听众席上扑面气息比先前柔软了些，不再逼迫人了。庭铃又响，乱声静住，审判长把嗓子清了，重说各色人等的名字，说完了，先由书记员代读了诉状，听他吐字也还清楚，纸上所列详情，也还实在。"下边由被告答辩。"严局长领头先说，身边几个各自说了，无非是说当初县公安局的裁决，是按哪条哪款，后来市局的复议决定，又是按哪条哪款。听口气倒还随和。旁边椅子上的听众不知是进到事情里面了，还是懂得约束了，有好几处忍不住嗓痒，自己憋住，实在憋不住，不过放开窄道由它排泄少许，若听法庭上有人开口了，便复又噤声。

当下两边都把话说完了。审判长又搭个桥，让双方对嘴，对了一会儿，词儿说尽了。审判长捉住火候宣布："上午开庭就到这里。下午四点整，复审。"听了这话，听众四散走了。审判长由台上过来对何碧秋说："你进城很不方便，好在双方看法虽然不同，但对事实的认定，并无歧义，证据也是齐全的。我们合议庭中午加个班，争取下午当庭以出判决。"何碧秋谢一声，和他分手。

顺道在街摊上吃了饭，回到店里，店主早等在窗口，赞啧一番，说到下午的判决，店主道："照上午所说，打人情节没有分歧，县和市公安局的处理，也是有依据的。"何碧秋灰心道："你说我输了？"店主道："你绝对赢。还是昨晚的道理，国家诚心要百姓领会这个民告官的法，必要选几桩活例子，让人亲眼实见，入肉入髓，才有效果。按这个理，必定要把官司判给你。"何碧秋心里踏实了些，店主又道："你且放宽心，快把城里该逛的地方，细逛了吧。"

何碧秋稍歇出城，走到废城墙一带水塘边来。七八年前见过的杂树林修整过了，补栽了各种眼生眼熟的树，高的矮的，团的蓬的，猜想春夏耀眼红绿。有一种树没落叶子，叶色也不是绿色，是冷下来的猪血一般的紫。走出老远回头，又疑是一树月季。那树丛里有许多石雕的禽兽，形状不同，都是见过的：张牙舞爪的狮子、翘甩鼻头的大象、狂跑的鸵鸟、眯觉的狗熊。有两样不能放一起的兽放一起了：一匹恶虎将一匹马扑倒在地，嘴啃进好深一块肉，叫人不敢多看。看水边造了好些亭子和石桥，亭子一层、两层、三层、四层不等，砌在路口和桥边。石桥有拱着的，有曲着的，担在水上，都没多少稀罕处。见塘里的水已不如七八年前清净了。

忽听有人声闹动。转过弯去，见坡岸凹了进去，约有半块麦场大小地盘，铺着大大小小的石块。地上站了一些穿红着绿的人。春阳斜射下来，被凹地聚起了热，近前暖融融的。这些人就站在石块上脱衣服，男女夹杂，不见有个躲的避的。那男的把上下都扒光了，单剩裆间一张薄皮。女的有只穿遮胸连裆服的，也有戴着护奶罩子和遮羞短衩的。上述脱好了的，原地跑两圈，把脚捯一捯，吸口气，"扑通"跳进冷水里去，看水面上散布着多少颗湿头。远眺对面的亭栏上，有男有女一个接一个爬在上面，返身朝水里跳。只觉得那塘水的冰凉，激到自己身上了，身上也就迸出了鸡皮疙瘩。

看到这里，不由得身子往后退退，站到坡上的树林里。树林里也站了些人。这拨人跟凹地上的那拨并不相干，一并穿得整齐，有的毛衣厚袄，有的棉布冬衣，有的鸭毛鹅毛夹克，把手插在裤袋或袖口里，只管睁眼朝下看，见岸边水里动荡的几个女的，正在二八二九好年岁。这几个女子脱剩贴身的，要么是红,要么是黄,要么是绿,要么是紫。水中有几个尽了兴,爬上岸来,却不急着穿衣服,站着让水自己滴落。风由一个凸坡处荡过来,将皮肉上吹出寒噤,人便用干毛巾略揩揩,来捡衣服。何碧秋身边这拨看客此时盯定一个穿红色衣的小女子身上。那女子不去寻隐蔽处,就站空地上在大众目光里脱换。见她将刚揩身子的干毛巾往腰间一围,借它的遮挡,躬腰把下身湿衣脱了,顺势套上长裤,嘴里还跟面前几个赤膊男子不停搭茬儿。再看她把一件罩衫由头颈套好,探手解脱上身的湿衣,几次没脱下,猜想是其中一个纽扣紧了,又猜想是背带打了死结。往下她动作大了一些,之间见有白白的奶一闪,见坡上的看客眼光一亮,她本人倒坦然得很。岸上这几个穿好衣服,坡上的看客把目光转了,移去水面上看红黄绿紫。

看到这里,一颗春阳渐渐西下去,何碧秋忙向一个看客问了钟点,转身赶回法院开庭。

到了四点整,庭铃响过,审判长说话,说的也都是上午各方说过的话,说完了,起身清清嗓子,开始宣判。

审判长道:"本案经本法庭依法开庭审理,并经合议庭慎重讨论,特判决如下:市公安局对县公安局对西北乡王桥村村长王长柱殴打本村村民万善庆一案裁定的复议决定,正确无误,本庭无异议。"

听他说罢,何碧秋晓得是自己输了,呆在那里。耳听听众席上的腔调,有一些向着她,这些人都散退走了。见审判长和严局长几个人走过来,和缓着口气说话,说的还是她如果对判决不服,仍可以向中级法院上诉。听见这句,何碧秋好了一些,坐在那里说:"上诉,当然上诉!"

上诉后等了俩月,天气递升着暖,一日不比一日了。柳条浅绿又深绿了,整个地面上都绿了,油菜花儿落尽结了荚儿,麦子在地里站起了身子。四只秧子猪各蹿成一张弓,再粗填几天,能细喂催膘了。

这日何碧秋去地里垩拔节肥,两墒没到头,有人捎信说上面来了人。何碧秋问:"让我去村长家?"捎信人说:"不是,是去村公所。来了三个人,先见村长进去过,不一会儿出来了,脸上多了些汗,像刚被人讨了债似的。"何碧秋拾掇好手上,往这边来。

远远望见空地上一辆小车,白色的底漆,腰上粗细两道蓝杠,顶上一盏红灯。一望便知是专抓犯人的警车。看见车内没人,反身朝那边走,听见屋里人在说话,话题与她有关,脚下放慢了来听。

听一个陌生口音道:"这个女村民告到乡里、县里、市里,又起诉到县法院,上诉到我们中院,原以为她是个蛮缠角儿,现在下来开座谈会和个别调查,却没想到对她反映这样好。"另一个口音老些的道:"照打人情节和伤势看,前面的处罚,是有依据的。可这何碧秋既不是个蛮缠角儿,头脑又没毛病,她为什么一告再告,抓住不放呢?是不是另有缘故?"听又一个人道:

"你们来一趟也不易,不妨仔细听听她本人的,看怎么说。"

听着这话耳熟,一想,是乡里的李公安员。此时已阻在门前,不好后退,何碧秋特地脚下踏得重了些。屋里听见了脚步声,不说了。只见李公安员伴两个穿制服的坐着。李公安员介绍道:"这两位是中级法院负责你上诉案的,朱审判,杨审判。"三个人面前凹腰杯子里都有茶水,李公安员要代为泡茶,何碧秋抢过自己泡了,为他三个添了水,坐下来,说了几句。口音老些的是朱审判,另一个年轻人是杨审判。两人要她把事情从头至尾详细说一遍。

何碧秋理个头绪说:"秋后割过稻耕好地,村长选定村前一大片地集中种油菜,事情是这里惹起的。照实情说,集中种油是上面布置的,晓得是好事情。村长选的地方因是进出的路口,来人好看,不单他当村长的光荣,一村的面子,大伙儿都答应了。只是我家夹在中间的三亩三分地,头年种过一季油菜,依理得换茬。村长又大咧咧地一讲了事,话没细说到家,我家就种了麦。麦苗出土了,麦叶长到两分宽了,都没话。上面来验收扣了分,村长火了,就有话了。答应他明年笃定种油菜,不依,让午时三刻毁了麦子,补栽上油菜。庄稼人能忍心下得了手毁青苗?三言两语来去,村长就动了手,把他打了。"

朱、杨二审判把话记到本子上,说:"打的过程呢,你说一说。"何碧秋说:"他当村长的管一村人,譬如一大家子,当家长的管下人,打,骂,都是可以的。可他呢?踢他胸口倒罢了,又踢他下身，几乎擦着要害了，不是逼人命嘛！"说到这里，姓朱的审判插问道："卷宗里只提到你丈夫下身被踢伤，诊断也是这样写的，没提到踢胸口呀？"何碧秋道："在场人三睹六见，还有假？只因他一脚不很重，不碍着什么，就没让医生诊断，也没多提。"姓朱的审判道："你说你丈夫稍稍干活，就累得胸闷？"何碧秋道："做男人的被人打了，还了得？这场官司告到乡里、县里、市里，再告到法院，又上诉给你们，至今扳不平这个理，他一口气憋在肚里，岂有不累闷的？"

两个审判听了，对望了一眼，说了几句话，又问她："你丈夫在家吗？"何碧秋道："追麦肥呢。"两个便道："走，我们去看看他。"

在太阳底下走出村来，仰看天空干干净净，一片云彩丝儿也没有。一地的都是庄稼，放眼望不清尽头。田埂上的草长到这会儿，脚踩着锵锵的。何碧秋领三人来到地里，见丈夫趁这工夫又耧了两墒肥，正撑着歇息。到了跟前，介绍了，问答几句，让脱上衣看了，用手按了捻了，两个审判说："到医院拍个透视片子吧。"何碧秋道："也好，您两位稍等到傍晚走，我们赶去江苏地面一趟，来得及的。"李公安员说："那是区医院。上次因为情况特殊，将诊断算数了。按规定是县以上医院证明，才具法律效力。"何碧秋为难道："地里有点忙了，这儿又不比别处，进趟城不容易呀。"两个审判想了想道："让他乘我们的车一道进城吧。"

何碧秋待要应了，转头看见散布在地里干活的人，都朝这边张望，心里多了一忧，说出来道："承你们情。俗话说十里无真信，何况我们被水库隔断的王桥？都晓得警车是专抓犯人的，他若同乘了走，难保没人嚼出多少舌头来！"三个人不好说了。何碧秋又道："还是我们自己由摆渡口进城，再找你们领去透视拍片吧。"三人听了说："也好。"开车由新修土路上走了。

进城拍过透视片子，住下，店主过来问候。何碧秋说："看他一脚并不重，没想到真把一根肋骨踢断了。医生说自然愈合得不太整齐，因此胸口累闷。"店主问："开诊断了？"何碧秋道："开了，叫轻伤害。比先前的轻微伤害，少了一个字。"店主点头道："三年前我亲戚打过一桩伤害案官司，因此这方面我倒在行——现在性质两样了。"何碧秋问："哪儿不同呢？"

店主道："轻微伤害、轻伤害、重伤害，各有讲究。头一个不过吃些皮肉苦。中间和后边的都是伤筋动骨，程度又不相同，比方说，打断三根四根肋骨，手腕脚腕被打骨折，能接续愈合的，是轻伤害。把股骨弄断腿残废了，或伤了肝胆心肺脾，或弄瞎了一只两只眼睛，或弄残弄缺了一只两只耳朵，都是重伤害。"

何碧秋不解道："手脚骨折再接续好，会影响做事的。可耳朵本是个无用的摆设，弄残弄缺不碍着什么，怎么反而是重伤害？"店主道："毁人容貌了呀！"何碧秋再问道："三个处罚有轻重吧？"店主道："头一个不过罚些款。后一个最重要判无期徒刑。国家对你丈夫受的这个轻伤害，处罚余地大些：轻则治安拘留，重的要坐年把牢狱。"何碧秋便道："依你说，我这回官司赢了？"店主道："不好说的。我上次都说错了一回呀！"

忽然看见店主握只凹腰杯子喝茶，何碧秋惊讶道："您也用这个呀？"店主奇怪道："它有什么呢？"何碧秋说："我一路打这桩官司，乡李公安员、县公安局承办人、市里严局长、开庭的审判长几个、管上诉的两位审判，都用凹腰杯子，疑心它跟制服一样，是政法口专用的呢。"店主忍不住笑道："哪里，它本是装秋梨膏的，人一年总要咳上几回，吃完药，看它顺眼，就用来喝茶，慢慢在城里流行了。有一班青年，本没生病，用公费医疗开了，将里面的秋梨膏倒掉，只取这个杯子。我这一只，是熟人多余送的。"何碧秋恍然笑了，丈夫也笑了。店主笑道："你这位当家的，话少呀。"何碧秋道："他呀，葫芦晚了季节，没长出嘴来。"

店主说："你当家的这根肋骨，依医生说法，重接不重接都行。这话要慎重听。若不重接，放在城里工作人身上，成天喝茶看报纸，是可以的。可乡下地里有活，说不定累积成大病。若重接吧，大小也是个手术，剖膛开肚一样风险。"何碧秋说："正愁的是。"

店主便道："我有个熟识的退休老中医，治胸肋是数世单传，几服方子，药到病也去了。只不知你家地里活儿能不能脱身？"何碧秋说："家里请亲戚在照看。地里的活儿呢，眼下温吞季节，说有，连日夹夜也做不完。说没有呢，丢下不管也不碍大事。"店主说："那好，你夫妇在我这住下，先吃两服方子，再带一服方子回家去吃，管保见效。"何碧秋说："只是法院让在家等上诉结果，要不要打声招呼？"店主说："他们事多人少，半个月内谁保忙到你的案子？不用的。"何碧秋把头点点，店主又道："我也不是为揽生意，住宿费又刚涨过，我们不是一日两日了，仍按每铺三块五一宿收吧。"

一住半个月，那退休老中医真的极好手段，不但将断肋挪正了原位，胸口积闷也排解干净了。夫妻两边谢过了，收拾回家。

在乡里下了车，取路向摆渡口而来。沿途见两边田里秧青水白，心里焦急，脚下这一二十里路，不知不觉间走完了。到了摆渡口，这边岸边没一个过渡的人，收住脚等。站了一会儿，丈夫照老样子闷声不吭，何碧秋早习惯了，不去管他。再站了一会儿，风从库水上悠悠地荡过来，吹透衣缝，激得皮肉有了松紧，这眼中的目光，一时便长长短短起来。

却见面前一库春水陡地涨过，下边一条岸埂被淹没了，水逼到上一条埂来，地皮浸湿透了。那水不比冬夏，碧透纯清得令人眼馋。上边这条埂头被无数只脚踩踏过的草梗，得着这些滋补，悄悄撑起了身子，又绽开新鲜茎秆和嫩头。头顶一颗太阳像刚被这一库碧水泡过洗过，将一盘蓝空照得干净透亮。地上有地气云云雾雾漫起，远处近处的庄子、树木、庄稼、坡洼沟坎遮得糊糊涂涂，看不清之间的人、狗、牛和家养牲畜在走在跑在站。目光不觉软了酸了，收回来，向两边扫看。见左边一片天大白浪，被一截黑铁似的库坝阻住，那浪翻来翻去翻不出多少花样。有鸟在天上要么成群结队，要么单溜，再落到水面上歇住，猜测不准是湖鸥还是野鸭。将目光由这片白水上拢过来，那水越向右走越窄，到眼前便是二三里宽的库汊。库汊折向右边去，七绕八绕，把头埋进一道又一道坡坎里去了……看到此处，才眺见对岸也无人待渡，船工不见影儿，一只渡船冷清清地漂靠在岸边。心里明白，必得要喊了。

喊声也像目光一样，长长短短，传递到对岸去。先是女的喊了一阵，再是男的喊了一阵，才把对岸喊应了。遥见船工拿篙将空船撑出，再换桨摇过库汊中央，却懒得再换篙，只用两柄桨，咿咿呀呀摇近前来。

到岸边停下，船工老脸似乎与往日有些不同。听他说："消闲三五日了，想今天必定上床仰觉，不想到底摆渡了你两位。"何碧秋不解道："人呢？"船工道："自西北方向土路修好，由村里出去的，宁愿骑自行车绕着走。没来得及买车的，也只搭乘顺路拖拉机。"何碧秋问："难道外边没来村里的？"船工道："谁来这块僻地？上面来人呢，有大车小车送。这不，早上来过两拨人。一辆面包，是来验收庄稼的。另有一辆小车，都从那边绕行的。"又道："我和这只船，怕是穿旧的衣裳，要收收叠叠，被人搁放进箱子里啰。"

见他对摆渡如此恋恋不舍，又如此伤感，何碧秋也随了同样心情，胸口多了些许惆怅，便找出些话来打岔，顺口问道："另一辆小车，又来办什么事呢？"船工道："不清楚。"再瞅瞅认出她了："真忘了你是告状的万家，这是你当家的？那桩案子还没了？"何碧秋说："怕是早着呢。"等船靠岸，又说了两句，双方分手。

到了家里，帮看家的亲戚说："上午来警车，把村长铐走了。"何碧秋不信道："怎么可能呢，你弄错了吧？"看家的亲戚道："我在圈里喂猪食，起先也不知情。后听村里人沸沸扬扬传，才跑去看。这时村长刚巧从门里出来，身边跟着两个穿制服的。本以为他是应酬上面公事。他的双手原是缩在袖口里的，不料走着脚下一绊，双手一甩一扬，太阳光由他两腕上反照过来，把人眼睛刺花了，才晓得他戴了手铐。"

何碧秋这才吃惊地信了，问："上面人来过咱家？"亲戚道："没有。"想了一回，仍旧惊疑道："我上告他，不过想扳平个理，并没要送他去坐牢呀？"

因没料到有这个结果，往下不好说，也无话可说了。忙着弄饭吃，吃在嘴里一点不香。吃完了，看家的亲戚想起一件事来："地里的麦子起了黑花，别人说得了黑穗病呢。"

当时赶来地里看了。地里的光景跟在家时自然两样，周围油菜早收割过，栽下中秧了。这老大一片秧苗也都返青了，反衬得这块麦田乌油油绿。麦子长势已及腰眼，麦身上的黑花眼见着多了。在埂边和田中间各折下穗头，揉去芒壳，吹出蓄浆半干的颗粒来，在手里掂了两掂，估算病情，还能抢救出六七八收成。忙活了一阵，何碧秋怕丈夫累着，催促他回去歇，丈夫只是不依。

正僵持间，见一群人远远地由秧田埂上走过来，到跟前停下了。其中一个指着道："这片麦子，岂不是活教材？真该召集全体乡村干部，来开个现场会呢。"听他话音，知是上面来验收庄稼的。又认出这人是早年来讲过免耕法的乡农技员，何碧秋上前问他："种这块麦子时，我也免耕了，也条播了，也清墒了，怎么它还得病呢？"

乡农技员指指四周，答道："油菜茬口比小麦早许多，栽了秧，四面水浸润过来了。俗话说寸麦不怕尺水，尺麦却怕寸水，若没有上述措施，你的损失怕还要大。"又奇怪道："这些集中种油菜种麦的好处，我在全乡村干会上，讲过不止一次两次，你们村长回来没说？"

何碧秋道："他呀，先是大咧咧地让人全都种油菜，后又逼我把麦子毁了，补栽油菜苗。他早讲这些理，会生出那许多事来？"

听她这么说，一群人杂叹道："这位村长呀！"略站站，向别处去了。

这边何碧秋劝不转丈夫，便把手上拾掇拾掇，一道回家。

最慢的是活着

/// 乔叶

一

那一天，窗外下着不紧不慢的雨，我和朋友在一家茶馆里聊天，不知怎的她聊起了她的祖母。她说她的祖母非常节俭。从小到大，她只记得祖母有七双鞋：两双厚棉鞋冬天里穿，两双厚布鞋春秋天里穿，两双薄布鞋夏天里穿，还有一双是桐油油过的高帮鞋，专门雨雪天里穿。小时候，若是放学早，她就负责烧火。只要灶里的火苗蹿到了灶外，就会挨奶奶的骂，让她把火压到灶里去，说火焰扑棱出来就是浪费。

"她去世快二十年了。"她说。

"要是她还活着，知道我们这么花着百把块钱在外面买水说闲话，肯定会生气的吧？"

"肯定的，"朋友笑了，"她是那种在农村大小便的时候去自家地里，在城市大小便的时候去公厕的人。"

我们一起笑了。我想起了我的祖母。——这表述不准确。也许还是用她自己的话来形容才最为贴切："不用想，也忘不掉。钉子进了墙，锈也锈到里头了。"

我的祖母王兰英，1920年生于豫北一个名叫焦作的小城。焦作盛产煤，那时候便有很多有本事的人私营煤窑。我曾祖父在一个大煤窑当账房先生，家里的日子便很过得去。一个偶然的机会，曾祖父认识了祖母的父亲，便许下了媒约。祖母十六岁那年，嫁到了焦作城南十里之外的杨庄。杨庄这个村落由此成为我最详细的籍贯地址，也成为祖母最终的葬身之地。2002年11月，她病逝在这里。

二

我们一共四个兄弟姊妹，性别排序是：男，女，男，女。大名依次是小强，小丽，小杰，小让。家常称呼是大宝，大妞，二宝，二妞。我就是二妞李小让。小让这个名字虽是最一般不过的，却是四个孩子里唯一花了钱的。因为命硬。乡间说法：命有软硬之分。生在初一、十五的人命够硬，但最硬的是生在二十。"初一、十五不算硬，生到二十硬似钉。"我生于阴历七月二十，命就硬得似钉了。为了让我这钉软一些，妈妈说，我生下来的当天，奶奶便请了个风水先生给我看了看，风水先生说最简便的做法就是在名字上做个手脚,好给老天爷打个马虎眼儿,让他饶过我这个孽障,从此逢凶化吉,遇难成祥。于是就给我取了"让"字。在我们方言里,"让"不仅有避让的意思,还有柔软的意思。

"花了五毛钱呢。"奶奶说,"够买两斤鸡蛋的了。"

"你又不是为了我好,还不是怕我妨了谁克了谁!"

这么说话的时候我已经上了小学,和她顶嘴早成了家常便饭。这顶嘴不是撒娇撒痴的那种,而是真真的水火不容。因为她不喜欢我,我也不喜欢她。——当然,身为弱势,我的选择是被动的:她先不喜欢我,我也只好不喜欢她。

亲人之间的不喜欢是很奇怪的一种感觉。因为在一个屋檐下,再不喜欢也得经常看见,所以自然而然会有一种温暖。尤其是大风大雨的夜,我和她一起躺在西里间。虽然各睡一张床,然而听着她的呼吸,就觉得踏实,安恬。但又因为确实不喜欢,这低凹的温暖中就又有一种高凸的冷漠。在人口众多川流不息的白天,那种冷漠引起的嫌恶,几乎让我们不能对视。

从一开始有记忆起,就知道她是不喜欢我的。有句俗语:"老大娇,老末娇,就是别生半中腰。"但是,作为老末的我却没有得到过她的半点娇宠。她是家里的慈禧太后,她不娇宠,爸爸妈妈也就不会娇宠,就是想娇宠也没时间,爸爸在焦作矿务局上班,妈妈是村小的民办教师,都忙着呢。

因为不被喜欢,小心眼儿里就很记仇。而她让我记仇的细节简直俯拾皆是。比如她常睡的那张水曲柳黄漆大床。那张床是清朝电视剧里常见的那种大木床,四周镶着木围板,木板上雕着牡丹荷花秋菊冬梅四季花式。另有高高的木顶,顶上同样有花式。床头和床尾还各嵌着一个放鞋子的暗柜,几乎是我家最华丽的家具。我非常向往那张大床,却始终没有在上面睡的机会。她只带二哥一起睡那张大床。和二哥只间隔三岁,在这张床的待遇上却如此悬殊,我很不平,一天晚上,便先斩后奏,好好地洗了脚,早早地爬了上去。她一看见就着了急,把被子一掀,厉声道:"下来!"

我缩在床角,说:"我占不了什么地方的,奶奶。"

"那也不中!"

"我只和你睡一次。"

"不中!"

她是那么坚决。被她如此坚决地排斥着,对自尊心是一种很大的伤害。我哭了。她去拽我,我抓着床栏,坚持着,死活不下。她实在没有办法,就抱着二哥睡到了我的小床上。那一晚,我就一个人孤零零地占着那张大床。我是在哭中睡去的,清早醒来的第一件事,就是接着哭。

她毫不掩饰自己对男孩子的喜爱。谁家生了儿子,她就说:"添人了。"若是生了女儿,她就说:"是个闺女。"儿子是人,闺女就只是闺女。闺女不是人。当然,如果哪家娶了媳妇,她也会说:"进人了。"——这一家的闺女成了那一家的媳妇,才算是人。因此,自己家的闺女只有到了别人家当媳妇才算人,在自己家是不算人的。这个理儿,她认得真真儿的。每次过小年的时候看她给灶王爷上供,我听的最多的就是那一套:"……您老好话多说,赖话少言。有句要紧话可得给送子娘娘传,让她多给骑马射箭的,少给穿针引线的。"骑马射箭的,就是男孩。穿针引线的,就是女孩。在她的意识里,儿子再多也不多,闺女呢,就是一门儿贴心的亲戚,有事没事走动走动,百年升天脚蹬莲花的时候有这双手给自己梳头净面,就够了。因此再多一个就是多余——我就是最典型的多余。她原本指望我是个男孩子的,我的来临让她失望透顶:一个不争气的女孩身子,不仅占了男孩的名额,还占了个男孩子的秉性,且命那么硬。她怎么能够待见我?

做错了事,她对男孩和女孩的态度也是截然不同。要是大哥和二哥做错了事,她一句重话也不许爸爸妈妈说,且原因充分:饭前不许说,因为快吃饭了;饭时不许说,因为正在吃饭;饭后不许说,因为刚刚吃过饭;刚放学不许说,因为要做作业;睡觉前不许说,因为要睡觉……但对女孩,什么时候打骂都无关紧要。她就常在饭桌上教训我的左撇子。我自会拿筷子以来就是个左撇子,干什么都喜欢用左手。平时她看不见就算了,只要一坐到饭桌上,她就要开始管教我。怕我影响大哥、二哥和姐姐吃饭,把我从这个桌角撵到那个桌角,又从那个桌角撵到这个桌角,总之怎么看我都不顺眼,我坐到哪里都碍事儿。最后通常还是得她坐到我的左边。当我终于坐定,开始吃饭,她的另一项程序就开始了。

"啪!"她的筷子敲到了我左手背的指关节上。生疼生疼。

"换手!"她说,"叫你改,你就不改。左耳朵进,右耳朵出!"

"不会。"

"不会就学。别的不学这个也得学!"

知道再和她犟下去菜就被哥哥姐姐们夹完了,我就只好换过来。我咕嘟着嘴巴,用右手生疏地夹起一片冬瓜,冬瓜无声无息地落在饭桌上。我又艰难地夹起一根南瓜丝,还是落在了饭桌上。当我终于把一根最粗的萝卜条成功地夹到嘴边时,萝卜条却突然落在了粥碗里,粥汁儿溅到了我的脸上和衣服上,引得哥哥姐姐们一阵嬉笑。

"不管用哪只手吃饭,吃到嘴里就中了,什么要紧。"妈妈终于说话了。

"那怎么会一样?将来怎么找婆家?"

"我长大就不找婆家。"我连忙说。

"不找婆家?娘家还养你一辈子哩。还给你扎个老闺女坟哩。"

"我自己养活自己,不要你们养。"

"不要我们养,你自己从石头缝里蹦出来的?自己给自己喂奶长这么大?"她开始不讲逻辑,我知道无力和她抗争下去,只好不作声。

下一次，依然如此，我就换个花样回应她："不用你操心，我不会嫁个也是左撇子的人？我不信这世上只我一个人是左撇子！"

她被气笑了："这么小的闺女就说找婆家，不知道羞！"

"是你先说的。"

"哦，是我先说的。咦——还就我能先说，你还就不能说。"她得意洋洋。

"姊妹四个里头，就你的相貌稀肖她，还就你和她不对路。"妈妈很纳闷，"怪哩。"

三

后来听她和姐姐聊天我才知道，她小时候娘家的家境很好，那时我们李家的光景虽然不错，和她王家却是绝不能比的。他们大家族枝枝杈杈四五辈共有四五十口人，男人们多，家里还雇有十几个长工，女人们便不用下地，只是轮流在家做饭。她们这一茬女孩子有八九个，从小就大门不出，二门不迈，只是学做女红和厨艺。家里开着方圆十几里最大的磨坊和粉坊，养着五六头大牲口和几十头猪。农闲的时候，磨房磨面，粉坊出粉条，牲口们都派上了用场，猪也有了下脚料吃，猪粪再起了去壮地，一样也不耽搁。到了赶集的日子，她们的爷爷会驾着马车，带她们去逛一圈，买些花布、头绳，再给她们每人买个烧饼和一碗羊杂碎。

家里哪位堂哥娶了新媳妇,她们会瞒着长辈们偷偷地去听房,当然也常常会被发现。一听见爷爷的咳嗽声,她们就会作鸟兽散。有一次,她撒丫子跑的时候,被一块砖头绊倒,磕了碗大的一片黑青。

嫁过来的时候,因为知道婆家这边不如娘家,怕姑娘受苦,她的嫁妆就格外丰厚:带镜子和小抽屉的脸盆架,雕花的衣架,红漆四屉的首饰盒,一张八仙桌,一对太师椅,两个带鞋柜的大樟木箱子,八床缎子面棉被……还有那张水曲柳的黄漆木床。

"一共有二十抬呢。"她说。那时候的嫁妆是论"抬"的。小件的两个人抬一样,大件的四个人抬一样。能有二十抬,确实很有规模。

说到兴起,她就会打开樟木箱子,给姐姐看她新婚时的红棉裤。隔着几十年的光阴,棉裤的颜色依然很鲜艳。大红底儿上起着淡蓝色的小花,既喜悦,又沉静。还有她的首饰。"文革"时被"破四旧"的人抢走了许多,不过她还是偷偷地保留了一些。她打开一层层的红布包,给姐姐看:两只长长的凤头银钗,因为时日久远,银都灰暗了。她说原本还有一对雕龙画凤的银镯子,三年困难时期,她响应国家号召向灾区捐献物资,狠狠心把那对镯子捐了。后来发现戴在了一名村干部的女儿手上。

"我把她叫到咱家,哄她洗手吃馍,又把镯子拿了回来。他们到底理亏,没敢朝我再要。"

"那镯子呢?"

"卖了,换了二十斤黄豆。"

她生爸爸的时候,娘家人给她庆满月送的银锁,每一把都有三两重,一尺长,都配着烦烦琐琐的银铃和胖胖的小银人儿。她说原先一共有七把,"破四旧"时,被抢走了四把,就只剩下了三把,后来大哥和二哥生孩子,生的都是儿子,她就一家给了一把。姐姐生的是女儿,她就没给。

"你再生,要生出来儿子我就给你。"她对姐姐说,又把脸转向我,"看你们谁有本事先生出儿子。迟早是你们的。"

"得了吧。我不要。"我道,"明知道我最小,结婚最晚。根本就是不存心给我。"

"你说得没错,不是给你的,是给我重外孙子的。"她又小心翼翼地裹起来,"你们要是都生了儿子,就把这个锁回回炉,做两个小的,一人一个。"

偶尔,她也会跟姐姐聊起祖父。

"我比人家大三岁。女大三,抱金砖。"她说。她总用"人家"这个词来代指祖父。"我过门不多时,就乱了,煤窑厂子都关了,你太爷爷就回家闲了,家里日子一天不如一天。啥金砖、银砖也没抱上,抱的都是土坷垃。"

"人家话不多。"

"就见过一面,连人家的脸都没敢看清,就嫁给人家了。那时候嫁人,谁不是晕着头嫁呢?"

"和人家过了三年,哪年都没空肚子,前两个都是四六风。

可惜的，都是男孩儿呢。刚生下来的时候还好好儿的，都是在第六天头上死了，要是早知道把剪刀在火上烤烤再剪脐带就中，哪儿会只剩下你爸爸一个人？"

后来，"人家"当兵走了。

"八路军过来的时候，人家上了扫盲班，学认字。人家脑子灵，学得快……不过，世上的事谁说得准呢？要是笨点儿，说不定也不会跟着队伍走，现在还能活着呢。"

"哪个人傻了想去当兵？队伍来了，不当不行了。"她毫不掩饰祖父当时的思想落后，"就是不跟着这帮人走，还有国民党呢，还有杂牌军呢，哪帮人都饶不了。还有老日呢。"——老日，就是日本鬼子。

"老日开始不杀人的。进屋见了咱家供的菩萨，就赶忙跪下磕头。看见小孩子还给糖吃，后来就不中了，见人就杀。还把周岁大的孩子挑到刺刀尖儿上耍，那哪还能叫人？"

老日来的时候，她的脸上都是抹着锅黑的。

"人家"打徐州的时候，她去看他，要过黄河，黄河上的桥散了，只剩下了个铁架子。白天不敢过，只能晚上过。她就带着爸爸，一步一步地踩过了那条漫长的铁架子，过了黄河。

"月亮可白。就是黄河水在脚底下，哗啦啦地吓人。"

"人家那时候已经有通讯员了，部队上的人对我们可好。吃得也可好，可饱。住了两天，我们就回来了。家属不能多住，看看就中了。"

那次探亲回来,她又怀了孕,生下了一个女儿。女儿白白胖胖,面如满月,特别爱笑。但是,一次,一个街坊举起孩子逗着玩的时候,失手摔到了地上。第二天,这个孩子就夭折了。才五个月。

讲这件事时,我和她坐在大门楼下。那个街坊正缓缓走过,还和她打着招呼。

"歇着呢?"

"歇着呢。"她和和气气地答应。

"不要理他!"我气恼她无原则地大度。

"那还能怎么着?账哪能算得那么清?他也不是蓄心的。"她叹气,"死了的人死了,活着的人还得活着。"

后来,她收到了祖父的阵亡通知书。"就知道了,人没了。那个人,没了。"

"听爸爸说,解放后你去找过爷爷一次。没找到,就回来了。回来时还生了一场大病。"

"哦。"她说,"一个人说没就没了,一张纸就说这个人没了,总觉得不真。去找了一趟,就死心了。"

"你是哪一年去的?"

"五六年吧。五六、五七,记不清了。"

"那一趟,你走到了哪儿?"

"谁知道走到了哪儿。我一个大字不识的妇女,到外头知道个啥。"

四

因为是光荣烈属，建国后，她当上了村里的第一任妇女主任，妇女主任应该是党员。组织上想发展她入党，她犹豫了，听说入党之后还要交党费，还要参加各种各样的活动和会议，她更犹豫了。觉得自己作为一个寡妇，从哪方面考虑都不合适。"我能管好我家这几个人就中了，哪儿还有力气操那闲心。"她说。

她谢绝了。但是后来时兴人民公社大食堂，她以烈属身份要求去当炊事员。

"还不是为了能让你爸爸多吃二两。"她说。

随着我们这几个孩子的降生，家里的生活越来越紧巴。在生产队里的时候，因为孩子们都上学，爸爸妈妈又上班，家里只有她一个劳力挣工分，年终分配到的粮食就很少，颗颗贵似金。肯定不够吃，得用爸爸的工资在城里再买。这种状况使得她对粮食的使用格外细腻。她说有的人家不会过，麦子刚下来时就猛吃白面，吃到过了年，没有白面了，才开始吃白面和玉米面杂卷的花馍。到后来连花馍里的白面也吃不上了，就只好吃纯黄的窝窝头，逢到宾来客往，还得败败兴兴地去别人家借白面。到了收麦时节，这些人家拿到地里打尖儿的东西也就只有窝头。收麦子是下力气活儿，让自己家的劳力吃窝头，这怎么说得过去呢？简直就是丢人。

她从来没有丢过这种人。从一开始她就隔三岔五让我们吃花馍，早晚饭是玉米面粥，白面只有过年和收麦时才让吃得尽兴些。过年蒸的白面馍又分两种，一种是纯白面馍，叫"真白鸽"，主要用于待客。另一种是白面和白玉米面掺在一起做的，看起来很像纯白面馍，叫"假白鸽"，主要用于自家吃。

"人过留名，雁过留声。客人当然得吃好的。"她说，"自己家嘛，填坑不用好土——也算好土了。"

杂面条也是我们素日经常吃的，也分两种：绿豆杂面和白豆杂面。绿豆杂面是绿豆、玉米、高粱和小麦合在一起磨的。白豆杂面是白豆、小麦和玉米合在一起磨的。杂面粗糙，做不好的话豆腥味儿很大。她却做得很好吃。一是因为搭配比例合理，二是在于最后一道工序：面熟起锅之后，她在勺里倒一些香油，再将葱丝、姜丝和蒜瓣放在油里热炒，炒得焦黄之后将整个勺子往饭锅里一焖，只听哧啦一声，一股浓香从锅底涌出，随即满屋都是油亮亮香喷喷。

那时候没法子吃新鲜蔬菜，一到春天就青黄不接，她就往稀饭里放榆叶、黑槐叶、蛐蛐菜、马齿菜、荠菜和灰灰菜，还趁着四季腌各种各样的酱菜：春天腌香椿，夏天腌蒜苗，秋天腌韭菜、辣椒、芥菜，冬天腌萝卜和黄菜。仅就白菜，她就又分出三个等级，首先是好白菜，圆滚滚，瓷丁丁。其次是样子好看却不瓷实的，叫青干白菜。最差的是只长了些帮子的虚棵白菜。她让我们先吃的是青干白菜，然后是好白菜。至于虚棵白菜，她就放在锅里煮，高温去掉水分之后，再挂在绳子上晾干，这时的白菜叫作"烧白菜"。来年春天，将烧白菜再回锅一煮，就能当正经菜吃。有几年春天，她做的这些烧白菜还被人收购过，一斤卖到了三毛钱。

"它们喂人，人死了埋到地下再喂它们。"每当吃菜的时候，她就会这么说。

一切东西对她来说似乎都是有用的：玉米衣用来垫猪圈，玉米芯用来当柴烧。洗碗用的泔水，她从来不会随随便便地泼掉，不是拌鸡食就是拌猪食。我家要是没鸡没猪，她就提到邻居家，也不管人家嫌弃不嫌弃。"总是点儿东西，扔掉了可惜。"她说。内衣内裤和袜子破了，她也总是补了又补。而且补的时候，是用无法再补的那些旧衣的碎片。"用旧补旧，般配得很。"她说。我知道这不是因为般配，而是她觉得用新布补旧衣就糟蹋了新布。在她眼里，破布也分两种，一种是纯色布，那就当孩子的尿布，或者给旧衣服当补丁。另一种是花布，就缝成小小的三角，三角对三角，拼成一个正方形，几十片正方形就做成了一个花书包。

路上看到一块砖、一根铁丝、一截塑料绳，她都要拾起来。"眼前没用，可保不准什么时候就用上了。宁可让东西等人，不能让人等东西。"她说。

"你奶奶是个仔细人哪。"街坊总是对我们这么感叹。

这里所说的仔细，在我们方言的含义就是指"会过日子"，也略微带些形容某人过于吝啬的苛责。

她还长年织布。她说，年轻时候，只要没有什么杂事，每天她都能卸下一匹布。一匹布，二尺七寸宽，三丈六尺长。春天昼长的时候，她还能多织丈把。后来她学会了织花布，将五颜六色的彩线一根根安在织布机上，经线多少，纬线多少，用哪种颜色，是要经过周密计算的。但不管怎么复杂，都没有难倒她。五十年前，一匹白布的价是七块二毛钱，一匹花布的价是十块六毛钱。她就用这些长布供起了爸爸的学费。

纺织的整个过程很烦琐：纺，拐，浆，落，经，镶，织。织只是最后一道。她一有空就坐下来摩挲那些棉花，从纺开始，一道一道地进行着，慢条斯理。而在我童年的记忆中，每每早上醒来，和鸟鸣一起涌入耳朵的，确实也就是唧唧复唧唧的机杼声。来到堂屋，就会看见她坐在织布机前。梭子在她的双手间飞鱼似的传动，简洁明快，娴熟轻盈。

生产队的体制里，一切生产资料都是集体的，各家各户都没有棉花。她能用的棉花都是买来的，这让她很心疼。一到秋天，棉花盛开的时节，我和姐姐放学之后，她就派我们去摘棉花。去之前，她总要给我们换上特制的裤子，口袋格外肥大，告诉我们："能装多少是多少。"我说："是偷吧？"她就"啪"地打一下我的脑袋。

后来，她织的布再也卖不动了，再后来，那些布把我们家的箱箱柜柜都装满了，她的眼睛也不行了，她才让那架织布机停下来。

她去世那一年，那架织布机散了。

五

小学毕业之后,我到镇上读初中。三里地,一天往返两趟,是需要骑自行车的。爸爸的同事有一辆半旧的二十六英寸女车,爸爸花了五十块钱买了下来,想要给我骑,却被她拦住了。

"三里地,又不远。我就不信会把脚走大了。"

"已经买了,就让二妞骑吧。"

"她那笨手笨脚的样儿,不如让二宝骑呢。"此时我的二哥正在县里上高中。他住校,两周才回家一次。我可是每天两趟要去镇上的啊。

爸爸不说话了。我深感正不压邪,于是决定要为自己的权利作斗争。一天早上,我悄悄地把自行车推出了家门。谁知道迎头碰上了买豆腐回来的她,她抓了我一把,没抓住,就扭着小脚在后面追起来。我飞快地蹬啊,蹬啊。骑了一段路,往后看了看,她不追了,却还停在原地看着我。

我知道这辆车我大约只能骑一次了,顿时悲愤交加。沿路有一条小河,水波清澈,浅不没膝,这时候,一个衣扣开了,我懒得下车,便腾出左手去整衣服,车把只靠右手撑着,就有些歪。歪的方向是朝河的。待整好衣服,车已经靠近河堤的边缘了,如果此时纠正,完全不会让车出轨。鬼使神差,我突然心生歹意,想:反正这车也不让我骑,干脆大家都别骑吧。这么想着,车就顺着河堤冲了下去。在冲下去的一瞬间,我清楚地记得,我还往身后看了看,她还在。一阵失控的跌撞之后,我如愿以偿地栽进了河里。河水好凉啊,河草好密啊,河泥好软啊。当我从河里爬起来时,居然傻乎乎地这么想着,还对自己做了个鬼脸。

那天上学,我迟到了。而那辆可爱的自行车经过这次重创之后,居然又被修车师傅耐心地维修到了勉强能骑的地步。我骑着它,一直骑到初中毕业。

很反常地,她没有对此事做出任何评论,看来是被我的极端行为吓坏了。我居然能让她害怕!这个发现让我又惊又喜。于是我乘胜追击,不断用各种方式藐视她的存在和强调自己的存在,从而巩固自己得之不易的家庭地位。每到星期天,凡是有同学来叫我出去玩,我总是扔下手中的活儿就走,连个招呼都不跟她打。村里若是演电影,我常常半下午就溜出去,深更半夜才回家。若是得了奖状回来,我就把它贴在堂屋正面毛主席像的旁边,让人想不看都不成。如果还有奖品,我一定会在吃晚饭的时候拿到餐桌上炫耀。每到此时,她就会漫不经心地瞟上一眼,淡淡道:"吃饭吧。"

她仍是不喜欢我的。我很清楚。但只要她能把她的不喜欢收敛一些,我也就达到了目的。

初中毕业之后,我考上了焦作市中等师范学校。按我的本意,是想报考高中的,但她和爸爸都不同意。理由是师范只需要读三年就可以参加工作,生活费和学费还都是国家全额补助的,而上高中不仅代价昂贵且前程未卜。看着我愤愤不平的样子,爸爸最后安慰我说，师范学校每年都组织毕业生参加高考，只要我愿意，也可以在毕业那年参加高考。于是去师范学校报到那天我带上了一摞借来的高中旧课本。我暗暗发誓：一定要考上大学。

但是，毕业那年，我没有参加高考。我已经不愿意上大学了。我想尽早工作，自食其力。因为我师范生活的最后一年冬天，我没有了父亲，我知道自己面临的首要任务就是养活自己。

大约是为了好养，父亲是个女孩子名，叫桂枝，小名叫小胜。奶奶一直叫他小胜。第一次看见父亲的照片成了遗像，我在心里悄悄地叫了一声"小胜"，突然觉得，这个名字和我们兄弟姊妹四个的名字排在一起非常有趣：小强，小丽，小杰，小让，而他居然是小胜。听起来他一点儿也不像我们的父亲，而像我们的长兄。

父亲是患胃癌去世的。父亲生前，我叫他爸爸。父亲去世之后，我开始称他为父亲。一直以为，父亲、母亲、祖母这样隆重的称谓是更适用于逝者的。所以，当我特别想他们的时候，我就在心里称呼他们：爸爸，妈妈，奶奶。一如他们生前。至于我那从来未曾谋面的祖父，还是让我称他为祖父吧。

如果用一个字来形容奶奶对于父亲这个独子的感觉，我想只有这个字最恰当：怕。从怀着他开始，她就怕。生下来，她怕。是个男孩，她更怕。祖父走了，她独自拉扯着他，自然是怕。女儿夭折之后，她尤其怕。他上学，她怕。他娶妻生子，她怕。他每天上班下班，她怕。他在她身边时，她怕自己养不好他。他不在她身边时,她怕整个世界亏待他。

父亲是个孝子,无论她说什么,他都俯首帖耳。表面上是他怕她,但事实上,就是她怕他。

没办法。爱极了,就是怕。

从父亲住院到他去世,没有一个人告诉奶奶真相。她也不提出去看,始终不提。我们从医院回来,她也不问。一个字儿都不问。我们主动向她报喜不报忧,她也只是静静地听着,最多只答应一声:"噢。"到后来她的话越来越少,越来越少。父亲的遗体回家,在我们的哭声中,她始终躲着,不敢出来。等到入殓的时候,她才猛然掀开了西里间的门帘,把身子掷到了地上,叫了一声:"我的小胜啊——"

这么多天都没有说话,可她的嗓子哑了。

六

我回到了家乡小镇教书。这时大哥已经在县里一个重要局委担任了副职,成了颇有头脸的人物。姐姐已经出嫁到离杨庄四十多里的一个村庄,二哥在郑州读财经大学。偌大的院子里,只有我、妈妈和她三个女人常住。父亲生病期间,母亲信了基督教。此时也已经退休,整天在信徒和教堂之间奔走忙碌,把充裕的时间奉献给了主。家里剩下的,常常只有我和她。——不,我早出晚归地去上班,家里只有她。

至今我仍然想象不出她一个人在家的时光是怎么度过的。只知道她一天天地老了下去。不，不是一天天，而是半天半天地老下去。每当我早上去上班，中午回来的时候，就觉得她比早上要老一些。而当我黄昏归来，又觉得她比中午时分更老。本来就不爱笑的她，更不笑了。我们两个默默相对地吃完饭，我看电视，她也坐在一边，但是手里不闲着，总要干点儿什么：剥点儿花生，或者玉米。坐一会儿，我们就去睡觉。她睡堂屋西里间，我睡堂屋东里间。母亲回来睡东厢房。

每当看到她更老的样子，我就会想：照这样的速度老下去，她最终会变成什么样呢？一个人，每天每天都会老，最终会老到什么地步呢？

她的性情比以往也有了很大改变。不再串门聊天，也不允许街坊邻居们在我家久坐。但凡有客，她都是一副木木的样子，说不上冷淡，但绝对也谈不上欢迎。于是客人们就很快讪讪地走了。我当然知道这是因为父亲的缘故，就劝解她，说她应该多去和人聊聊，转移转移情绪。再想有什么用？反正父亲已经不在了。她拒绝了。她说："我没养好儿子，儿子走到了我前边儿，白发人送黑发人，老败兴。他不在了，我还在。儿子死了，当娘的还到人跟前举头竖脸，我没那心劲儿。"

她硬硬地说着。哭了。我也哭了。我擦干泪，看见泪水流在她皱纹交错的脸上，如雨落在旱地里。这是我第一次那么仔细地看着她哭。我想找块毛巾给她擦擦泪，却始终没有动。即使手边有毛巾，我想我也做不出来。我和她之间，从没有这么柔软的表达。如果做了，对彼此也许都是一种惊吓。

父亲的遗像，一直朝下扣在桌子上。

有一天，我下班早了些，一进门就看见她在摸着父亲那张扣着的遗像。她说："上头我命硬，下头二妞命硬。我们两头都克着你，你怎么能受得住呢？是受不住。是受不住。"

我悄悄地退了出去。又难过，又委屈。原来她一直是这么认为的！原来她还是一直这么在意我的命硬，就像在意她的。——后来我才知道，她生于正月十五。青年丧夫，老年丧子，她的命是够硬的，但我不服气。我怎么能服气呢？父亲得的是胃癌，和我和她有什么关系？！我们并没有偷了父亲的寿，为什么要自己给自己栽赃？我不明白她这么做只是因为无法疏导过于浓郁的悲痛，只好自己给自己一个说法。那时我才十八岁，我怎么可能明白呢？不过，值得安慰的是，我当时什么都没说。我知道我的委屈和她的悲伤相比，没有发作的比重。

工资每月九十八元，只要发了我就买各种各样的吃食和玩意儿，大包小包地往回拿。我买了一把星海牌吉他，月光很好的晚上就在大门口的石板上练指法。还买了录音机，洗衣服做饭的时候一定要听着费翔和邓丽君的歌声。第一个春节来临之前，我给她和妈妈各买了一件毛衣。每件四十元。妈妈没说什么，喜滋滋地穿上了，她却勃然大怒。——我乐了。这是父亲去世后，她第一次发怒。

"败家子儿！就这么会花钱！我不穿这毛衣！"

"你不穿我送别人穿。"我说,"我还不信没人要。"

"贵巴巴的你送谁?你敢送?"她说着就把毛衣藏到了箱子里。那是件带花的深红色对襟毛衣。领子和袖口都镶着很古典的图案。

九十八元的工资在当时已经很让乡里人眼红了,却很快就让我失去了新鲜感。孩子王的身份更让我觉得无趣。第二个学期,我开始迟到,早退,应付差事。校长见我太不成体统,就试图对我因材施教。他每天早上都站在学校门口,一见我迟到就让我和迟到的学生站在一起。我哪能受得了这个,掉头就回家睡回笼觉。最典型的一次,是连着迟到了两周,也就旷工了两周。所有的人都拿我无可奈何,而我却不自知——最过分的任性大约就是这种状况了:别人都知道你的过分,只有你不自知。

每次看到我回家睡回笼觉她都一副忧心忡忡的神情:一个放着人民教师这样光荣的职业却不好好干的女孩子,她在闹腾什么呢?她显然不明白,似乎也没有兴致去弄明白。她只是一到周末就等在村头,等她的两个孙子从县城和省城回来看她。——她的注意力终于在不知不觉间从父亲身上分散到了孙子们身上。每到周末,我们家的饭菜就格外好:猪头肉切得细细的,烙饼摊得薄薄的,粥熬得浓浓的。然而只要两个哥哥不回来,我就都不能动。直到过了饭时,确定他们不会回来了,她才会说:"吃吧。"

我才不吃呢。假装看电视,不理她。

"死丫头,这么好的饭你不吃,不糟蹋东西?"

"又不是给我做的,我不吃。"

"不是给你做的,给狗做的?"

"可不是给狗做的么?"我伶牙俐齿,一点儿也不饶她,"可惜你那两只狗跑得太远,把家门儿都忘了。"

有时候,实在闲极无聊,她也会和我讲一些家常话。话题还是离不开她的两个宝贝孙子:大哥如何从小就爱吃糖,所以外号叫李糖迷。二哥小时候如何胖,给他擦屁股的时候半天都掰不开屁股缝儿……也会有一些关于姐姐的片段,如何乖巧,如何懂事。却没有我的。

"奶奶,"我故意说,"讲讲我的呗。"

"你?"她犹豫了一下,"没有。"

"好的没有,坏的还没有?"

"坏的么,倒是有的。"她笑了。讲我如何把她的鞋放在蒸馍锅里和馒头一起蒸,只因她说她的鞋子干净我的鞋子脏。我如何故意用竹竿打东厢房门口的那棵枣树,只因她说过这样会把枣树打死。我如何隔三岔五地偷个鸡蛋去小卖店换糯米糕吃,还仔细叮嘱老板不要跟她讲。其中有一件最有趣:一次,她在门口买凉粉,我帮她算账,故意多算了两毛钱。等她回家后,我才追了两条街跟那卖凉粉的人把两毛钱要了回来。她左思右想觉得钱不够数,也去追那卖凉粉的人,等她终于明白真相时,我已经把两毛钱的瓜子嗑完了。

我们哈哈大笑。没有猜忌,没有成见,没有不满。真真正正是一家人在一起拉家常的样子。她嘴里的我是如此顽劣,如此可爱。这是我万万没有想到的。

但这种和谐甚至是温馨的时光是不多的。总的来说我和她的关系还相当冷漠。有时会吵架,有时会客气——一个人随着年龄的增长也会获得某种自然而然的程度加深的尊重,她对我的客气显然是基于这点。

我的工作状态越来越糟糕。学年终考,我的学生考试成绩在全镇排名中倒数第一。平日的邋遢和成绩的耻辱构成了无可辩驳的因果关系,作为误人子弟的败类,我不容原谅。终于在一次全校例行的象征性的应聘选举中,我成了实质性落聘的第一人。惩罚的结果是把我发配到一个偏远的村小教书。我当然不肯去,也不能再在镇里待下去,短暂的考虑之后我决定停薪留职。之前一些和我一样不安分当老师的师范同学已经有好几个南下打工,我和他们一直保持着联系。

正犹豫着怎么和她们开口,一件事加速了我的进程。那天,我起得早,走到厨房门口,听见妈妈正在低声埋怨她:"……你要是当时叫大宝给她跑跑关系,留到县里,只怕她现在也不会弄得这么拾不起来。"

"她拾不起来是她自己软。能怨我?"

"丝瓜要长还得搭个架呢。一个孩子,放着关系不让用,非留在身边。你看她是个翅膀小的?"

"那几个白眼狼都跑得八竿子打不着,不留一个,有个病的灾的去指靠谁？"

一切全明白了。原来还是奶奶作祟。在清晨明媚的阳光中，我气得脑门发涨。我推开厨房的门，目光如炬，声音如铁，铿锵有力地向她们宣言："我也是个白眼狼！别指靠我！我也要走了！"

七

我去二年没有回家，只是十天半月往村委会打个电话，让村长或村支书向她们转达平安，履行一下最基本的告知义务。三年中，我从广州到深圳，从海口到三亚，从苏州到杭州，从沈阳到长春，推销过保险，当过售楼小姐，在饭店卖过啤酒，在咖啡馆磨过咖啡，当然也顺便谈谈恋爱，经历经历各色男人。后来我落脚到了北京，应聘在一家报社做记者。

人在江湖飘，哪能不挨刀。吃过几次亏，碰过几次壁之后，我才明白，以前在奶奶那里受的委屈，严格来说，都不是委屈。我对她逢事必争，逢理必争，从来不曾"受"过，哪里还谈得上委和屈？真正的委屈是笑在脸上哭在心里的。无处诉，无人诉，不能诉，不敢诉，得生生闷熟在日子里。

这最初的世事磨炼让我学会了察言观色、看菜下碟。学会了在第一时间内嗅出那些不喜欢我的人的气息，然后远远地离开他们。如果迫不得已一定要和他们打交道，我就羽毛乍起，如履薄冰。我知道，从某种意义上讲，他们就是我如影随形的奶奶。不同的是，他们会比奶奶更严厉地教训我，而且不会给我做饭吃。而在那些喜欢我的人面前，我在受宠若惊视宠若宝的同时也是小心翼翼的。生怕失去了这些喜欢，生怕失去了这些宠。——在我貌似任性的表征背后，其实一直长着一双胆怯的眼睛。我怕被这个世界遗弃。多年之后我才悟出：这是奶奶送给我的最初的精神礼物。可以说，那些日子里，她一直是我的镜子，有她在对面照着，才使得我眼明心亮。她一直是我的鞭子，有她在背上抽着，才让我不敢昏昏欲睡。她让我知道：这个世界上，总会有人不喜欢你，你会成为别人不愉快的理由。你从来就没有资本那么自负、自大、自傲，从而让我怀着无法言喻的隐忍、谦卑和自省，以最快的速度长大成人。

　　我开始想念她们。奇怪，对奶奶的想念要胜过妈妈。但因记忆里全是疤痕的硬，对她的想也不是那种柔软的想。和朋友们聊起她的时候，我总是不自觉地愤怨着她的封建、自私和狭隘，然后收获着朋友们的安慰和同情。终于有一次，一位朋友温和地斥责了我，她说："亲人总是亲人。奶奶就是再不喜欢你，也总比擦肩而过的路人对你更有善意。或许她只是不会表达，那么你就应该去努力理解她行为背后的意义。比如，她想把你留在身边，也不仅仅是为了养老，而是看你这么淘气、叛逆，留在身边她才会更安心。再比如，她嫌你命硬，你怎么知道她在嫌你的时候不是在嫌自己？她自己也命硬啊。所以她对待你的态度就是在对待她自己，对自己当然就是最不客气了。"

她对待我的态度就是在对她自己？朋友的话让我发愣。

我打电话的频率开始密集起来。一天，我刚刚打通电话，就听见了村支书粗糙的骂声："他娘的，你妈病啦！住院啦！你别满世界疯跑啦！赶快攥着你挣的票子回来吧！"

三天之后，我回到了杨庄。只看到了奶奶。父亲有病时似乎也是这样：其他人都往医院跑，只有她留守在家里。我是在大门口碰到她的，她拎着垃圾斗正准备去倒。看见我，她站住了脚。神情是如常的，素淡的，似乎我刚刚下班一样。她问："回来了？"

我说："哦。"

妈妈患的是脑溢血。症状早就显现，她因为信奉"主的力量"而不肯吃药，终于小疾酿成大患。当她出院的时候，除了能维持基本的吃喝拉撒之外，已经成了一个废人。

妈妈病情稳定之后，我向报社续了两个月的假。是，我是看到她和妈妈相依为命的凄凉景象而动了铁石心肠，不过我也没有那么单纯和孝顺。我有我的隐衷：我刚刚发现自己怀了孕。孩子是我最近一位男友的果实，我从北京回来之前刚刚和他分手。

我悄悄地在郑州做了手术，回家静养。因为瞒着她们，也就不好在饮食上有什么特别的讲究和要求。三代三个女人坐在一起，虽然我和她们有十万八千里的隔阂，也免不了得说说话。妈妈讲她的上帝耶稣基督主，奶奶讲村里的男女庄稼猪鸡狗。我呢，只好把我经历的世面摆了出来。我翻阅着影集上的照片告诉她们：厦门鼓浪屿，青岛崂山，上海东方明珠，杭州西湖，深圳民俗村和世界之窗……指着自己和民俗村身着盛装的少数民族演员的合影以及世界之窗的微缩模具，我心虚而无耻地向她们夸耀着我的成就和胆识。她们只是默默地看着，听着，没有发问一句。这在我的意料之中。我知道自己已经大大超越了她们的想象——不，她们早已经不再对我想象。我在她们的眼睛里，根本就是一个怪物。

讲了半天，我发现听众只剩下了奶奶。

"妈呢？"

"睡了。"她说，"她明儿早还要做礼拜。"

"那，咱们也睡吧。"我这才发现自己累极了。

"你喝点儿东西吧。"奶奶说，"我给你冲个鸡蛋红糖水。"

这是坐月子的女人才会吃的食物啊。我看着她。她不看我，只是颠着小脚朝厨房走去。

报社在河南没有记者站。续假期满，我又向报社打了申请，请求报社设立河南记者站，由我担任驻站记者。在全国人民过分热情的调侃中，河南这种地方一向都很少有外地人爱来，我知道自己一请一个准儿。果然，申请很快就被批准了，我在郑州租了房子，开始了新一轮的奔波。每周我都要回去看看妈妈和她。出于惯性，我身边很快也聚集了一些男人。每当我回老家去，都会有人以去乡下散心为名陪着我。小汽车是比公共汽车快得多，且有面子。我任由他们捧场。

对这些男人，妈妈不言语，奶奶却显然是不安的。开始她还问这问那，后来看到我每次带回去的男人都不一样，她就不再问了。她看我的目光又恢复到了以前的忧心忡忡。其实在她们面前，我对待那些男人的态度相当谨慎。我把他们安顿在东里间住，每到子夜十二点之前一定回到西里间睡觉。奶奶此时往往都没有睡着。听着她几乎静止的鼻息，我在黑暗中轻轻地脱衣。

"二妞，这样不好。"一天，她说。

"没什么。"我含糊道。

"会吃亏的。"

"我和他们没什么。"

"女人，有时候由不得自己。"

似乎有些谈心事儿的意思了。难道她有过除祖父之外的男人？我好奇心陡增，又不好问。毕竟，和她之间这样亲密的时机很少。我不适应。她必定也不适应——我听见她咳嗽了两声。我们都睡了。

日子安恬地过了下来。这是我期望已久的日子：有自由，有不菲的薪水，有家乡的温暖，有家人的亲情，还有恋爱。在外奔波的这几年里，我习惯了恋爱。一个人总觉得凄冷，恋爱就是靠在一起取暖。身边有男人围着，无论我爱不爱他们，心里都是踏实的、受用的。虽然知道这踏实是小小的踏实，受用是小小的受用，但，有总比没有要好。

"没事不要常回来了。我和你妈都挺好的。不用看。"终于有一天，她说。

"多看看你们还有错啊。我想回来就回来。"我说。

"要是回来别带男人，自己回来。"

"为什么？不过是朋友。"

"就因为是朋友，所以别带来。要是女婿就尽管带。"她说，"你不知道村里人说话多难听。"

"难听不听。干吗去听？"我火了。

"我在这村里活人活了五六十年，不听不中。"她说，"你就别丢我的人了！"

"一个女人没男人喜欢，这才是丢人呢！"

"再喜欢也不是这么个喜欢法。"她说，"一个接一个换，走马灯似的。"

"多了还不好？有个挑拣。"

"眼都花了，心都乱了。好什么好？"

"我们这时候和你们那时候不一样。你就别管我的事了。"

"有些理，到啥时候都是一样的。"

"那你说说，该是个什么喜欢法？"我挑衅。

她沉默。我料定她也只能沉默。

"你守寡太多年了。"我犹豫片刻，一句话终于破口而出，"男女之间的事情，你早就不懂了。"

静了片刻，我听见她轻轻地笑了一声。

"没男人，是守寡。"她语调清凉，"有了不能指靠的男人,也是守寡。"

"怎么寡?"我坐起来。

"心寡。"她说。

我怔住。

八

我和她之间再次陷入了冷战期。我长时间地待在郑州,很久才回去一次。回去的时候,也不再带男人。我开始正式考虑结婚问题。一考虑这个问题,我就发现奶奶是多么正确:因为经历太多,我已经不知道什么人适合和我结婚。我面前的男人琳琅满目,花色齐全,但当我想要去捉住他们时,却发现哪个都没有让我付账的决心。

我确实是心寡。

其间有个男孩子,各方面条件都很不错,要说结婚,似乎也是可以的。但我拒绝了他的求婚,主要原因当然是不够爱他,次要原因则是不喜欢他的妈妈。那个老太太是一个落魄的高干遗孀,大手大脚,颐指气使,骄横霸道。她经常把退休金花得光光的,然后让孩子们给她凑钱买漂亮衣服和名贵首饰。她的口头禅是:"吃好的,买贵的。人就活一辈子,不能委屈自己!"

是,这话没错。人能不委屈自己的时候是不该委屈自己。我也是这样。可我就是不喜欢她这个腔调,就是不喜欢她这个做派,就觉得她不像个老人。一个老人,怎么能这样没有节制呢?

怎么能这么挥霍无度呢？怎么能这么没有老人的样子呢？——忽然明白，我心目中的老人标准，就是我生活在豫北乡下的奶奶。如果她和我的奶奶有那么些微一样，我想，我一定会加倍心疼她，宠她，甚至会为此加重和她儿子结婚的砝码。但她不是我的奶奶。我的奶奶不是这样。我不能和这样的老人在一起生活。

常常如此：我莫名其妙地看不惯那些神情自得生活优越的老人，一听到他们说什么夕阳红、黄昏恋、出国游，上什么艺术大学，参加什么合唱团，我心里就难受。后来，我才明白：我是在嫉妒他们。替奶奶嫉妒他们。

两年之后，当我再带男人回去的时候，只固定带了一个。后来，我和那个男人结了婚。用奶奶的话，那个男人成了我的丈夫。他姓董。

和董认识是在一个饭局上。那个饭局是县政府为在省城工作的本籍人士举办的例行慰问宴。也就是定期和这些人联络一下感情，将来有什么事好让这些人都出力的意思。所谓"养兵千日，用兵一时"，这饭局就是养兵的草料。那天，我去得最晚。落座时只剩下了一个位置。右边是董，左边是一个女人。互相介绍过之后，我对左边的女人说："对不起，我是左撇子，可能会让你不方便。"对方还没有反应，董马上站起来对我说："我和你换换吧。"

他坐在了我的左边。吃饭期间聊起家常，他告诉我他大学毕业后工作没有着落，就留在郑州做了一家报社的记者，偶尔回县城看看退休的父母。和我一样,他也只是个应聘记者。

"好听的说法是随时会跳槽。"他说。

"不好听的说法是随时会被炒。"我说。

我们相视而笑。有多少像我们这样貌似齐整的流浪者啊。没有锦衣,就自己给自己造一件锦衣。见到生客就披上,见到自己人就揪下。

后来我问董对我初次的印象如何,董说:"长相脾气都在其次。我就是觉得你特别懂事。"

"懂事?"我吃惊,哑然失笑,第一次听到有人这么评价我,"何以见得?"

"我吃过的饭局千千万,见过的左撇子万万千,仅仅为自己是左撇子而向自己左手位道歉的人,你是第一个。"

只有懂事的人才能看到别人的懂事。活到一定的年纪,懂事就是第一重要的事。天造地设,我和董一拍即合。关系确定之后,我把他带了回去,向奶奶和母亲宣告。奶奶第二天就派大哥去打听董的家世,问得清清白白,无可挑剔之后,才明确点了头,同意我和董结婚。

"这闺女这般好命,算修成正果了。"她说,"真是人憨天照顾。"

妈妈什么也做不了,奶奶就开始按老规矩为我准备结婚用品:龙凤呈祥的大红金丝缎面被,粉红色的鸳鸯戏水绣花枕套,双喜印底的搪瓷脸盆,大红的皂盒,玫瑰红的梳子……纺织类的物品一律缝上了红线，普通生活用品一律系上了红绳。做这一切的时候，她总是默默的。和别人说起我的婚事时，她也常常笑着，可是那笑容里隐隐交错着一种抑制不住的落寞和黯然。

两亲家见面那天，奶奶作为家长发言，道："二妞要说也是命苦。爹走得早，娘只是半个人。我老不中用，也管不出个章程，反正她就是个不成材，啥活计也干不好，脾气还傻偏。给了你们就是你们的人，小毛病你们就多担待，大毛病你们就严指教。总之以后就是你们多费心了。"

公公婆婆客气地笑着，答应着。我再也坐不住，出了门，忍了好久，才没让泪滚出来。

婚礼那天清早，我和女伴们在里间化妆试衣，她和妈妈在外面接待着络绎不绝的亲友。透过房门的缝隙，我偶尔会看见她们在人群中穿梭着，分散着糖果和瓜子。她们脸上的神情都是平静的，安宁的，也显示着喜事应有的笑容。我略略地放了心。

随着乐曲的响起和鞭炮的骤鸣，迎亲的花车到了。按照我们的地方风俗，嫁娘要在堂屋里一张铺着红布的椅子上坐一坐，吃上几个饺子，才能出门。我坐在那张红布椅上，端着饺子，一眼便看见奶奶站在人群后面，她的目光并不看我，可我知道这目光背后还有一双眼睛，全神贯注地凝聚在我的身上。我把饺子放进口里，和着泪水咽了下去。有亲戚絮絮地叮嘱："别噎着。"

到了辞拜高堂的时候了，亲戚们找来她和妈妈，让她们坐在两张太师椅上。我和董站在她们面前。周围的人都沉默着。——我发现往往都是这样，在男方家拜高堂时是喧嚷的，热闹的，在女方家就会很寂静，很安宁。而这仅仅是因为，男方是拜，女方是辞拜。

"姑娘长大成人了，走时给老人行个礼吧。"一位亲戚说。

我们鞠下躬去。在低头的一瞬间，我看见她们的脚——尤其是奶奶的脚。她穿着家常的黑布鞋，白袜子，鞋面上还落了一些瓜子皮的碎末儿。这一刻，她的双脚似乎在微微地颤抖着，仿佛有一种什么巨人的东西压在她的身上，让她坐也不能坐稳。

我婚后半年，妈妈脑溢血再次病发，离开了人世。

遗像里的母亲怎么看着都不像母亲。这感觉似曾相识——是的，遗像里的父亲曾经也让我感觉不像是父亲，而像我们的长兄。原谅我，对于母亲，我也只觉得她是一个姊妹。我们的长姊。而且因为生了我们，便成了最得宠的姊妹。父亲和奶奶始终都是担待她的。他们对她的担待就是：家务事和孩子们都不要她管，她只用管自己这份民办教师的工作。柴米油盐，人情世故，母亲几乎统统不懂。看着母亲甩手掌柜做得顺，奶奶有时候也会偷偷埋怨："那么大的人了！"但是，再有天大的埋怨，她也只是在家里背着母亲念叨念叨，绝对不会让家丑外扬。

因为他们的宠，母亲单纯和清浅的程度几乎更接近于一个少女，而远非一个应该历尽沧桑的妇人。说话办事毫无城府，直至已经年过半百，依然在不经意间流露出一些浓重的孩子气。——多年之后，我才明白，自己其实也是有些羡慕她的孩子气的。这是她多年的幸福生活储蓄出来的性格利息。

父亲像长兄,母亲像长姊。这一切,也许都是因为奶奶太像母亲了。

母亲去世的时候,奶奶哭得很痛。泪很多。我知道,她把对父亲的泪也一起哭了出来。——这泪水,过了六年,她才通过逐渐消肿的心,尽情释放了出来。

"对不起,也许我的命真是太硬了。"办完丧事之后,我看着父亲和母亲的遗像,在心里默默地说,"这辈子家里如果还有什么不幸的事,请让我自己克自己。下辈子如果我们还是一家人,请你们做我的儿女,一起来克我。"

九

母亲的丧事之后,报社又进行了机构改革,河南记者站被撤并,我不想服从调配去外省,于是顺理成章地失了业,打算分娩之后再找工作——我已经怀孕三个月了。我们都劝奶奶去县城:大哥二哥和我都在县城有了家,照顾她会很方便。可她不肯。

"这是我的家。我哪儿都不去。你们忙你们的,不用管我。"她固执极了。

没办法,只有我是闲人一个。于是就回到了老家,陪她。

那是一段静谧的时光。两个女人,也只能静谧。

正值初夏,院子里的两棵枣树已经开始结豆一般的青枣粒,每天吃过晚饭,我和她就在枣树下面闲坐一会儿。或许是母亲的病逝拓宽了奶奶对晚辈人死亡的认知经验，从而让她进一步由衷地臣服于命运的安排；或许是母亲已经去和父亲做伴，让她觉得他们在那个世界都不会太孤单，她的神情渐渐呈现出一种久远的顺从、平和与柔软，话似乎也比以往多了些。不时地，她会讲一些过去的事："……'大跃进'时候，村里成立了缝纫组。我是组长。没办法，非要我当，都说我针线活儿最好，一些难做的活儿就都到了我手里。一次，有人送来一双一寸厚的鞋底，想让缝纫组的人配上帮做成鞋，谁都说那双鞋做不成，我就接了过来。晚上把鞋捎回了家，坐在小板凳上，把鞋底夹在膝盖中间，弯着上身，可着力气用在右手的针锥上，一边扎一边拧，扎透一针跟扎透一块砖一样。扎透了眼儿，再用戴顶针的中指顶着针冠，穿过锥孔，这边儿用大拇指和食指尖捏住针头，把后边带着的粗线再一点一点地拽出来……这双鞋做成之后，成了村里的鞋王。主家穿了十几年也没穿烂。"

"那时候，有人追你么？"

"我又没偷东西，追我干啥？"她很困惑。

我忍不住笑了："我的意思是，有没有人想娶你。"

她也笑了。眼睛盯着地。

"有。"她说，眼神涣散开来，"那时候还年轻，也不丑……你爸要是个闺女，我也能再走一家。可他是个小子，是能给李家顶门立户的人，就走不得了。"这很符合她重男轻女的一贯逻辑——她不能容忍一个男孩到别人屋檐下受委屈。

睡觉之前,她习惯洗脚。她的脚很难看,是缠了一半又放开的脚。大脚趾压着其他几个脚趾,像一堆小小的树根扎聚在一起,然而这树根又是惨白惨白的,散发着一种莫名其妙的恐怖气息。

"怎么缠了一半呢?怕疼了吧?"我好奇,又打趣她,"我一直以为你是个挺能吃苦的人哩。"

"那滋味不是人受的。小脚一双,眼泪一缸……是四岁那年缠上的。不裹大拇哥,只把那四个脚趾头缠好,压到大拇哥下头。用白棉布裹紧……为啥用白棉布?白棉布涩啊,不会松动。这么缠上两三年,再把脚面压弯,弯成月亮一样,再用布密缝……疼呢。肉长在谁身上谁疼呗。白天缠上,到了晚上放放,白天再缠,晚上再放。后来疼得受不了了,就自己放开了,说啥都不再缠。"她羞赧地笑了,"我娘说我要是不缠脚,就不让我吃饭,我就不吃。后来还是她害怕了,撬开了我的嘴,给我喂饭。我奶奶说我要是不缠脚就不让我穿鞋。不穿就不穿,我就光着脚站到雪地里。……到底他们都没抗过我。不过,"她顿了顿,"我也遭到了报应,嫁到了杨庄。我这样的脚,城里是没人要的,只能往乡下嫁,往穷里嫁。我那姊妹几个,都比我嫁得好。"

"你后悔了?"

"不后悔。就是这个命。要是再活一遍,也还是缠不成这个脚。"她说。

有时候,她也让我讲讲。

"说说外头的事吧。"

我无语。说什么呢?我不知道该说什么。转了这么一大圈,又回到这个小村落,我忽然觉得:世界其实不分什么里外。外面的世界就是里面的世界,里面的世界就是外面的世界,二者从来就没有什么不同。

偶尔,街坊邻居谁要是上火头疼流鼻血,就会来找她。她就用玻璃尖在他们额头上扎几下,放出一些黑黑的血。要是有不满周岁的孩子跌倒受了惊吓,也会来找她,她就把那孩子抱到被惊吓的地方,在地上画个圆圈,让孩子站进去,嘴里喊道:"倒三圈儿,顺三圈儿。小孩魂儿,就在这儿。拽拽耳朵筋,小魂来附身。还了俺的魂,来世必报恩。"然后喊着孩子的名字问:"来了没有?"再自己回答:"来了!来了!"

有一次,给一个孩子叫过魂后,我听见她在院子里逗孩子猜谜语。孩子才两岁多,她说的谜语他一个都没有猜出来。基本上她都在自言自语:"……俺家屋顶有块葱,是人过来数不清。是啥?……是头发。一母生的弟兄多,先生兄弟后有哥。有事先叫兄弟去,兄弟不中叫大哥。是啥?……是牙齿。红门楼儿,白插板儿,里面坐个小耍孩儿。是啥?是舌头。还有一个最容易的:一棵树,五把杈,不结籽,不开花,人人都不能离了它。是啥?……这都猜不出来呀……"

这是手。我只猜出了这个。

我的身子日益笨重起来，每天早上起床，她都要瞄一眼我的肚子，说一句："有苗不愁长呢。世上的事，就属养孩子最见功。"

董也越来越不放心，隔三岔五就到杨庄来看我，意思是想要我回县城去。毕竟那里的医疗条件要好得多，有个意外心里也踏实。但这话我无法说出口。她不走，我就不能离开。我知道她不想走，那我也只能犟着。终于犟到夏天过去，我怀胎七月的时候，她忍不住了，说："你走吧。跟你公公婆婆住一起，有个照应。"

"那你也得走。"我说，"你要是不想跟哥哥们住，我就再在县城租个房子，咱俩住。"

"租啥房子，别为我作惊作怪的。"她犹豫着，终于松了口，"我又不是没孙子。我哪个孙子都孝顺。"

她把换洗的衣服打了个包裹，来到了县城，开始在两个哥哥家轮住。要按大哥的意思，是想让奶奶常住他家的，但是大嫂不肯，说："万一奶奶想去老二家住呢？我们不能霸着她呀。人家老二要想尽孝呢？我们也不能拦着不让啊。"这话说得很圆，于是也就只有让奶奶轮着住了。这个月在大哥家，那个月在二哥家，再下一个月到大哥家。

她不喜欢被轮着住。我想，哪个正常的老人都不会喜欢被轮着住。——这真是一件残酷的事，是儿女们为了均等自己的责任而做出的最自私最恶劣的事。

"哪儿都不像自己的家。到哪家都是在串亲戚。"她对我说。

有我在，她是安慰的。我经常去看她，给她零花钱，买些菜过去，有时我会把她请到我家去吃饭。每次说要请她去我家，她都会把脸洗了又洗，头发梳了又梳。她不想在我公婆跟前显得不体面。在我家无论吃了什么平凡的饭菜，她回去的表情都是喜悦的。能被孙女请去做客，这让她在孙媳妇面前，也觉得自己是体面的。——我能给予她的这点辛酸的体面，是在她去世之后，我才一点一点同悟出来。

十

在大哥家的日子让她这辈子的物质生活到达了丰盛的顶端：在席梦思床上睡觉，在整体浴室洗澡，在真皮沙发上看电视，时不时就下馆子吃饭。大哥让她吃什么，她就吃什么。大哥让她喝什么，她就喝什么。当着他们，她只说："好。"大哥很是欣慰和自豪，甚至为此炫耀起来。他认为自己尽孝的方式也在与时俱进。我不止一次听他说："奶奶说她喜欢万福饭店的清蒸鲈鱼。""奶奶说她喜欢双贵酒楼的太极双羹。"

我不信。悄悄问她，她抿嘴一笑："哪儿能记住那些花哨名儿，反正都好吃。"不过，对日本豆腐她倒是印象深刻："啥日本豆腐，我就不信那豆腐是日本来的。从日本运到这儿，还不馊？"

夏天，大哥家里的空调轰轰地响着。他们一出门，她就把空调关了。

"冬天不冷，夏天不热，就不是正经日子。"她说。

"热不着也冻不着，不是福气么？"我问。

"冬天就得冷，夏天就得热。"她说，"不是正经日子，就不是正经福气。"

吃着大棚里种出来的不分时节的蔬菜，她也会唠叨："冬天就该吃白菜，夏天就该吃黄瓜。冬天的黄瓜，夏天的白菜，就是没味儿。"

"你知道这些菜有多贵么？"

"是吃菜，又不是吃钱。"她说，"再贵也还是没味儿。"

看到大嫂二嫂都给儿子们买名牌服装，她就教训我："越是娇儿，越得贱养。这么小的孩子，吃上不耽误就中，穿上可别太惯了。一年一长个子，穿那么好有什么用。"

"你就只会说我，怎么不说她们？"我说，"吃柿子捡软的捏！"

"看你这个柿子多软呢。"她不由得笑了，"好话得说给会听的人。媳妇的心离我百丈远，只能说给闺女听。"

"你的好话还不就这几句？我早就背会了。"

"好文不长，好言不多。背会了没用，吃透了才中。"

那天，小侄子的随身听在茶几上放着，她突然有些不好意思地指了指，问我这是做什么用的。我说可以听音乐。她害羞地沉默着。我明白过来，连忙去找磁带，找了半天，都没有合适的。只好放了一盘贝多芬的《命运》。

听了大约十几分钟,她把耳机取了下来。

"好听。"她说,"就是太凉。"

她也看电视。有时候,我悄悄地走进大哥家,就会看见她正规正矩地坐在那台三十四英寸的大彩电面前,静静地看着屏幕,很专注的样子,边看她边自言自语:

"这嗓子真亮堂,一点儿都不费力。"是宋祖英在唱歌。

"可不是,那时候穿的就是这衣裳。"画面上有个女人穿着旗袍。

"唉呀,咋又死了个人?"武侠片。

大哥回来,看的都是体育节目。她也跟着看,一边叹息:滑冰的人在冰上滑,咋还穿那么少?不冻得慌?那么多人拍一个球,咋就拍不烂?谁负责掏钱买球?开始我们还解释得很耐心,后来发现这些问题又衍生出了新的问题,简直就是一个无穷无尽的连环套,不由得就有些气馁,解释的态度就敷衍起来。她也就不再问那么多了。

1998年"法兰西之夏"世界杯,我天天去大哥家和他们一起看球。二哥也经常去。哥哥们偶尔会靠着她的肩膀或是枕在她的腿上撒撒娇。——她现在唯一的作用似乎只是无条件地供我们撒娇。多年之后,我才明白:能容纳你无条件撒娇的那个人,就是你生命里最重要的人。她显然也很享受哥哥们的撒娇。球赛她肯定是看不懂的,却也不去睡,在我们的大呼小叫中,她常常会很满足地笑起来。

看到球员跌倒,她会说:"疼了吧?多疼。快起来吧。"

慢镜头把这个动作又回放了一遍,她道:"咋又跌了一下?"

球进了网,她说:"多不容易。"

慢镜头回放,她又道:"你看看,说进就又进了一个。"

我们大笑,对她解释说这是慢镜头回放,是为了让观众看得更清楚些。

"哦,不算数啊。"她不好意思地笑了,"这我哪儿懂。"

刚才进球的过程换了个角度又放了一遍慢镜头。

"看看,又进了。又进了。"她说。听我们一片静默,她忐忑起来:"这个算数不算数?"

住了一段时间,她越来越多地被掺和到两个哥哥各自的夫妻矛盾中。——真是奇怪,我婚后的生活倒很太平。这让我觉得,每个人都有不安分的毒,这毒的总量是恒定的,不过是发作的时机不同而已。这事不发那事发,此处不发彼处发,迟不发早发,早不发迟发,早早迟迟总要发作出来才好。我是早发作的,发过就安分了。哥哥们和姐姐却都跟我恰恰相反。一向乖巧听话的姐姐在出嫁后着了魔似的非要生个男孩,为此东躲西藏狼狈不堪,怀了一个又一个,流产了一次又一次,现在已经有了两个女孩,那个儿子的理想还没有实现。大哥仕途顺利,已经由副职提成了正职,重权在握,趋奉者众,于是整天笙歌艳舞,夜不归宿,嫂子常常为此猜疑,和他怄气。二哥自从财经学院毕业之后,在县城一家银行当了小职员,整天数钱的他显然为这些并不属于自己的钱而深感焦虑,于是他整天谋算的就是怎么挣钱。他谋算钱的方式就两种,一是炒股,二是打麻将。白天他在工作之余慌着看股市大盘,一下班就忙着凑三缺一,和二嫂连句正经话都懒得说,二嫂为此也是怨声载道。

没有父母,奶奶就是家长。她在哪家住,哪家嫂子就向她唠叨,然后期望她能够发发威,改改孙子们的毛病。她也说过哥哥们几次,自然全不顶用,于是她就只有自嘲:"可别说我是佘太君了,我就是根五黄六月的麦茬,是个等着翻进土里的老根子。"

我每去看她,她就会悄悄地对我讲:这个媳妇说了什么,那个媳妇脸色怎样。她的心是明白的,眼睛也是亮的。但我知道不能附和她,于是一向都是批评她:"怎么想那么多?哪有那么多的事?"

"哼,我什么都知道。"她很不服气,"我又没瞎,你怎么叫我假装看不见?"

"你知道那么多有什么用?你懂不懂人有时候应该糊涂?"终于,有一次,我对她说。

"我懂,二妞。"她黯然道,"可世上的事就是这样,想糊涂的人糊涂不了,想聪明的人难得聪明。"

"这么说,我奶奶是糊涂不了的聪明人了?"我逗她。她扑哧一声笑了。

最后一次孕前检查,医生告诉我是个男孩。婆家弟兄三个里，董排行最小。前两个哥哥膝下都是女孩。

"这回你公公总算见到下辈人了。"奶奶很有些得意地说。

儿子满月那天，她和姐姐哥嫂们一起过来看我，薄棉袄外面罩着那件带花的深红色对襟毛衣。我刚上班那年花四十元给她买的这件毛衣，几乎已经成了她最重要的礼服。她给了儿子一个红包。

"放好。钱多。"她悄悄说。

等她走后，我把这个红包拿了出来，发现除了一张一百元，还有一张十元。——那一百元一定是哥哥们给她的，那十元一定是她自己的私房。

我握着那张皱巴巴的十元钱，终于落了泪。

十一

儿子一岁的时候，我找到了一份新工作，被聘为北京一家旅游杂志驻河南记者站的记者。杂志社要求记者站设在郑州，那就必须在郑州租房子。我把这点意思透露给奶奶，她叹了口气："又跑那么远哪。"

和董商量了一下，我决定依然留在县城，陪她。董在郑州的租住地就当成我的记者站处所，他帮我另设了一个信箱，替我打理在郑州的一切事务。如果需要我出面，我就去跑几天再回来。

工作进展得很顺利。因为打着旅游的牌子，可以免费到各个景区走走，以采访为借口游玩一番。最一般的业绩每月也能卖出几个页码，运气好的时候甚至可以拉到整期专刊的版面。日子很是过得去，很对我的胃口。闲时还能去照顾照顾奶奶，好得不能再好了。

仿佛是为了应和我留下来的决定，不久，她就病了，手颤颤巍巍的，拿不起筷子，系不住衣扣。把她送到医院做了CT，诊断结果是脑部生了一个很大的瘤，虽然是良性的，却连着一个大血管，还压迫着诸多神经，如果不做手术切除，她很快就会不行。然而若要做，肯定又切不干净。我们兄弟姊妹四个开了几次会，商量到底做不做手术——她已经七十九岁，做开颅手术已经很冒险。总之，不做肯定是没命。做了呢，很可能是送命。

我们去征求她的意见。

"我的意思，还是回家吧。"她说，"我不想到了了还光头拔脑，破葫芦开瓢的，多不好。到地底下都没法子见人。"

"你光想着去地底下见人，就没想着在地面上多见见我们？"我笑。

"我不是怕既保不了全尸又白费你们的钱么？你们的钱都不是好挣的。"

"我们四个供你一个，也还供得起。"大哥说。

"那，"她犹豫着，"你们看着办吧。"

两周的调养之后，她做了开颅手术，手术前，她果然被剃了光头。她自言自语道："唉，谁剃头，谁凉快。"

"奶奶。"我喊她。

"哦。"

"你知不知道现在很多女明星都剃了光头？你赶了个潮流呢。"

"我不懂赶啥潮流。"她笑，"我知道这是赶命呢。"

被剃头时她闭着眼躺着的样子，非常乖，非常弱。像个孩子。

瘤子被最大限度地取了出来。手术结束后，医生说，理论上讲，瘤根儿复发的速度很慢，只要她的情绪不受什么大的刺激，再活十年都没有问题。她的心脏状况非常好，相当于二三十岁年轻人的心脏。

我们轮流在医院照顾她。大哥的朋友，二哥的朋友，我的朋友，姐姐的亲戚，都来探望，她的病房里总是一番欣欣向荣的景象。大约从来没有以自己为中心这么热闹过，一次，她悄悄地对我说："生病也是福。没想到。"

总共两个月的术后恢复期。到后一个月，哥哥们忙，就很少去医院了，嫂子们自然也就不见了踪影，医院里值班最多的就是我和姐姐。姐姐的儿子刚刚半岁，三个孩子，比不上我闲，于是我就成了老陪护。

"二妞，"她常常会感叹，"没想到借上你的力了。"

"什么没想到，你早就打算好了。当初不让大哥调我去县里，想把我拴在脚边的，不是你是谁？"我翻着眼看她，"这下子你可遂了心了。"

"死牙臭嘴！"她骂，"这时候还拿话来怄我。"

渐渐地，她能下床了。我就扶她到院子里走走，说些小话。有一次，我问她："你有没有？"

"有啥？"

"你知道。"

"我知道？"她迷惑，"我知道个啥？"

"那一年，我们吵架。你说有了不能指靠的男人，也是守寡……"

"我胡说呢。"她的脸红了，"没有。"

"别哄我。我可是个狐狸精。"

"还不是你爷爷。"她的脸愈发红了。这说谎的红看起来可爱极了。

"我不信。"我拖长了声音，"你要再不说实话，我可不伺候你了。"

她沉默着，盯着脚下的草。很久，才说："是个在咱家吃过派饭的干部，姓毛……"

"毛干部。"

"别喊。"她的脸红成了一块布，仿佛那个毛干部就站在了眼前，然后她站了起来。"唉，该吃饭了。"她拍拍肚子，"饿了。"

她是在夜晚关灯之后，接着讲的。

那是在1956年底，县里在各乡筹建高级农业生产合作社，派了许多工作组下来。村里人谁都想要工作组到自己家里吃派饭,一是工作组的人都是上头下来的,多少有些面子。自家要是碰到了什么事,好跟他张口。二是工作组的人在哪家吃饭都不白吃,一天要交一斤粮票:早上三两,中午四两,晚上三两。还有四毛钱:早上一毛钱,中午和晚上各一毛五。这些钱粮工作组的人是吃不完的,供派饭的人家就可以把余额落了,赚些小利。

她原来没想去争,只等着轮。"可等来等去发现轮到的总是你小改奶奶那几个强势的人家。我心里就憋屈了。"她说。那天,她在门口,看见村长领着一个戴眼镜的人往村委会走,就知道又要派饭了。她就跟了去,小改已经等在那里了。一见她来,劈头就说:"你一个寡妇家,还是别揽这差事吧。"

"我一听就恼了。我就说:'我一个寡妇家怎么啦?我为啥当的寡妇?我男人是烈士,为革命掉的脑袋!我是烈属!为革命当的寡妇!我行得正,走得端,不怕是非!我就要这派饭!我能完成任务!'"

话到这份儿上,他们也只好把这派饭给了她。派饭期是两个月,吃住都在一起。

"有白面让他吃白面,有杂面让他吃杂面。我尽量做得可口些。过三天他就给我交一回账。怕我推辞,他就把粮票和钱压在碗底儿。他也是迂,我咋会不要呢?……开始话也不多,后来我给他浆洗衣裳,他也给我说些家常,慢慢地,心就稠了……"

再后来,县里建了耐火材料厂,捆耐火钢砖的时候需要用稻草绳,正好我们村那一年种了稻,上头让村民们搓稻草绳支援耐火厂,每家每天得交二十斤。那些人口多的家户,搓二十斤松松的,奶奶手边儿没人,交这二十斤就很艰难。

"到了黄昏,他在村里办完了事,就替我把稻草领回来,先沤上水,沤上水草就润了,有韧劲了,不糙了,好搓。吃罢了饭,他就过来帮我搓草绳。到底是男人的手,搓得有劲儿,搓得快……"

"搓着搓着,你们俩就搓成了一根绳?"

"死丫头!"她笑起来。

我问她有没有人发现他们的事,她说有。那时候家家都不装大门,听窗很容易。发现他们秘密的人,就是小改。她记挂着没抢到派饭的仇,就到村干部那里告了他们的黑状。他们自然是异口同声地否认。

"他不慌不忙地对大家伙儿说:'你们听我姓毛的一句话,这事绝对没有!'你小改奶奶说:'你姓毛的有啥了不起!说没有就没有?你就不会犯错误?'这可让他逮住了把柄,他红头涨脸地嚷:'你说姓毛的有啥了不起?毛主席还姓毛呢!你说毛主席有啥了不起?你说毛主席也会犯错误?我看你就是个现行反革命!'一句话把你小改奶奶吓得差点儿跪下,再也不敢提这茬了。"她轻轻地笑出来,"看他文绉绉的,没想到还会以蛮要蛮。也对。有时候,人不蛮也得蛮呢。"

"还怀过一个。"沉默了很久,她又说。

我怔住。

"那该怎么办啊？"半天，我才问。

"那一年，就说去打探你爷爷的信儿了，出去了一趟。做了。"

原来她说那一年去找爷爷，就是为了这个。

"那他知道不知道？"

"没让他知道。"她说。她也曾想要去告诉他，却听村干部议论，说他因在"大鸣大放"的时候向上头反映说一个月三十斤粮食不够吃，被定性是在攻击国家的粮食统购统销政策，成了"右派"，正在被批斗。她知道自己不能说了。

"他知道了又咋的？白跟着受惊吓。"

"你就不怕自己有个三长两短？"

"富贵在天，生死由命。不想那么多。"

"你不恨他？"

"不恨。"

"你不想他？"

"不想。"

"要是不想早就忘了，"我说，"还记得这么真。"

"不用想，也忘不掉。"她说，"钉子进了墙，锈也锈到里头了。"

"你们俩要是放到现在……"我试图畅想，忽然又觉得这畅想很难进行下去，就转过脸问她，"是不是觉得我们现在的日子特别好?"

"你们现在的日子是好。"她笑了笑,"我们那时的日子,也好。"

我再次怔住。

十二

她去世后的第二年,一天,我去帮婆婆领工资,正赶上一帮老人的工资户头换了代理银行,所有储户都需要重新填详细资料。其实也没几项,但对于那些得戴着花镜才能看清字迹的老人们来说,就很是琐碎辛苦。先是一个老人让我帮着填,我就填了,结果一发而不可收,很多老人都挤过来让我帮忙。在人群中,有个老人也递来了身份证。我一看,他姓毛,1920年出生。

"你当年下过乡吃过派饭?"

"你咋知道?"他说,"你认得我?"

"不认得,冒猜的。"我说,"你在哪里下过乡?"

"高村,马庄,五里源……"

"杨庄去过吗?"

"去过。"

我没再问,他也没再说,他看着我的脸。一眼,又一眼。我规规矩矩地给他填好表,双手递给他。

"谢谢。"他说。

"谢谢。"我也在心里说。我就是想感谢他。哪怕就是因为奶奶为他堕过胎，流过产，我也想感谢他。哪怕他不是那个人，仅仅因为他姓毛，我也想感谢他。

十三

她很快就恢复了健康。住院费是两万四，每家六千，听到这个数字，她沉默了许久。

"这么多钱，你们换了一个奶奶。"

生活重新进入以前的轨道。她又开始在两家轮住，但她不再念叨嫂子们的闲话了——每家六千这笔巨款让她噤声。她觉得自己再唠叨嫂子们就是自己不厚道。同样地，对两个孙女婿，她也觉得很亏欠。

"你们几个么，我好歹养过，花你们用你们一些是应该的。人家我没出过什么力，倒让人家跟着费心出钱。过意不去。"

"你的意思是说，我以后也不该孝敬公婆？"我说，"反正他们也没有养过我。"

"什么话！"她喝道。然后，很温顺地笑了。

冬天，家里的暖气不好，我就陪她去澡堂洗澡，一周一次。我们洗包间。她不洗大池。她说她不好意思当着那么多人赤身露体。我给她放好水，很烫的水。她喜欢用很烫的水，说那样才痛快。然后我帮她脱衣服。在脱套头内衣的时候，我贴着她的身体，帮她把领口撑大，内衣便裹着一股温热而陈腐的气息从她身上弥漫开来。她露出了层层叠叠的身体。这时候的她就开始有些局促，要我忙自己的，不要管她。最后，她会趁着我不注意，将内裤脱掉。我给她擦背，擦胳膊，擦腿，她都是愿意的。但是她始终用毛巾盖着肚子，不让我看到她的隐秘。穿衣服的时候，她也是先穿上内裤。

对于身体，她一直是有些羞涩的。

刚刚洗过澡的身体，皮肤表层还含着水，有些涩，内衣往往在背部卷成了卷儿，对于老人来说，把这个卷儿拽展也是一件很吃力的事。我再次贴近她的身体，这时她的身体是温爽的，不再陈腐，却带着一丝极淡极淡的清酸。

冬天过去，就是春天。春天不用去澡堂，就在家里洗。一周两次。夏天是一天一次，秋天和春天一样是一周两次，然后又是春天。日子一天天过去，平静如流水。似乎永远可以这样过下去。

但是，这个春天不一样了。大哥和二哥都出了事。

大哥因为渎职被纪检部门执行了"双规"，一个星期没有音讯。大嫂天天哭，天天哭。我们就对奶奶撒谎说他们两口子在生气，把她送到了二哥家。一个月后，大哥没出来，二哥也畏罪潜逃。他挪用公款炒股被查了出来。二嫂也是天天哭，天天哭。我又把奶奶送到了姐姐家。

她终于不用轮着住了。

三个月后，哥哥们都被判了刑。大哥四年，二哥三年。我们统一了口径，都告诉奶奶：大哥和二哥出差了，很远的差，要很久才能回来。

"也不打个招呼。"她说。

一个月,两个月,她开始还问,后来就不问了。一句也不问。她的沉默让我想起父亲住院时她的情形来。她怕。我知道她怕。

她沉默着。沉默得如一尊雕塑。这雕塑吃饭,睡觉,穿衣,洗脸,上卫生间……不,这雕塑其实也说话,而且是那种最正常的说。中午,她在门口坐着,邻居家的孩子放学了,蹦蹦跳跳地喊她:

"奶奶。"

"哦。"她说,"你放学啦?"

"嗯!"

"快回家吃饭。"

孩子进了家门,她还在那里坐着。目光没有方向,直到孩子母亲随后过来。

"奶奶还不吃饭啊?"——孩子和母亲都喊她奶奶,是不合辈分规矩的,却也没有人说什么,大家就那么自自然然地喊着,仿佛到了她这个年岁,从三四岁到三四十岁的人喊奶奶都对。针对她来说,时间拉出的距离越长,晚辈涵盖的面积就越大。

"就吃。"奶奶说,"上地了?"

"嗳。"女人搬着车,"种些白菜。去年白菜都贵到三毛五一斤了呢。"

"贵了。"奶奶说,"是贵了。"

话是没有一点问题,表情也没有一点问题,然而就是这些没问题的背后,却隐藏着一个巨大无比的问题:她说的这些话,似乎不经过她的大脑。她的这些话,只是她活在这世上八十多年积攒下来的一种本能的交际反应,是一种最基础的应酬。说这些话的时候,她的魂儿在飘,飘向县城她两个孙子的家。

我当然知道。每次去姐姐家看她,我都想把她接走。可我始终没有。我怕。我把她接到县城后又能怎么样呢?我没办法向她交代大哥和二哥,即使她不去他们家住,即使我另租个房子给她住,我也没办法向她交代。我知道她在等我交代。——当然,她也怕我交代。

2002年麦收后的一个星期天,我去姐姐家看她。她不在。邻居家的老太太说她往南边的路上去了。南边的路,越往外走越靠近田野。刚下过雨,田野里麦茬透出一股霉湿的草香味。刚刚出土的玉米苗叶子上闪烁着翡翠般的光泽。我走了很久,才看见她的背影。她慢慢地走着。路上还有几分泥泞,一些坑坑洼洼的地方还留着不少积水——因为经常有农民开拖拉机从这条路上轧过,路面被损害得很严重。我看见,她在一个小水洼前站定,沉着片刻,准确地跨了过去。她一个小水洼一个小水洼地跨着,像在做着一个简单的游戏。她还不时弯腰俯身,捡起散落在路边的麦穗。等我追上她的时候,她手里已经整整齐齐一大把了。

"别捡了。"我说。

"再少也是粮食。"

"你捡不净。"

"能捡多少是多少。"

于是我也弯腰去捡。我们捡了满满四把。奶奶在路边站定,用她的手使劲儿地搓啊,搓啊,把麦穗搓剩下了光洁的麦粒。远远地,一个农民骑着自行车过来了,她看着手掌里的麦粒,说:"咱这两把麦子,也搁不住去磨。给人家吧。给人家。"

我从她满是老人斑的手里接过那两把麦粒。麦粒温热。

那天,我又一次去姐姐家看她。吃饭的时候,她的手忽然抖动了起来,先是微微的,然后越来越快,越来越剧烈。我连忙去接她的碗,粥汁儿已经在霎时间洒在了她的衣服上。

她的脑瘤再次复发了。长势凶猛。医生说,不能再开颅了,只能保守治疗。——就是等死。

奶奶平静地说:"回家吧。回杨庄。"

出了村庄,视线马上就疏朗起来。阔大的平原在面前徐徐展开。玉米已经收割过了,此时的大地如一个柔嫩的婴儿。半黄半绿的麦苗正在出土,如大地刚刚萌芽的细细的头发,又如凸绣在大地身上的或深或浅的睡衣的图案。是的,总是这样,在我们豫北的土地上,不是麦子,就是玉米,每年每年,都是这些庄稼。无论什么人活着,这些庄稼都是这样。它们无声无息,只是以色彩在动。从鹅黄,浅绿,碧绿,深绿,到金黄,直至消逝成与大地一样的土黄。我还看见了一片片的小树林。我想起春天的这些树林,阳光下,远远看去,它们下面的树干毛茸茸地聚在一起,修直挺拔,简直就是一枚枚排列整齐的玉。而上面的树叶则在阳光的沐浴下闪烁着透明的笑容。有风吹来的时候,它们晃动的姿态如一群嬉戏的少女。是的,少女就是这个样子的。少女。它们是那么温柔,那么富有生机,如土地皮肤上的晶莹绒毛。土地正通过它们洁净换气,顺畅呼吸。

我和奶奶并排坐在桑塔纳的后排。我在右侧,她在左侧。我没有看她。始终没有。不时有几片白杨的落叶从我们的车窗前飘过。这些落叶,我是熟悉的。这是最耐心的一种落叶。从初秋就开始落,一直会落到深冬。叶面上的棕点很多,有些像老年斑。最奇怪的是,它的落叶也分男女:一种落叶的叶边是弯弯曲曲的,很是妖娆妩媚。另一种落叶的叶边却是简洁粗犷,一气呵成。如果拿起一片使劲儿地嗅一嗅,就会闻到一股很浓的青气。

"到了。"我听见她说。是的,杨庄的轮廓正从白杨树一棵一棵的间距中闪现出来,越来越近,越来越近。

十四

那些日子,我和姐姐在她身边的时间最久。无论对她,对姐姐,还是对我,似乎只有这样才最无可厚非。三个血缘相关的女人,在拥有各自漫长回忆的老宅里,为其中最年迈的那个女人送行,没有比这更自然也更合适的事了。

她常常在昏睡中。昏睡时的她很平静。胸膛平静地起伏,眉头平静地微蹙,唇间平静地吐出几句含混的呓语。在她的平静中,我和姐姐在堂屋相对而坐。我看着电视,姐姐在昏暗的灯光下一边打着毛衣一边研究着编织书上的样式,她不时地把书拿远。我问她是不是眼睛有问题,她说:"花了。"

"才四十就花了?"

"四十一了。"她说,"没听见俗话?拙老太,四十边。四十就老了。老就是从这些小毛病开始的。"她摇摇脖子,"明天割点豆腐,今天东院婶子给了把小葱,小葱拌豆腐,就是好吃。"

我的姐姐,就这样老了。我和姐姐,也不过才差八岁。

她在里间叫我们的名字,我们跑过去,问她怎么了。她说她想大便。她执意要下床。我们都对她说,不必下床,就在床上拉吧。——我和姐姐的力气并在一起,也不能把她抱下床了。

"那多不好。"

"你就拉吧。"

她沉默了片刻。

"那我拉了。"她说。

"好。"

她终于放弃了身体的自尊,拉在了床上。这自尊放弃得是如此彻底：我帮她清洗。一遍又一遍。我终于看见了她的隐秘。她苍老的然而仍是羞涩的隐秘。她神情平静，隐秘处却有着紧张的皱褶。我还看见她小腹上的妊娠痕，深深的，一弯又一弯，如极素的浅粉色丝缎。轻轻揉一揉这些丝缎，就会看见一层一层的纹络潮涌而来，如波浪尖上一道一道的峰花。——粗暴的伤痕，优雅的比喻，事实与描述之间，是否有着一道巨大的沟壑？

我给她清洗干净，铺好褥子，铺好纸。再用被子把她的身体护严，然后我靠近她的脸，低声问她："想喝水吗？"

她摇摇头。

我突然为自己虚伪的问话感到羞愧。她要死了。她也知道自己要死了，我还问她想不想喝水。喝水这件事，对她的死，是真正的杯水车薪。但我们总要干点什么吧，来打发这一段等待死亡的光阴，来打发我们看着她死的那点不安的良心。

她能说的句子越来越短了。常常只有一两个字："中"，"疼"，"不吃"。最长的三个字，是对前来探望的人客气："麻烦了。"

"嫁了。"一天晚上，我听见她呓语。

"谁嫁？"我接着她的话，"嫁谁？"

"嫁了。"她不答我的话，只是严肃地重复。

我盯着黑黝黝的屋顶。嫁，是女人最重要的一件事。在这座老宅子里，有四个女人嫁了进来，两个女人嫁了出去。她说的是谁？她想起了谁？或者，她只是在说自己？——不久的将来，她又要出嫁。从生，嫁到死。

嫂子们也经常过来，只是不在这里过夜。哥哥们不在，她们还要照顾孩子，作为孙媳妇，能够经常过来看看也已经抵达了尽孝的底线。她们来的时候，家里就会热闹一些。我们几个聊天，打牌，做些好吃的饭菜。街坊邻居和一些奶奶辈的族亲也会经常来看看奶奶。奶奶多数时间都在昏睡——她昏睡的时间越来越长了。她们一边看着奶奶，一边聊着各种各样的话题，偶尔会爆发出一阵欢腾的笑声。笑过之后又觉得不恰当，便再陷入一段弥补性的沉默，之后，她们告辞。各忙各的事去。

奶奶正在死去，这事对外人来说不过是一个应酬。——其实，对我们这些至亲来说，又何尝不是应酬？更长的，更痛的，更认真的应酬。应酬完毕，我们还要各就各位，继续各自的事。

就是这样。

祖母正在死去，我们在她熬煎痛苦的时候等着她死去。我甚至怀疑自己是否曾经恶毒地暗暗期盼她早些死去。在污秽、疼痛和绝望中，她知道死亡已经挽住了她的左手，正在缓缓地将她拥抱。对此，她和我们——她的所谓的亲人，都无能为力。她已经没有未来的人生，她必须得独自面对这无尽的永恒的黑暗。而目睹着她如此挣扎，时日走过，我们却连持久的伤悲和纯粹的留恋都无法做到。我们能做到的，就是等待她的最终离去和死亡的最终来临。这对我们彼此都是一种折磨。既然是折磨，那么就请快点儿结束吧。

也许，不仅是我希望她死。我甚至想，身陷囹圄的大哥和二哥，也是想要她死的。他们不想见到她。在人生最狼狈最难堪最屈辱的时刻，他们不想见到奶奶。他们不想见到这个女人，这个和他们之间有着最温暖深厚情谊的女人；这个曾经把自己的一切都化成奶水喂给他们喝的女人，他们不能面对。

这简直是一定的。

奶奶自己，也是想死的吧？先是她的丈夫，然后是她的儿子，再然后是她的儿媳，这些人在她生命里上演的是一部情节雷同的连续剧：先是短暂的消失，接着是长久的直至永远的消失。现在，她的两个孙子看起来似乎也是如此。面对关于他们的不祥秘密，我们的谎言比最薄的塑料还要透明，她的心比最薄的冰凌还要清脆。她长时间的沉默，延续的是她面对灾难时一贯的自欺，而她之所以自欺，是因为她知道：自己再也经不起了。

于是，她也要死。

她活够了。

那就死吧。既然这么天时，地利，人和。

反正，也都是要死的。

我的心，在那一刻冷硬无比。

在杨庄待了两周之后，我接到董的电话，他说豫南有个景区想要搞一个文化旅游节,准备在我那家杂志上做一期专刊。一期专刊我可以拿到八千块钱提成,是一笔不小的数目。奶奶的日子不多了。我知道。或许是一两天,或许是三四天,或许是十来天,或许是个把月。但我不能在这里等。她的命运已经定了,我的命运还没有定。她已经接近了死亡,而我还没有。我正在面对活着的诸多问题。只要活着,我就需要钱,所以我要去。

就是这样明确和残酷。

"奶奶,"我尽力让自己的声音明朗和喧闹一些,"跟你请个假。"

"哦。"她答应着。

"我去出个短差,两三天就回来。"

"去吧。"

"那我去啦。"

"去吧。"

三天后,我回来了。凌晨一点,我下了火车。县城的火车站非常小,晚上觉得它愈发地小。董在车站接我。

"奶奶怎样?"

"还好。"董说,"你还能赶上。"

我们上了三轮车。总有几辆人力三轮此时还候着,等着接这一班列车的生意。车到影剧院广场,我们下来,吃宵夜。到最熟悉的那家烩面摊前,一个伙计正在蓝紫色的火焰间忙活着。这么深冷的夜晚,居然还有人在喝酒。他在炒菜。炒的是青椒肉丝,里面的木耳肥肥大大的。看见我们,他笑道:"坐吧。马上就好。"

他的眼下有一颗黑痣,如一滴脏兮兮的泪。

回到家里,简单洗漱之后,我们做爱。董在用身体发出请求的时候,我不假思索地就接受了。他大约是觉得歉疚,又轻声问我是否可以,我知道他是怕奶奶的病影响我的心情。我说:"没什么。"

我知道我应该拒绝。我知道我不该在此时与一个男人欢爱,但当他那么亲密地拥抱着我时,我却无法拒绝。也不想拒绝。我也想在此时欢爱。我发现自己此时如此迫切地需要一个男人的温暖,从外到里。还好,他是我丈夫。且正在一丈之内。这种温暖名正言顺。

奶奶,我的亲人,请你原谅我。你要死了,我还是需要挣钱。你要死了,我吃饭还吃得那么香甜。你要死了,我还喜欢看路边盛开的野花。你要死了,我还想和男人做爱。你要死了,我还是要喝汇源果汁、嗑洽洽瓜子,拥有并感受着所有美妙的生之乐趣。

这是我的强韧,也是我的无耻。

请你原谅我。请你,请你一定原谅我。因为,我也必在将来死去。因为,你也曾生活得那么强韧,和无耻。

十五

第二天早上，我赶到杨庄，奶奶的神志出现了将近半个小时的清醒——这是她生前最后一次清醒。有那么一小会儿，房间里没有一个人。我静静地守着她，像一朵花绽放一样，我看见她的眼睛慢慢睁开了。我俯到她的眼前，她的眼睛定定地看着我。眼神如水晶般纯透、无邪，仿佛一双婴儿的眼睛。

她就那么定定地看着我，好像我是她的母亲。

"我回来了。"我说。

"好。"她说。她的胸膛有力地鼓动了几下，似乎是在积攒力气。然后，她清晰地说："嫁了。"

"谁？"

"让她们，"她艰难地说，"嫁了。"

我蓦然明白：她是在说两个嫂子。我的大愚若智的奶奶，她以为她的两个孙子已经死了。她要两个嫂子改嫁。她怕她们和她一样年纪轻轻就守寡。

我不由得笑了。原来，对她撒谎没有一点儿必要。在她猜测的所有谜底中，事实真相已经是一种足够的仁慈。

我把嘴巴靠近她的耳朵。我喊："奶奶。"

"哦，"她最后一次喊我，"二妞。"

"你别担心。"我说，"他们都没有死。"

她的眼睛一下子亮得吓人。

"他，们，两，个，都，好，好，的。"我一字一字地说。

她不说话，眼睛里的光暗了下去。我知道她是在怀疑我。用她最后的智慧在怀疑我。

"他，们，都，不，听，话，犯，了，错，误，被，关，起，来，了。"我说，"教，育，教，育，就，好，了。"

慢慢地，奶奶的嘴角开始溢出微笑。一点一点，那微笑如蜜。

"好。"她说。然后她抬起手，指了指床脚的樟木箱子。我打开，在里面找出了一个白粗布包袱，里面整整齐齐地叠放着一套寿衣。宝石蓝底儿上面绣着仙鹤和梅花的图案，端庄绚丽。寿衣旁边，还有一捆细麻绳。孝子们系孝帽的时候，用的都是这样的细麻绳。

下午四点四十五分，奶奶停止了呼吸。

那些日子实在说不上悲痛。习俗也不允许悲痛。她虚寿八十三，是喜丧。有亲戚来吊唁，哭是要哭的，吃也还要吃，睡也还要睡，说笑也还是要说笑。大嫂每逢去睡的时候还要朝着棺材打趣："奶奶，我睡了。"又朝我们笑，"奶奶一定心疼我们，会让我们睡的。"

棺材是两个，一大一小。大的是她，小的是祖父。祖父的棺材里只放了他的一套衣服。他要和奶奶合葬，用他的衣冠。灵桌上的照片也是两个人的，放在一起却有些怪异：祖父还停留在二十八岁，奶奶已经是八十三岁了。

守灵的夜晚是难熬的。没有那么多床可睡，男人们就打牌，女人们就聊天。有时候她们会讲一些奶奶的事。大嫂是听大哥说的：小时候的冬天仿佛特别冷，每天早上起床的时候，奶奶都会把大哥的衣服拿到火上烤热，然后合住，尽力不让热气跑出来，她紧着步子跑到他的床边，笑盈盈地说："大宝，快起来，可热了，再迟就凉了。"大哥赖着不肯起，她就把手伸到被子里去胳肢他，一边胳肢还一边念叨："小白鸡，挠草垛，吃有吃，喝有喝……"好不容易打发他穿好了衣服，就把他抱到挨着煤灶砌着的炕床上，再从温缸里舀来水，给他洗脸。然后再喂他饭吃。温缸就是煤灶旁边嵌着的一个小缸，缸里装着水，到了冬天，这缸里的水就着炉灶的热气，总是温的。

二嫂说的自然是二哥的事，她说二哥小时候很胆小，每当在外面被人欺负了，就哭着回家喊奶奶，边喊边说："奶奶，你快去给我报仇啊。"她还讲了二哥小时候跟奶奶睡大床的事，说因为奶奶不肯让我睡大床，二哥为此得意了很久。

"那时候你是不是有老大意见？"二嫂问。

"没意见没意见。"我说，"我要是在她棺材边还抱怨小时候的事，她会半夜过来捏我鼻子的。"

她们就都笑了。笑声中，我看着灵桌上的照片，蓦然发现，二哥的面容和年轻的祖父几乎形同一人。

因为是烈属,村委会给奶奶开了追悼会。追悼会以重量级的辞藻将她歌颂了一番,说她爱国爱家,遵纪守法,和睦相邻,处事公允。说她的美德比山高,她的胸怀比海宽,她的品格如日照,她的情操比月明。这大而无当的总结让我们又困惑又自豪,误以为是中央电视台在发送讣告。

追悼会后是家属代表发言。家属就是我们四个女人。嫂子们都推辞说和奶奶处的时候没有我和姐姐长,不适合做家属代表。我和姐姐里只有我出面了。我说我不知道该说什么,姐姐道:"你是个整天闯荡世界的大记者,你都不会说,那我去说?"

众目睽睽之下,我只好站了出来。大家都静静地候着,等我说话,等我以祖母家属的身份说话。我却说不出话来。人群越发地静,到后来是死静,我还是说不出一个字。我站在她的遗像前,像一个木偶。

"说一句。"主持丧礼的知事人说,"只说一句。"

于是,我说:"我代表我的祖母王兰英,谢谢大家。"

然后,我跪下来,在知事人的指挥下,磕了一圈头。回到灵棚里,一时间,我有些茫然。我刚才说了句什么?我居然代表了我的祖母,我第一次代表了她。可我能代表她吗?我和她的生活是如此不同,我怎么能够代表她?

——但是,且慢,难道我真的不能代表她?揭开那些形式的浅表，我和她的生活难道真的有什么本质不同吗？我看着一小一大两个棺材。它们不像是夫妻，而像是母子。我看着灵桌上一青一老两张照片，也不像是夫妻，而是母子。为什么啊？为什么每当面对祖母的时候，我就会有这种身份错乱的感觉？会觉得父亲是她的孩子，母亲是她的孩子，就连祖父都变成了她的孩子？不，不止这些，我甚至觉得村庄里的每一个人，走在城市街道上的每一个人，都像是她的孩子。仿佛每一个人都可以做她的孩子，她的怀抱适合每一个人。我甚至觉得，我们每一个人的样子里，都有她，她的样子里，也有我们每一个人。我们每一个人的血缘里，都有她。她的血缘里，也有我们每一个人。——她是我们每一个人的母亲。

不，还不止这些。与此同时，她其实，也是我们每一个人的孩子，和我们每一个人自己。

十六

这些年来，我四处游历，在时间的意义上，她似乎离我越来越远，但在生命的感觉上，我却仿佛离她越来越近。我在什么地方都可以看见她，在什么人身上都可以看见她。她的一切细节都秘密地反刍在我的生活里，不知道什么时候就会奇袭而来，把我打个措手不及。比如，我现在过日子也越来越仔细。洗衣服的水舍不得倒掉，用来涮拖把，冲马桶。比如，用左手拎筷子吃饭的时候，手背的指关节上，偶尔还是会有一种暖暖的疼。比如，在豪华酒店赴过盛宴之后，我往往会清饿一两天肠胃，轻度的自虐可以让我在想起她时觉得安宁。比如，每一个生在1920年的人都会让我觉得亲切：金嗓子周璇，联合国第五任秘书长佩雷斯·德奎利亚尔，意大利导演费里尼……

那天，我在一个县城的小街上看到一个穿着偏襟衣服的乡村老妇人，中式盘扣一直系到颈下，雪白的袜子，小小的脚，挨着墙慢慢地认真地走着。我凑上前，和她搭了几句话。

"您老高寿？"

"八十有六。"

我飞快地在脑子里算着，如果奶奶在，她比奶奶大还是小。

"您精神真好啊。"

"过一天少一天，熬日子吧。坐吃等死老无用。"

那天，我采访到了安徽歙县的牌坊村，七座牌坊依次排开，蔚为壮观。导游小姐给我们讲了个寡妇守节的故事，其实也都听说过：一个壮年失夫的少妇每到深夜便撒一百铜钱于地，然后摸黑一一捡起，若有一枚找不到，就决不入睡。待捡齐后，神倦力竭，才能乏然就寝——只能用乏然，而不能用安然。

我微笑。这个少妇能够以撒钱于地的方式来转移自己和娱乐自己，生活状况还是不错的。而我的祖母，这位最没有生计来源的农妇，她尚没有这种游戏的资本和权利。一个又一个漫漫长夜，用来空落落地怀想和抒情，这对她来说是太奢侈了，她和自己游戏的方式多么经济实惠：只有织布。只有那一匹又一匹三丈六尺长二尺七寸宽的白布。

那天，我在图书馆查阅资料，翻到一本关于小脚的书，著作者叫方绚，清朝人。书名叫《香莲品藻》，说女人小脚有三贵，一曰肥，二曰软，三曰秀。说脚的美丑分九品：神品上上，妙品上中，仙品上下，珍品中上，清品中中，艳品中下……还说了基本五式：莲瓣，新月，和弓，竹萌，菱角。而居然那么巧，在这层书架的下一格，我又随便抽到一本历史书，读到这样一条消息："……光绪十三年（1887年），七月，梁启超、谭嗣同、汪康年、康广仁等发起成立全国性的不缠足会。不缠足会成为戊戌变法期间争女权、倡导妇女解放的重要团体，它影响深远，直至民国以后。"

那天，我正读本埠的《大河报》，突然看见一版广告，品牌的名字是"祖母的厨房"。一个金发碧眼满面皱纹的老太太头戴厨师的白帽子，正朝着我回眸微笑。内文介绍说，这是刚刚在金水路开业的一家以美国风味为主的西餐厅，提供的是地道的美式菜品和甜点：鲜嫩的烤鲑鱼，可口的三明治，美味的茄汁烤牛肉，香滑诱人的奶昔，焦糖核桃冰激凌……还有绝佳的比萨，用的是特制的烤炉，燃料是木炭。

我微笑。我还以为会有烙馍、葱油饼、小米粥，甚至腌香椿。多么天真。

那天,我在上海的淮海路闲逛,突然看到一张淡蓝色的招牌,上面是典雅的花体中英文:祖母的衣柜 Grandmother' Wardrobe——中式服装品牌专卖店 Brand Monopolized Shop of The Chinese Suit。贴着橱窗往里看,我看见那些模特——当然不是祖母模特——她们一个比一个青春靓丽——身上样衣的打折款额:中式秋冬坎肩背心,兔毛镶边,一百三十九元。石榴半吐红中绣花修身中式秋衣,一百六十元……

"小姐,请进来吧,喜欢什么可以试试。"服务生温文尔雅地招呼道。

我摇摇头,慢慢向前走去。

还会有什么是以祖母命名的呢?祖母的鞋店,祖母的包行,祖母的首饰,祖母的书店,祖母的嫁妆……甚或会有如此一网打尽的囊括:祖母情怀。而身为祖母的那些女人也许永远也不会知道,她会成为一种商业标志,成为怀旧趣味的经典代言。

当然,这也没什么不好。

我只微笑。

我的祖母已经远去。可我越来越清楚地知道:我和她的真正间距从来就不是太宽。无论年龄,还是生死。如一条河,我在此,她在彼。我们构成了河的两岸。当她堤石坍塌顺流而下的时候,我也已经泅到对岸,自觉地站在了她的旧址上。我的新貌,在某种意义上，就是她的陈颜。我必须在她的根里成长，她必须在我的身体里复现，如同我和我的孩子，我的孩子和我孩子的孩子，所有人的孩子和所有人孩子的孩子。

——活着这件原本最快的事，也因此，变成了最慢。生命将因此而更加简约，博大，丰美，深邃和慈悲。

这多么好。

长篇存目

张一弓《远去的驿站》

周大新《湖光山色》

刘震云《一句顶一万句》

刘庆邦《女工绘》

李佩甫《羊的门》《生命册》《河洛图》

贾兴安《风中的旗帜》

乔　叶《认罪书》

后 记

《百年乡愁：中国乡土小说经典大系》是张丽军教授作为首席专家的 2021 年度国家社科基金重大项目"百年中国乡土文学与农村建设运动关系研究"的资料选编成果。项目团队核心成员田振华、李君君等参与了全过程选编工作，张娟、沈萍、彭嘉凝、陈嘉慧、姚若凡、胡跃、林雪柔、徐晓文、宣庭祯等参与了编校工作，在此对他们的辛勤劳动表示感谢！

在具体编撰过程中，本套"大系"还得到了张炜、韩少功、周燕芬、王春林、何平、孔会侠、苏北、育邦、刘玉栋、刘青、乔叶、朱山坡、项静等作家与学者的大力支持与帮助，在此深深致谢！

需要特别说明的是，因为选入本套"大系"的作品跨越百年之久，在文字、标点等方面，我们在充分尊重作家初版本的基础上，依据现代语言文字规范统一做了修订。

编 者

2023 年 7 月 4 日